古龙武侠小说知见录

顾雪衣／著

北京出版集团公司
北京出版社

图书在版编目（CIP）数据

古龙武侠小说知见录 / 顾雪衣著. — 北京 : 北京出版社，2020.1
ISBN 978-7-200-14067-5

Ⅰ. ①古… Ⅱ. ①顾… Ⅲ. ①古龙（1937-1985）—侠义小说—小说研究 Ⅳ. ① I207.425

中国版本图书馆 CIP 数据核字（2018）第 093030 号

总 策 划：安　东　高立志
责任编辑：高立志　王忠波　吴剑文
特约编辑：向　雳
责任印制：陈冬梅
封面题签：郑培凯
封面设计：金　山

古龙武侠小说知见录
GU LONG WUXIA XIAOSHUO ZHIJIAN LU
顾雪衣　著

出　　版　北京出版集团公司
　　　　　北京出版社
地　　址　北京北三环中路 6 号
邮　　编　100120
网　　址　www.bph.com.cn
发　　行　北京出版集团公司
印　　刷　北京汇瑞嘉合文化发展有限公司
开　　本　880 毫米 ×1230 毫米　1/32
印　　张　10.5
字　　数　200 千字
版　　次　2020 年 1 月第 1 版
印　　次　2021 年11月第 3 次印刷
书　　号　ISBN 978-7-200-14067-5
定　　价　88.00 元

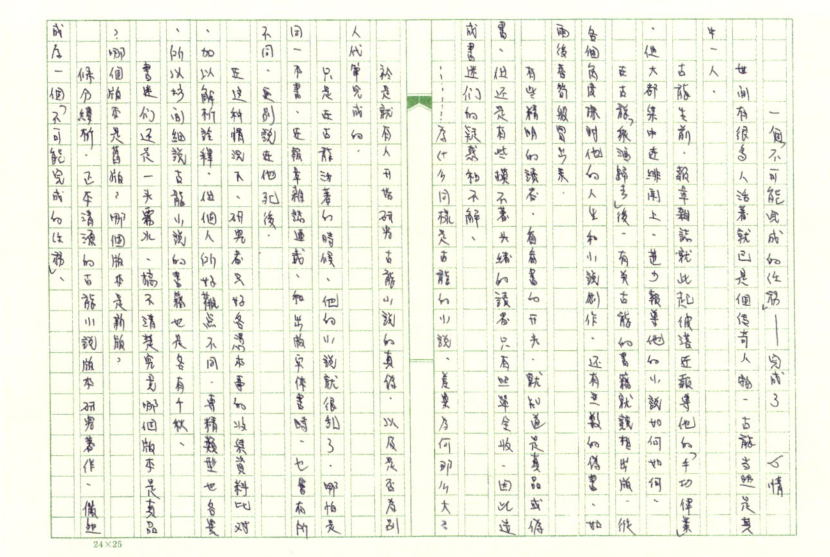

一個「不可能完成的任務」——完成了　丁情

世間有很多人活着就已是個傳奇人物，古龍當然是其中一人。

古龍生前，報章雜誌就此起彼落地報導他的「丰功偉業」、使大部集中在緋聞上，甚少報導他的小說如何如何、

在古龍「飛鴻歸去」後，有关古龍的書籍就競相出版，從各個角度探討他的人生和小說創作，还有無數的偽書，如雨後春筍般冒出来。

有些精明的讀者，看看書的开头，就知道是真品或偽書，但还是有些摸不著头緒的讀者只有照單全收，因此造成書迷们的疑惑和不解、

……为什么同样是古龍的小說，差異为何那么大？

於是就有人开始研究古龍小說的真偽，以及是否為別人代筆完成的。

只是在古龍活著的時候，他的小說就很亂了，哪怕是同一本書，在報章雜誌連載，和出版实体書時，也會有所不同，更別說在他死後。

在这种情况下，研究者只好各憑本事的收集資料比对、加以解析詮釋，但個人所好觀点不同，專精類型也各異、所以坊间細說古龍小說的書籍也是各有千秋、

書迷们还是一头霧水，搞不清楚究竟哪個版本是真品？哪個版本是舊版？哪個版本是新版？

條分縷析，正本清源的古龍小說版本研究著作，僅如成為一個「不可能完成的任務」、

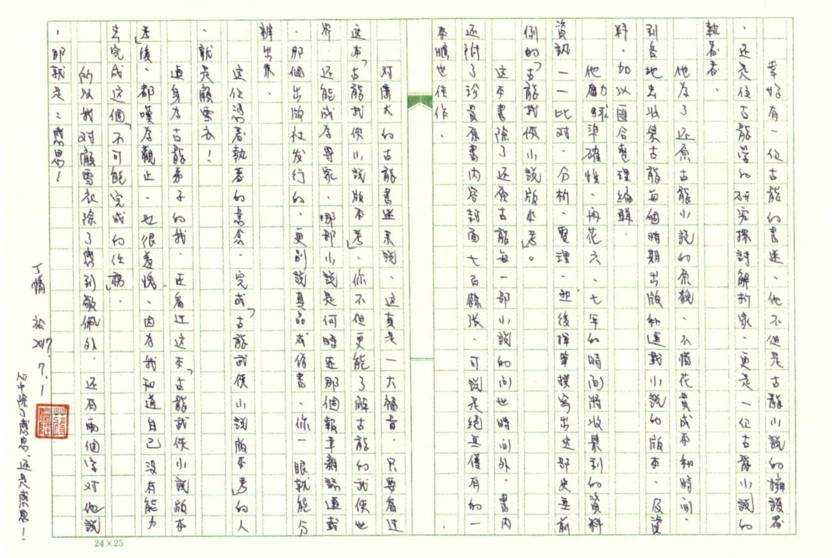

幸好有一位古龍的書迷，他不但是古龍小說的擁護者、还是位古龍學的研究探討解析家，更是一位古龍小說的執著者、

他為了还原古龍小說的原貌，不惜花費成本和時间，到各地去收集古龍每個時期出版和連載小說的版本，及資料，加以匯合整理編輯。

他竭力求準確性，再花六、七年的時间將收集到的資料資訊一一比对、分析、整理，然後揮筆撰寫出这部史無前例的「古龍武俠小說版本考」。

这本書除了还原古龍每一部小說的问世時间外，書内还附了珍貴原書内容封面七百餘張，可說是絕無僅有的一本曠世佳作。

对廣大的古龍書迷来說，这真是一大福音，只要看过这本「古龍武俠小說版本考」，你不但更能了解古龍的武俠世界，还能成為專家，哪部小說是何時在那個報章雜誌連載，那個出版社发行的，更別說真品或偽書，你一眼就能分辨出来。

这位憑著執著的意念，完成「古龍武俠小說版本考」的人、就是顧雪衣！

连身為古龍弟子的我，在看过这本「古龍武俠小說版本考」後，都嘆為觀止，也很羞愧，因為我知道自己沒有能力去完成这個「不可能完成的任務」。

所以我对顧雪衣除了感到敬佩外，还有兩個字对他說，那就是：感恩！

丁情　於2017.7.1

心中除了感恩，还是感恩！

丁情先生为本书作序（手稿）

代　　序

一个“不可能完成的任务”，完成了

世间有很多人活着就已是个传奇人物，古龙当然是其中一人。

古龙生前，报章杂志就竞相报道他的“丰功伟业”，但大都集中在绯闻上，甚少报道他的小说如何如何。

在古龙“乘酒归去”后，有关古龙的书籍竞相出版，从各个角度探讨他的人生和小说创作，还有无数的伪书，如雨后春笋般冒出来。

有些精明的读者，看看书的开头，就知道是真品或伪书，但有些摸不着头绪的只有照单全收，因此造成书迷们的疑惑和不解……

为什么同样是古龙的小说，差异会那么大？

于是，就有人开始研究古龙小说的真伪，以及是否为别人代笔完成。

只是在古龙活着的时候，他的小说就很乱了。哪怕是同一本书，在报章杂志连载，和出版实体书时，也会有所不同，更别说在他死后。

在这种情况下，研究者只好各凭本事收集资料，加以解析诠释，但个人所好观点不同，专精类型也各异，所以，坊间戏说古龙小说的书籍也是各有千秋。

书迷们还是一头雾水，搞不清楚究竟哪个版本是真品，哪个版本是旧版，哪个版本是新版。

条分缕析、正本清源的古龙小说版本研究，俨然成为一个“不可能完成的任务”。

幸好有一位古龙的书迷，他不但是古龙小说的拥护者，还是位古龙学的研究探讨解析家，更是一位古龙小说的执着者。

他为了还原古龙小说的原貌，不惜花费成本和时间，到各地去收集古龙每个时段出版和连载小说的版本及资料，加以汇总整理编辑。

他力求准确性，再花六七年的时间将收集到的资料一一比对、分析、整理，然后挥笔撰写出这部史无前例的《古龙武侠小说版本考》（原书名）。

这本书除了还原古龙每一部小说的问世时间外，里面还附了珍贵书影七百余张，可说是绝无仅有的一本旷世佳作。

对广大的古龙书迷来说，这真是一大福音，只要看过这本《古龙武侠小说版本考》，你不但更能了解古龙的武侠世界，还能成为专家，哪部小说是何时在哪个报章杂志连载，哪个出版社发行的，更别说真品或伪书，你一眼就能分辨出来。

这位凭着执着的意念，完成《古龙武侠小说版本考》的人，就是顾雪衣！

连身为古龙弟子的我，在看过这本《古龙武侠小说版本考》后，都叹为观止，也很羞愧，因为我知道自己没有能力去完成这个“不可能完成的任务”。

所以，我对顾雪衣除了感到敬佩外，还有两个字对他说，那就是：感恩！

丁情　于二〇一七年七月一日

心中除了感恩，还是感恩！

目　录

前　言

在互联网出现之前，文字的载体，多是纸质书籍，一种书籍印刷数次，就形成了不同版本。在弄清各本渊源递嬗关系的同时，还要进行优劣的考定、异文的比勘，于是产生了版本学。它曾和训诂学、目录学、文字学、校勘学、音韵学等，一同被纳入文献学的知识体系。从古到今，印刷形式或有改变，但其独立于各学科之外的属性，却一直存在。

古龙小说部数众多，版本纷然杂陈，这就给了我们一个很大的研究空间。一方面要捋顺源流支属，版权授受，文本传承。另一方面通过对不同版本的探索，还可以重回历史现场，以彰显时代差别、意涵变迁。同时也必须承认，由于武侠小说一直被所谓的“正统文学”边缘化，文化部门对其保护力度极为有限。尽管古龙的著作曾经辉耀过一个时代，也依然挽回不了诸多版本流失的厄运，依然无法让更多有价值的资料留存至今，这无疑为现今的梳理工作带来极大阻碍。

笔者能力有限，但仍希冀以自己的所见所得，将古龙小说版本数十年来的发展与演化，加以总结概括，不敢说继往开来，只想借此抛砖引玉，激起更多人共鸣，毕竟百川东到海也需要一定的过程。

古龙小说最初的发表形式与金庸有些不同。金庸所有作品，都是在报刊上首发，而古龙的作品虽然有一部分是这样，但有些初始却是以单行薄本的形式问世。所以如果将单行薄本和报刊连载统称为旧版，颇为不妥。因此笔者将两者分开，报刊连载称为连载版，单行薄本称为旧版，将二十世纪七十年代流行的武林、武侠春秋版及桂冠、汉麟改革版式后的版本统称为新版。旧版的特点就是集数甚多（如《绝代双骄》达到六十四集），出版时间跨度很长，以三十六开本为主。新版则是目前市面上最常见的版本，或独本或数本为一部（俗称“厚本”），以三十二开本和二十五开本为主。

值得注意的是，并不是所有旧版都比新版的出版时间早，正如笔者前面所说，并不是所有连载版都比旧版的出版时间早一样，甚至有的时候三者还相互掺杂，各擅胜场。比如《多情剑客无情剑》，上半部连载版就比旧版出现得早，而下半部则是旧版比连载版出现得早。“七种武器”系列有数部是以连载版为先，但也有以新版为先者。比如《多情环》，武侠春秋新版的印行时间就早于南琪旧版和《当代武坛》连载版。无论是连载版、旧版，或是新版，其中的文字内容也有诸多不同。删、增、改的情况屡见不鲜，这就需要我们不断探索，在剥茧抽丝中看清真相。

在二十世纪七八十年代，香港又出现了许多未经授权的版本，如武功、“华新”、毅力等出版社出版的作品，数量极为可观，所宗版本也异常复杂。如武功《陆小凤》源自《武侠与历史》连载版，毅力《夺命青蚨镖》源自明祥旧版，“华新”《失魂引》则源自汉麟新版。因此笔者将这些未经授权，且数量庞大的版本称为翻印版。在许多连载版和旧版极难寻觅的情况下，翻印版的价值无疑是巨大的。

在分述各版本之前，有必要将古龙写出的所有真品列出。笔者依据叶洪生、林保淳、于志宏、周清霖、郭琏谦等人的资料，加上自己所见所闻，爬梳剔抉，缕析整理。如将郭琏谦摒弃的《剑毒梅香》、《血鹦鹉》及《飞刀，又见飞刀》重新收入，并剔除了于志宏、周清霖误收的《剑玄录》、《白玉雕龙》和《边城刀声》等作品。再有就是将佚失数十年的《神君别传》、《银雕》和《财神与短刀》钩沉出来，示于同好。

为了便于整理，笔者仿效覃贤茂、林保淳等人，亦将古龙的武侠小说创作分为四个时期：发轫期、破壁期、高峰期和衰困期。发轫期属于初级阶段，古龙名不甚显，写作就是为了糊口，虽然套路陈旧，但也时有灵光闪现。破壁期从《情人箭》开始，隐隐约约已有大家风范，至《武林外史》转为圆润，再到《绝代双骄》，“古龙风格”已经逐渐形成。高峰期几乎部部是精品，“楚留香”系列横空出世，代表了一个新武侠时代的来临，随后推出的《多情剑客无情剑》、“陆小凤”系列及“七种武器”系列，不但使古龙坐稳台湾武侠小说创作的头把交椅，更被倪匡誉为“前无古人，后无来者”。从此以后，他与金庸被评论界奉为当代武侠史上的双巨头。高潮之后就是低谷，以《天涯·明月·刀》为分水岭，这部作者自认为写起来最为痛苦的作品，预示了衰困期的来临。加之“吟松阁风波”及一系列始料未及的事件，使得古龙身心俱受重创，这一时期虽然也偶有佳作出现，但在创作上已经明显力不从心。

发轫期（一九六〇至一九六二）

《苍穹神剑》、《剑毒梅香》、《残金缺玉》、《剑气书香》、《湘妃剑》（又名《金剑残骨令》）、《孤星传》（又名《武林霸主》《风云男儿》《历劫江湖》）、《游侠录》、《飘香剑雨》、《神君别传》、《月异星邪》、《剑客行》（又名《无情碧剑》）、《失魂引》、《彩环曲》（又名《傲剑狂龙》）、《护花铃》（又名《诸神岛》）。

破壁期（一九六三至一九六七）

《情人箭》（又名《怒剑》《怒剑狂花》）、《大旗英雄传》（又名《铁血大旗》《大旗英烈传》）、《浣花洗剑录》（又名《浣花洗剑》《红尘白刃》）、《武林外史》（又名《风雪会中州》）、《绝代双骄》、《名剑风流》。

高峰期（一九六七至一九七四）

《铁血传奇》（含《血海飘香》《大沙漠》《画眉鸟》）、《多情剑客无情剑》、《借尸还魂》（又名《鬼恋侠情》）、《蝙蝠传奇》（又名《黄衣人与铁仙姑》）、《萧十一郎》、《欢乐英雄》、《流星·蝴蝶·剑》（又名《剑胆星魂》）、《大人物》、《桃花传奇》、《边城浪子》（又名《风云第一刀》）、《长生剑》、《陆小凤传奇》、《孔雀翎》、《绝不低头》、《绣花大盗》（又名《凤凰东南飞》）、《火并萧十一郎》（又名《火并》）、《九月鹰飞》、《碧玉刀》、《剑·花·烟雨江南》、《决战前后》、《多情环》、《银钩赌坊》、《七杀手》、《幽灵山庄》。

衰困期（一九七四至一九八五）

《天涯·明月·刀》（又名《明月刀》）、《霸王枪》、《凤舞九天》、《血鹦鹉》、《拳头》（又名《狼山》《愤怒的小马》）、《三少爷的剑》、《白玉老虎》、《圆月弯刀》（又名《刀神》）、《碧血洗银枪》、《大地飞鹰》、《七星龙王》、《离别钩》、《英雄无泪》、《新月传奇》（又名《玉剑传奇》）、《飞刀，又见飞刀》、《剑神一笑》（又名《陆小凤与西门吹雪》）、《风铃中的刀声》、《午夜兰花》、《赌局》、《狼牙》、《猎鹰》、《群狐》、《追杀》、《银雕》、《海神》、《财神与短刀》。

第一章　旧版——小薄本，一个武侠时代的印记

旧版又称小薄本，是时代的产物，有着很深的时代印记。它在武侠小说出版史上，有着举足轻重的地位，对古龙小说而言尤为重要。什么是原刊本？很多小薄本就是原刊本。

小薄本于二十世纪五六十年代风行，至七十年代中期衰落，与现在的出版形式颇为不同。现在出版的古龙小说，多是厚本，以风云时代出版社在二〇〇九年推出的《萧十一郎》为例，分为上下两册。时间退回三十余年前，春秋出版社在一九七〇年就出版过《萧十一郎》，共分十四集，都是小薄本。平均每集才六十余页，尺寸为12.2 cm × 17.5 cm，厚度仅为3 mm。前有“敬告读者”一文，可以说明一些“实质性”问题：

> 古龙先生之作品，“风格独特”“情节新颖”“布局诡奇”“对白风趣”，为众所周知之事实，无须本社多为介绍，但看古龙所著武侠小说之唯一遗憾，就是发行太慢，半月出版一集，一月出版一集，甚或更长，致时有“吊瘾”之感，本社有鉴于此，故古龙新著《萧

> 十一郎》，虽早已拍成电影，但仍不敢发行单行本，现该书已全部脱稿，可一口气出完，绝无“中断”之虑，始向读者推出，定每星期出版一集，特此申明，敬请爱护古龙之读者多予指正为祷。

从中可以看出，小薄本的特点之一，就是“半月出版一集，一月出版一集，甚或更长”。这是有原因的，那时台湾武侠作家达几百位，他们的作品是一边写一边发表。有报刊约稿的，先在报刊上连载，连载到一定字数后就先出一本，当然是薄薄的一本；没有报刊约稿的，也是这

当年于右任苦研书道，以诗寄怀：“朝临石门铭，暮写二十品，辛苦为集联，夜夜泪湿枕。”笔者收集这些旧版，艰辛处应不逊于先贤集联作书。每每想起“夜夜泪湿枕”语，不免都心有戚戚焉。

样，随写随出，一本接一本，很多时候十几本甚至几十本才能凑成一套。像《萧十一郎》每星期出版一集，还算快的，慢的如《多情剑客无情剑》，总共三十四集，同样由春秋印行，从一九六九年五月一直出到一九七一年二月，平均十九天推出一集。

早期台湾武侠小说出版社，叶洪生首推“八大书系”。分别是真善美、春秋、大美、四维、海光、清华、明祥、南琪（详见《台湾武侠小说发展史》）。笔者翻看手头资料，发现除去大美，其他七大书系都出版过古龙作品。以春秋、真善美、南琪出版的部数最多，余者出版的数量虽有限，但仍不失珍贵。古龙从籍籍无名到卓然成家，离不开这些出版社的推波助澜。

有些出版社前期印行的是小薄本，中期穿插些合订本（就是将数集旧版的内容合印，版式未变），再后顺应历史潮流，改为现行的厚本（即前面提到的新版）。其中尤以小薄本最为某些研究者看重，它的装帧虽然朴实，但在一定程度上却能反映出古龙小说的原始面貌。原始的未必是最好的，但对很多经历过那个时代的人来说，却是弥足珍贵的，是可以为之怀念一生的。

一、第一图书出版社：《苍穹神剑》

第一图书并不在“八大书系”当中，但却是研究古龙小说版本首要面对的。它所出版的武侠小说，存世量似乎不多，笔者能见到的，也只有司空燕、海涛、寒星、孤独

生、万钧、鸣雷、浊世孤鸾、鼎湖居士等人的作品，其中名家名作非常之少，与本书随后提到的真善美、春秋等出版社不能同日而语。

或许就因为这样，才给了古龙一个能够发表作品的机会。换言之，古龙当时和海涛、鸣雷这些人一样，都是名不见经传的“小角色”。在第一图书推出的若干“无名”作家之中，最终只有极少数人能够脱颖而出。而古龙，则是日后名气最大、成就最高者——不独是在第一图书作者群中，甚至在台湾武侠小说界都是一样。

《苍穹神剑》为古龙初入“武林”的试水之作，至今未见原刊本出现，已知出版于一九六〇年。有关《苍穹神剑》的集数，似乎早有定论。所依据者为一九七七年第一图书出版，万盛书店总经销的旧版，共有十八集。这个版本颇有让人起疑之处，因为在一九七七年，第一图书很可能已经不复存在，万盛则是锋芒渐显，即将成为武侠出版业之龙头，故此这

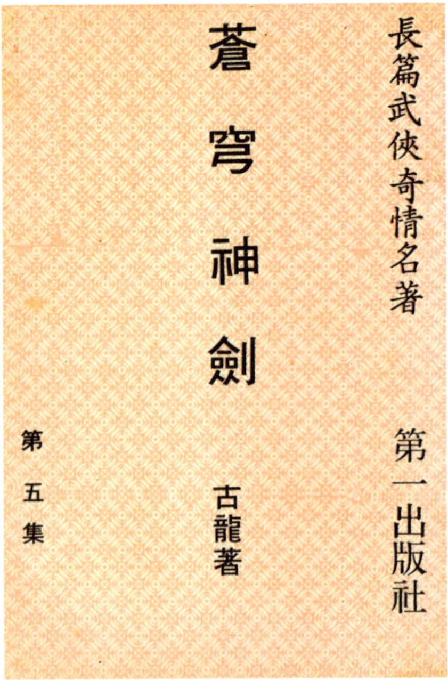

《苍穹神剑》第五集，一九七七年第一图书出版，万盛书店总经销。

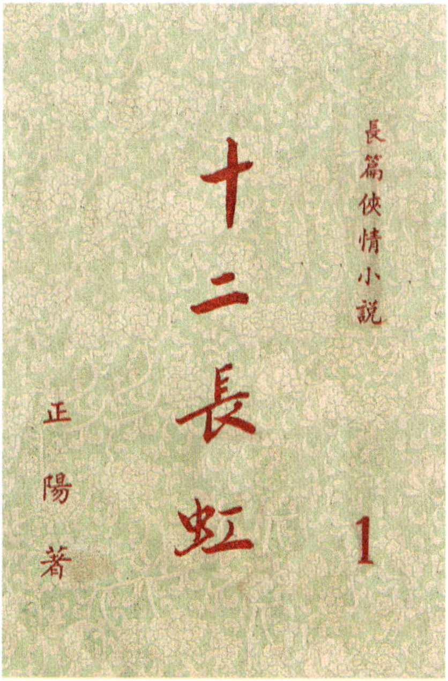

《十二长虹》第一集，一九六二年一月四维出版，第一书社总经销。

个版本与其说是第一图书版，还不如说是万盛翻印版（以下亦据此称）。此翻印版在行文及版式上当是大体遵循了原刊，但在集数上或有出入。

我读古龙网站长戏雪曾经写过一篇名为《〈苍穹神剑〉惊传代笔》的文字，内附一九六一年一月正阳所著《十二长虹》（四维出版，第一书社总经销）广告页书影，全文如下：

古龙先生为本社撰写之《苍穹神剑》，至第七集因事冗未克执笔，由本社促请正阳先生续写第八至第十四集暂告一段落，现经本社敦促正阳先生就《苍穹神剑》一书原有人物精心别撰《十二长虹》一书，格调新颖、情节离奇，而写情处尤擅缠绵悱恻之致，今《十二长虹》出版伊始，特为读者郑重介绍。第一书社敬启。

启事说得很明白，《苍穹神剑》只出版到十四集就“暂告一段落”。笔者翻看了香港武功出版社的原刊翻印本，恰恰看到书末有“《苍穹神剑》一书，于此暂告段落”字样，正与《十二长虹》中的启事契合。此语却是一九七七年万盛翻印版所没有的，不但这一版没有，后世其他版本皆未见留存。于此可见，武功版比万盛翻印版更加接近原刊面貌（但也谈不上完美，偶有漏印页数的现象）。

武功版合订为六厚册，无出版时间。前四册及第五册的第一至十九页，是《苍穹神剑》的全部内容，约合一千一百六十五页。从第五册的第二十页开始，至第六册结束，为正阳续写的《十二长虹》，约合四百八十三页。按照中华武侠文学网的书目，已知《十二长虹》共六集，这样算下来每集约为八十一页。《苍穹神剑》部分，按十八集计每集约为六十五页，按十四集计每集约为八十三页。考虑到《苍穹神剑》与《十二长虹》有着很密切的联系，同一出版社推出，前者为正传，后者为续书（或作别传），正阳又都参与了创作，出版时间也极为接近，故此从页数上就可大体推测出原刊应为十四集（参考八十三页一说）。

对于广大读者而言，原刊无论是十八集，还是十四集，无关紧要。但从版本研究上看，却是重中之重的事情。因为“研究”的本身，就是要以尊重历史、还原历史为前提，一切不尊重历史的研究皆可称之为“耍流氓”。笔者早年也曾探究过《飘香剑雨》原刊集数，后经证实所言非虚。此次当然不敢奢谈百分之百的正确，但也希望能够接近事实真相。

武功版总计五十六回，第一至四十回为《苍穹神剑》，第四十一至五十六回为《十二长虹》。回目前后风格也有变化，前十四回为四六式对仗，古典雅致。从第十五回开始，多改为四四式对仗，在意韵上略不及前：

第一回　柳丝翠直，秣陵春归双剑；梅萼粉褪，禁苑寒透孤鸿

第二回　剑影鞭丝，苍星银月陨落；风住尘香，孤鸿落花飘零

第三回　金粉笙歌，多少酸辛往事；淡烟横素，几许别离情绪

第四回　七月学剑，秦淮金粉似梦；九月高歌，中原豪士如云

……

第十五回　水流千里，豪士壮语；壁立万仞，异客奇行

第十六回　青芒紫电，流星落地；百媚千娇，玉璞归真

第十七回　松簸微鸣，人入山去；飞珠溅玉，剑化龙飞

第十八回　解剑池畔，千幻剑气；黑煞掌下，二挫煞威

……

万盛翻印版和武功版回目基本相同，但却有两个第二十一回，第一个为“滑稽突兀，怪叟传语；剑起丸飞，娇娃怯敌”；第二个为“疑惧参半，芳踪突涉；嫉仇交集，孤剑施欺”。原刊是否如此，还有待进一步查证。但笔者觉得后一个武功版不存的回目，不是毫无依据的，应该有所本才是。

在第一图书原刊之后，最重要的版本其实既不是武功版，也不是万盛翻印版。尽管后两者在某种程度上能够反映出原刊面貌，但能看到的人都不多，更不要说收藏了。真正能做到流传四方，并且影响几代人的，却是二十世纪七十年代末印行的汉麟版。不太夸张地说，绝大多数读者都是看着汉麟及以汉麟为母本的版本成长起来的。

但任何事物都有两面性，“重要的”未必就是“最好的”，我们在承认汉麟版历史作用的同时，却又不得不正视它的问题。其文本有着刀削斧砍、任意篡改的特点，并且由此引发了种种问题，最终难逃“叫座不叫好”之命运。现引数段文字，辅以武功版对比，以示与原刊之不同：

> 江南春早，草长莺飞，斜阳三月，夜间仍有萧索之意，秣陵城郊，由四百横街通到太平门的大路上，此时行人早渺，但见树梢摇曳，微风飕然，真个寂静已极。
>
> 忽地远处蛰雁惊起，隐隐传来车辚马嘶，片刻间，走来一车一马，车马蹿行甚急，牲口的嘴角，已喷出浓浓的白沫子，一望而知，是赶过远路的……（武功版第一回）

江南春早，草长莺飞，斜阳三月，夜间仍有萧索之意，秣陵城郊，由四百横街到太平门的大路上，行人早渺，树梢摇曳，微风飕然，寂静已极。

蛰雁惊起，远处忽然隐隐传来车辚马嘶，片刻间，走来一车一马，车马蹿行甚急，牲口的嘴角，已喷出浓浓的白沫子，一望而知，是赶过远路的……（汉麟版第一章）

以上只是个别字词的润色，尚在情有可原之例。因为诸如《铁血大旗》《浣花洗剑》都做过这样的小手术，而且还被冠以"修订版"之美名。但除此之外，汉麟版还曾修改过整段文字：

四年。

日子虽然过得很慢，但毕竟是一天，一天地过去。

江湖上的风云变化，往往是瞬息间的事，何况是长长的四年呢。

新生的一代，接替了老朽的一代，坚强的，他生存得也久些。孱弱的，顷刻间就会灭亡了。（武功版第九回）

四年，好像在一晃眼间就过去了。

熊倜跟着飘然老人，隐居在泰山，已经苦练了四年的武功。

四年，江湖上起了很大的变化。（汉麟版第五章）

改过后的句子过于平铺直叙，大不如前。从原刊中能够读出感情来，虽有“为赋新词强说愁”的嫌疑，但却是作者从事武侠创作必不可少的经历。抹掉这种经历，就像一个人要忘记自己青春岁月一样，完全没有必要。

再有就是存在将原刊中的某些情节一笔带过的情况：

> 熊倜应了，叶老二走出去后，他便将夏芸放到床上，但伤在内腑，势必要解开衣裳才能看出伤势，熊倜踌躇了一会，断然想道：“我真是的，在这种情形下，还避什么嫌，反正我今后除了芸妹之外，是不会再娶的……”（武功版第十二回）

随后还有三百余字的疗伤情节，但这些内容到了汉麟版，却只变成了一句话：

> 熊倜检查了夏芸的伤势，用内力把她伤势止住，然后走出房内。（汉麟版第七章）

以上的引文，当然还不足以说明汉麟版之“拙劣”。它最不应该做的，就是删除原刊中的海量文字。像上面所说的随便去掉三五百字实属平常，就算千八百字亦不稀奇，更有甚者还有整回删除的情况。比如原刊的第八回，就在汉麟版中遍寻不见，这就导致了前面的故事无法展开，后面的情节跳跃突兀。知者谓出版社之过，不知者谓古龙之错也。

尽管如此，汉麟似乎还是意犹未尽，干脆将原刊的后十五回全部抹掉，遂使此版成为名副其实的“阉割本”。据笔者估算，原刊近四十万字，最后却被汉麟删到不足二十一万字，而且居然连小说的结尾，也一并作了改写。

原刊结尾写熊倜因愧对夏芸，想要横剑自刎：

> 芸，你不肯动手，我来履行我的诺言吧。
>
> 他猛然横剑向他自己咽喉刎去，青魄仙子极神速的一掌，向他臂腕上推出一股劲力！熊倜的手臂颤抖了一下。
>
> 鲜血自熊倜的胸前激射而出，这少年全身抽搐着，徐徐倒在地上了！
>
> 伴以三声惊呼，少女伏在熊倜的身上，哀哀悲号起来！
>
> 哭声震动了山谷，佐以塞外愚夫的两声长叹！
>
> 苍穹神剑的唯一传人——熊倜，就此死在他的爱侣——夏芸的面前么？造物者不应安排这样悲惨的结局吧！
>
> 天地含悲，风云变色，似乎子午谷中，被一层凄凄惨惨的阴霾所笼罩，而杲杲的红日，却正送来无限的光明！
>
> 《苍穹神剑》一书，于此暂告结束！

作者写到这里，言明的是“暂告结束”，就是说很可能还有后文。既然如此，熊倜当然就不会死。实际上明眼的读者应该可以注意到，当熊倜想要自刎时，被青魄仙子阻了一阻，长剑只是刺中了前胸，如果作者真想写死熊倜，完全没必要多此一举。而且文中还说“熊倜，就此死在他的爱侣——夏芸的面前么？”明显是疑问句，也为熊倜留下了“复生”的可能。

但到了汉麟版，不但写死了夏芸，还连带上熊倜：

> 熊倜的剑已经刺穿了夏芸的胸口，直入萨天骥的心脏。
>
> “芸妹——”熊倜愣住。手松开，剑依旧插在二人身上。
>
> ……
>
> 他凄然一笑，抬头望天，天色忽然转晴，露出一抹蓝色。
>
> 大地又复醒了，然而，对他来说，并不代表任何意义。
>
> 于是——
>
> 他纵身一跳，跳入夏芸左边的坟坑内。
>
> 他拿起贯日剑，向自己脖子上一抹——
>
> 在雨后新霁湛蓝天空下，两个新坟默默堆在大地上，新坟中间，刻着两行字：
>
> 亡妻芸亡夫倜
>
> 之墓

这种写法，是完全不给熊倜和夏芸活路的，可以说大大违背了《苍穹神剑》原作者的本意。这里说的原作者，不是古龙，而是续写者正阳。正阳随后推出的《十二长虹》，讲的就是熊倜“自刎”之后的故事。里面说得很明白：

熊倜和青魄仙子、塞外愚夫同抵云峰小筑，来不及听夏芸解释，就横剑自刎！幸而只重伤了前胸。

夏芸和青魄仙子细心看护之下，不久熊倜就伤势痊愈，蒙银杖婆婆加以教诲，两人武功同时增进！

行笔至此，笔者心中忽然生出一种想法，是不是古龙授意汉麟写死熊、夏二人呢？这样既可“永绝后患”，又能给曾经不负责任的自己一个交代。

当然，先生已经作古，这只能算是笔者“长戚戚”之私语吧。有些谜团，可能是永远也解不开的。

第一图书还印行过古龙的《残金缺玉》和《月异星邪》。由于资料所限，这两部小说的出版时间还未有定论，应在一九六〇年至一九六一年间。前后顺序的认定，可以参考《苍穹神剑》中题为“郑重介绍古龙先生的侠情长篇《残金缺玉》《月异星邪》”的广告说明：

名作家古龙先生继《苍穹神剑》《剑毒梅香》后，另二部长篇侠情巨著，已将问世。

《残金缺玉》乃古龙先生第三部之力作，离奇诡异中不失细致侠情，现已由香港《南洋日报》逐日连载。

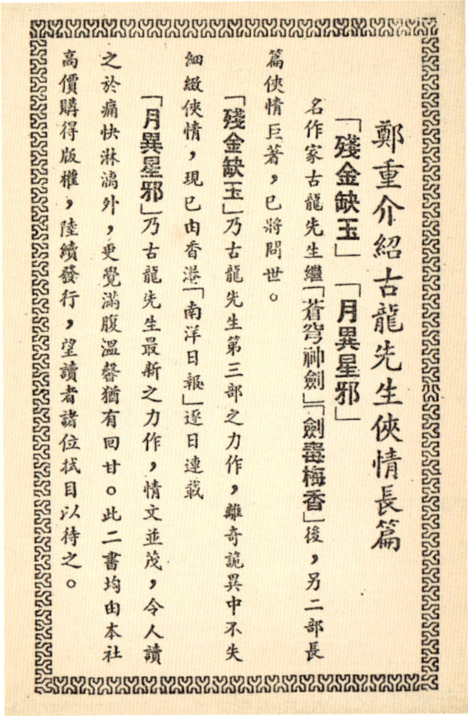
鄭重介紹古龍先生俠情長篇

「殘金缺玉」「月異星邪」

名作家古龍先生繼「蒼穹神劍」「劍毒梅香」後，另二部長篇俠情巨著，已將問世。

「殘金缺玉」乃古龍先生第三部之力作，離奇詭異中不失細緻俠情，現已由香港「南洋日報」逐日連載

「月異星邪」乃古龍先生最新之力作，情文並茂，令人讀之於痛快淋漓外，更覺滿腹溫馨猶有回甘。此二書均由本社高價購得版權，陸續發行，望讀者諸位拭目以待之。

《残金缺玉》和《月异星邪》广告页，见于《苍穹神剑》第九集。

《月异星邪》乃古龙先生最新之力作，情文并茂，令人读之于痛快淋漓外，更觉满腹温馨犹有回甘。

此二书均由本社高价购得版权，陆续发行，望读者诸位拭目以待之。

有关《剑毒梅香》，笔者会在后面的章节提及。在这篇引文中，已经明确指出《残金缺玉》是古龙的第三部作品，也是第一图书印行的第二部古龙作品。

《月异星邪》写在《残金缺玉》之后，共有十集。第一集出版时间不明，末集出版于一九六一年十二月。第一图书曾在一九六一年，登出名为《古龙先生又一巨著〈月异星邪〉铁定六月二十五日出版》的启事：

古龙先生，以无比之速度，崛起武侠文坛，未及

《月异星邪》第七集，一九六一年七月四维出版，第一图书出版社印行。

一年，声誉之隆，不但名闻宝岛，且已远及海外。今香港最大之名报《新闻夜报》，特专人来台，重金礼聘古龙先生为其撰写一长篇连载，其名《月异星邪》，本社亦有幸购得海内外的单行本之版权。《月异星邪》为古龙先生构思经年之长篇精选，自不在言下，想是书出版时，当必又可轰动一时也，万望读者诸君留意出版日期是幸。

今见第七集，封面有“第一图书出版社印行”字样，封底版权信息则显示由四维出版，第一书社总经销。此集出版于一九六一年七月，与“启事”相印证，可知“铁定六月二十五日出版”语，即使不中，亦不远矣。

二、清华/国华出版社:《剑毒梅香》

《剑毒梅香》共有十五集，是古龙的第二部作品，但在创作时依然没有改掉“开天窗”的老毛病，最终还是由出版社找人代笔完成。陈晓林在数十年前，询问过古龙另写《神君别传》的原因：

> 是否因读者对上官鼎接写（《剑毒梅香》）的反应不差，心高气傲的你为了让武侠出版界“小吃一惊”，故意再另辟蹊径，出来别别苗头？古龙的回答是：当初对清华出版社只因他略为耽搁了交稿时间就径自找人代笔，确有不满，但既然上官鼎接得不差，他也就乐观其成了。（《〈神君别传〉：古龙的游戏之作》）

原来是古龙“略为耽搁了交稿时间”，出版社“就径自找人代笔”。按陈晓林的说法，古龙对此是心存不满的。既然这样，就说明古龙不认为错在己方，至少在找人代笔的问题上，出版社也该负有一定责任。

“上官鼎”其实不是一个人，而是刘兆藜、刘兆玄和刘兆凯三兄弟共同的笔名。主笔刘兆玄在二〇一四年接受记者采访时，也提到了这个问题：

> 当时古龙写《剑毒梅香》，写了四本后，和出版社有纠纷就不写了。那时的一本书很薄，也就三万字，

古龙突然不写了，出版社很着急，可也没办法。那时不会要违约金的，出版社就在报纸上登了启事，请人来续写，我就去了，出版社说：“你写两本就行，让故事能收尾有个结局。”这样整套书出版社才好卖嘛，我们就写了，没想到很受欢迎，出版社说再写再写，就继续写下去了。（尚晓岚《刘兆玄：曾为古龙代写〈剑毒梅香〉》）

刘兆玄和古龙虽然都在台湾，但却从未谋面，更无往来。故此其所说的“古龙突然不写了”，应该是从出版社方面了解到的情况。访谈还透露出一个极为重要的信息，就是古龙只写了前四本（集）。按每集三万字计，四集就是十二万字。也就是说，总共约三十五万字的小说，古龙只写了其中的三分之一，余下的部分皆由“上官鼎”代写。

今见数集原刊本书影（由陈舜仪出示），第一至四集（一九六〇年六月至七月）为清华书社印行、国华出版社出版，署名古龙；从第五集（一九六〇年十二月）开始，则为清华出版社出版，改署上官鼎。这既佐证了刘兆玄的说法，同时也让笔者明白了这场“换角”公案的谁是谁非。因为第四集和第五集出版的时间，跨度达五个月之久，这可不是陈晓林所传“略为耽搁”能解释通的。古龙写作的速度非常之快，大约两天就可以写完一集。数月都不交稿，只能说明他不想写，或因为某种原因不写。陈融在《江湖·女人·酒——古龙的武侠和感情世界》一文中给出了答案：

> 他写的第一本武侠小说，稿费是八百元，只有成名作家的一半。他写了第一本，稿费立即暴涨，可是，出版《剑毒梅香》的书店，却不肯跟着调整。
>
> “那我只好替别人写了，钱很重要，尤其在穷的时候。”

最后一句话，是古龙当着访谈者面说的，可信度非常高。这篇文字，也不同于其他道听途说的报道，而是《时报周刊》在邀请古龙参加摄影活动之余，进行的个人专访。

这或许是最接近事实的说法。古龙涉嫌违约，固然有其可恨之处。但出版社压榨新人，也并不值得同情。这种事情如果发生在十年后，或许会有一个皆大欢喜的结局。可在当时，古龙步入江湖不久，名气并未大到可以让出版社一忍再忍的地步。

坊间传闻，原刊有四十六回，惜笔者并未亲见。所见者为“华新”翻印本，共五厚册，每册含三集旧版内容。尤其可贵的是，每集都用回目隔开，颇似后来真善美出版社推出的旧版合订本。但这个版本共为四十回，后有尾声，虽于传闻有异，但也不排除这才是原刊真正面貌的可能。

同《苍穹神剑》的情况类似，《剑毒梅香》的回目前后风格变化明显，第一至八回为五八式对仗；第九至十四回为四四式对仗；第十五至四十回为四字新式回目：

第一回　神君称七妙，十三州里盛传韵事；昧心施一击，二十年后难见故人。

第二回　双煞施毒手，東翼双雕有翼难展；奔牛发狂蹄，未死孤鸿生死谁知。

第三回　幽谷散神功，盖代奇人顿成凡子；密室传绝艺，浩浩江湖再尊神君。

……

第九回　情思冉冉，此心有寄；江水悠悠，伊人无踪。

第十回　三斗天魔，拳毒掌妙；初逢玉女，目眩心倾。

第十一回　此君原伪，无端得祸；彼生通真，有女怀春。

……

第十五回　岛上奇遇

第十六回　归元古阵

第十七回　风云际会

……

第三十九回　谁能遣此

第四十回　剑毒梅香

尾声

前面有几个回目写得曼妙之极，颇具旧学气象，如果古龙不是将精力放到开创新派上，或许会顺着旧派武侠的道路，走出另一番天地。从第十五回，也就是上官鼎接续开始，改为四字回目。这类的回目其实更接近所谓的“新派风格”，只是还缺少变化，显得不够活泼生动。考虑到刘氏兄弟当时都还在校读书，故此不必苛求，反应敬其后生可畏。

数十年来，许多研究者都称上官鼎是为古龙代笔《剑毒梅香》而成名，这么说并不算错，但严格来说，应该称为“合著”。因为对于“代笔”而言，一般是将作品的归属置于被代笔的一方。比如《圆月弯刀》，虽然可能由司马紫烟续写了大量篇幅，但在出版时却永远只署古龙一个人的名字；再比如《江湖夜雨十年灯》，古龙写了其中的一集，但仍归于诸葛青云名下。《剑毒梅香》却颇为特殊，长期以来有一部分人认为这就是上官鼎的作品，甚至上官鼎一方，对此书的归属都是虎视眈眈。《台湾武侠小说发展史》采用了一个折中的办法，就是在后附的武侠作家书目中，同时将此书放到古龙和上官鼎的名下，这种做法有趣之极，已非一般“代笔”所具有的意向了。

三、海光出版社:《游侠录》

印行古龙早期作品的出版社，规模多不很大，第一图书是这样，海光也是这样，随后提到的华源依然是这样，或过早倒闭，或被其他有实力的出版社兼并。作家名望与所寻求合作的出版社大小成正比，这虽然符合市场运作规律，但却压抑了小中型出版社的发展。这其中只有真善美较为特殊，作为一个出版大家，在古龙没有什么名气的时候，就印行了他的第四部作品《剑气书香》，可谓慧眼识英才。但最终却也因为和古龙的合作获益良多，即使到了几十年后的今天，依然有着可观的版权收入。

在《游侠录》的插页广告中，列出了海光旗下的作家，有独抱楼主、飘萍生、公孙龙、卧云生、许靖、司徒明、江山、上官天赐等人。笔者还发现了一个既陌生又熟悉的名字——公子羽，他也是位武侠作家，写出了《浩气英光》《虎爪龙行》等著作，这个名字后来在古龙的小说《天涯·明月·刀》中出现过，而且还是最大的反派。作为出版社在同一时期推出的两位作家，古龙不可能不知道公子羽这个人，因此巧借其名为己所用的可能性还是很大的。

《游侠录》出版于一九六〇年十一月至十二月，共有八集，每集一篇。这八篇分别为：《恩怨分明》《际会风云》《千蛇之会》《八方风雨》《云龙入云》《峰回路转》《急转直下》《完结之篇》。每篇都有若干小标题，如第一篇内为《夕阳古道》《无影之毒》《黑铁神掌》《恩仇互结》《各有心事》《劫后余生》《终有一斗》《天龙七式》《虎跃龙腾》《虽死犹生》。这就是很多研究者所谓的“母章子题”，此形式到底始于何时已不可考，较早见于海光版作品中的，除了《游侠录》，还有独抱楼主的《恩仇了了》（一九六〇年十二月）。于是就出现了一个新的问题，古龙作品中的回目，到底是出于他本人之手，还是由出版社自行拟定？

笔者综合多年研究古龙小说版本的经验，认为情况较为复杂，其中肯定有出版社代拟的情况。后期在《武侠世界》连载的许多作品，如《血鹦鹉》《鬼恋侠情》《九月鹰飞》等，可以确认为编辑代拟，因为古龙的新派回目在那时早已定型，他不可能再走回头路，重新采用“巧施金蝉计，义作护花人”这类的旧式回目（但这却一直是《武侠世界》杂志编辑所偏好的风格，并且反复运用在众多武侠名家作品中）。

至于一些早期作品，如现在所说的《游侠录》，有独抱楼主作品中相似的回目作为参考，似乎可以得出是编辑代拟的结论，但事情绝非如此简单，因为真善美在出版《湘妃剑》时，也运用到了这种形式的标题，不同出版社在出版同一作家的作品时，运用到相同形式的标题；同一出版社在出版不同作家的作品时，也运用了相同形式的标题，这就为我们的考证工作带来了较大麻烦。在此不妨借用法学上“无罪推定”的原则，即在没找到确凿的证据前，认定是古龙所写，这么做的好处，就是不会因为个人的主观判断，得出可能错误的结论来。

《游侠录》还有个特点，就是在每集的后面，多有预告性质的结束语，现取第四集录之：

> 云龙白非如何？石慧如何？他们之间的误会能否澄清？无影人丁伶和游侠谢铿之间的结果，天龙门的掌门，以及其他一些未解之谜，笔者都将在第五篇后叙之，读者有兴，续观可也。

写这段话的人既然自称“笔者”，应是出自古龙之手。书后的“古龙附言”，也是许多今传本没有的：

> 《游侠录》这本书是一个尝试，里面有些情节承合的地方，是仿效电影“蒙太奇”的运用，但是这尝试成功吗？
>
> 《游侠录》结束了，真的结束了吗？其实放眼天下，又有什么是成功了的？什么是结束了的？

古龙是个有自觉意识的武侠小说作家，当时他才出道不足一年，就已经开始力求创新，实是难能可贵。成功是留给有准备的人，古龙后来能执台湾武侠小说创作之牛耳，凭的绝不仅是运气，还有他一直以来的努力。

四、明祥出版社：《失魂引》和《剑客行》

明祥出版社的发行人为费明洋，尽管旗下知名作家不多，但总的数量却较为可观。仅笔者知道的，就有近四十位，据此可以看出，出版社当年还是有些宏图大志的。

据郭琎谦考证，《失魂引》出版于一九六一年十月至十二月，共有九集。笔者仅见原刊的前两集，共八章：

第一章　风冷　星稀　月白　血红
第二章　剑折　砚飞　命丧　魂失
第三章　疑云　曙色　红颜　翠袖

第四章　青霜　翠袖　轩眉　横剑
第五章　天青　云白　山空　人静
第六章　残足　黑拐　彩衣　蓝衫
第七章　心疑　脑惑　目眩　神迷
第八章　蜂针　蛇口　珠飞　剑落

古龙早年的作品回目，虽不能说一部一种风格，但部与部之间，时常差别很大。这和出版社不同有关系，跟古龙肆意的个性也有关系。他有时思维过于跳跃，在创新方面难免会显得胆大妄为，《失魂引》的回目就是个例子。平心而论，写得并没有多不好，每章有四个短句排列，既新颖别致，又显得急促锐利，张力十足。但中国的小说，尤其是古典小说，向来有“可意会而难言传”的特点，将话说得太明白，就会缺少含蓄之美。这些回目就犯了此种毛病，太过“锐利”的结果，虽然刺激了读者的感官，但却无法给人以很美好的享受。不妨打个比方，古龙在评价楚留香时，用了“风流蕴藉”四字，如果单有“风流”，而无“蕴藉”，楚留香就不可爱了。小说回目也是这样，不管有着什么样的风格，“蕴藉”还是要有的。古龙在后来的创作中，没再故技重施，或许就是认识到“故作惊人语”式的回目，并不是求新求变之正格。

其实如果试着将第一章合并为“风冷星稀、月白血红”，第二章合并为“剑折砚飞、命丧魂失”，似也无不可。虽然显得平庸了，但总能避免剑锋走偏的嫌疑。香港大众版就曾做过类似的处理，将这两章合二为一，新回目

《失魂引》第一集，一九六一年十月出版。

名为“风冷月夜，尸身遍野”。

据传原刊结尾有“余音”一节，这在后世的版本中多有收录，里面交代了若干人物的结局：

……多年未履江湖的“黄山翠袖”，突地被人在京城发现行踪，第二日，却又看到她领着她啜泣不止的徒弟直回黄山，并且声言天下，武功若不能高过于她，便不能娶得她的弟子，江湖子弟虽然都知道她弟子“凌无影”美艳，却再无一人有此勇气面对“黄山翠袖”的青锋！

昆仑、武当、少林、点苍、罗浮、终南、峨眉……一干门派的高手，突地一齐下山，大河南北，长江南北，在在都发现这些名剑手的侠踪。妙峰山的神医，突地踪影不见，他到哪里去了，也正和别的那些事一样，普天之下，再无一人知道。

这些事发生在数月之间，却在十数年后方自水落石出，只是那时已有些人将这些事淡忘了。武林中的人与事，正都是浪浪相推，生生不息，永远没有一个人能将这浪浪相推，生生不息的武林人事全部了然，这正如自古以来，永无一人能全部了然天地奥秘一样。

说是结局，却又加了一些情怀在里面，类似的情形还有《情人箭》的“后记”。古龙在小说中之所以反复运用这种写法，意在拉大时空距离，以更加广阔的视角去关注小说里的人物命运。里面没有“白头宫女在，闲坐说玄宗”似的哀怨，更多的是“凭栏处、潇潇雨歇”后的壮怀激烈。虽只有寥寥数百字，但却流露出无比高远的意境，有着其他文字无法取代的作用和价值。

《剑客行》曾于明祥旗下的《武侠天下》杂志连载（一九六一年）。今见更名《无情碧剑》后的单行本，一九六三年至一九六四年八月出版，共二十一集。但这是否为真正的初版，目前还难以给出定论。虽也曾于明祥版

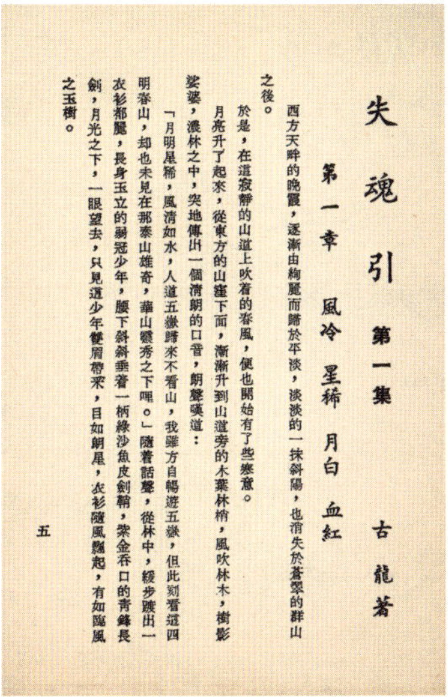
失魂引　第一集　古龍著

第一章　風冷　星稀　月白　血紅

西方天畔的晚霞，逐漸由絢麗而歸於平淡，淡淡的一抹斜陽，也消失於蒼翠的群山之後。

於是，在這寂靜的山道上吹着的春風，便也開始有了些寒意。

月亮升了起來，從東方的山崖下面，漸漸升到山道旁的木葉林梢，風吹林木，樹影娑娑，濃林之中，突地傳出一個清朗的口音，朗聲嘆道：

「月明星稀，風清如水，人道五嶽歸來不看山，我雖方自暢遊五嶽，但此刻看這四明春山，却也未見在那泰山雄奇，華山靈秀之下哩。」隨着話聲，從林中，緩步踱出一衣衫都麗，長身玉立的弱冠少年，腰下斜斜垂着一柄綠沙魚皮劍鞘，紫金吞口的青鋒長劍，月光之下，一眼望去，只見這少年雙眉帶采，目如朗星，衣衫隨風飄起，有如臨風之玉樹。

五

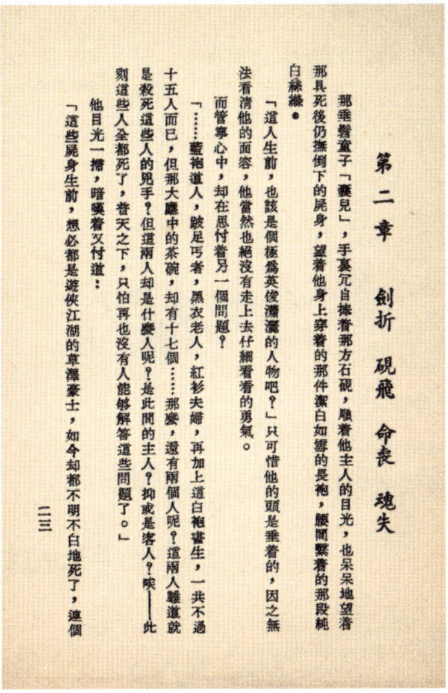
第二章　劍折　硯飛　命喪　魂失

那垂髻童子「蠶兒」，手裏兀自捧着那方石硯，順着他主人的目光，也呆呆地望着那具死後仍撫倒下的屍身，望着他身上穿着的那件潔白如雪的長袍，腰間繫着的那段純白絲絛。

「這人生前，也該是個極爲英俊瀟灑的人物吧？」只可惜他的頭是垂着的，因之無法看清他的面容，他當然也絕沒有走上去仔細看看的勇氣。

而管寧心中，却在思忖着另一個問題？

「……藍袍道人，跛足丐者，黑衣老人，紅衫夫婦，再加上這白袍書生，一共不過十五人而已，但那大廳中的茶碗，却有十七個……那麼，還有兩個人呢？這兩人難道就是殺死這些人的兇手？但這兩人却是什麼人呢？是此間的主人？抑或是客人？唉——此刻這些人全都死了，普天之下，只怕再也沒有人能夠解答這些問題了。」

他目光一掃，暗嘆着又忖道：

「這些屍身生前，想必都是遊俠江湖的草澤豪士，如今却都不明不白地死了，這個

二三

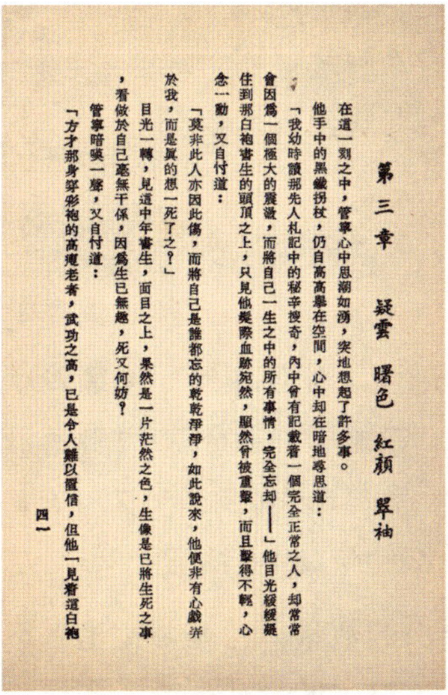
第三章　疑雲　曙色　紅顏　翠袖

在這一刻之中，管寧心中思潮如湧，突地想起了許多事。

他手中的黑鐵拐杖，仍自高高舉在空間，心中却在暗地尋思道：

「我幼時讀那先人札記中的秘辛搜奇，內中曾有記載着一個完全正常之人，却常常會因爲一個極大的震盪，而將自己一生之中的所有事情，完全忘却——」他目光緩緩凝住到那白袍書生的頭頂之上，只見他鬓際血跡宛然，顯然曾被重擊，而且擊得不輕，心念一動，又自忖道：

「莫非此人亦因此傷，而將自己是誰都忘的乾乾淨淨，如此說來，他便非有心戲弄於我，而是眞的想一死了之？」

目光一轉，見這中年書生，面目之上，果然是一片茫然之色，生像是已將生死之事，看做於自己毫無干係，因爲生已無趣，死又何妨？

管寧暗嘆一聲，又自忖道：

「方才那身穿彩袍的高瘦老者，武功之高，已是令人難以置信，但他一見着這白袍

四一

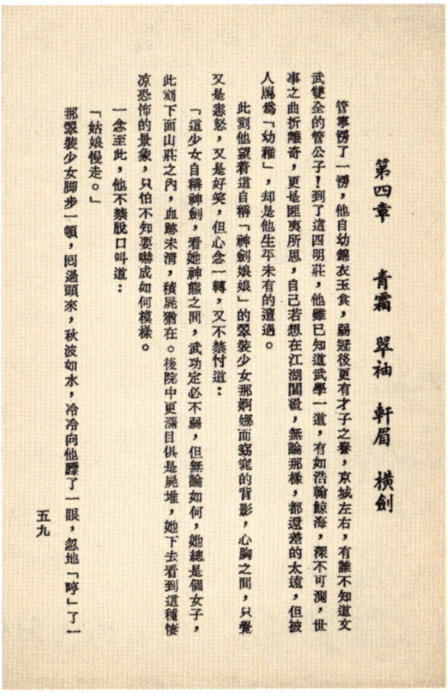
第四章　青霜　翠袖　軒眉　橫劍

管寧愣了一愣，他自幼錦衣玉食，弱冠後更有才子之譽，京城左右，有誰不知道文武雙全的管公子！到了這四明莊，他雖已知道武學一道，有如浩瀚鯨海，深不可測，世事之曲折離奇，更是匪夷所思，自己若想在江湖闖蕩，無論那樣，都還差的太遠，但被人喝爲「幼稚」，却是他生平未有的遭遇。

此刻他望着這自稱「神劍娘娘」的翠裝少女那婀娜而窈窕的背影，心胸之間，只覺又是恚怒，又是好笑，但心念一轉，又不禁忖道：

「這少女自稱神劍，看她神態之間，武功定必不弱，但無論如何，她總是個女子，此刻下面山莊之內，血跡未清，積屍猶在。後院中更滿目俱是屍堆，她下去看到這種悽涼恐怖的景象，只怕不知要嚇成如何模樣。

一念至此，他不禁脫口叫道：

「姑娘慢走。」

那翠裝少女腳步一頓，回過頭來，秋波如水，冷冷向他瞟了一眼，忽地「哼」了一

五九

《失魂引》前四章内页。

的其他作品见过《剑客行》出版预告，但未见落实，不排除最后是以《无情碧剑》之名出版的可能。

全书共有六十五章，皆为七字回目形式，有些排句语感不同：

第一章　翩翩浊世佳公子
第二章　安乐公子最风流
第三章　无情碧剑起风波
……
第十八章　何来的红粉知己
第十九章　哪里找死人之居
……
第六十三章　万人敌英雄相惜
第六十四章　痛折翼白发殉情
第六十五章　拔慧剑难断情丝

此外还有取自古语者，如“劝君惜取少年时”（第四章）、“相逢何必曾相识”（第七章）、“最难消受美人恩”（第二十三章）、“烦恼皆因强出头”（第四十章）、“英雄难过美人关”（第四十五章）、“山雨欲来风满楼”（第五十八章）、“强中更有强中手”（第六十一章）、“唯大英雄能本色”（第六十二章）等，虽说这不是写作中的大忌，但所引的数量，还是要比笔者想象中多。按说以古龙的才情，不至于此，从他为《苍穹神剑》和《剑毒梅香》所写的回目就能看出来，拟出几个精妙语句，是较为容易的事情。如果说《无情碧剑》中有些回目，甚至内文不是古龙所写，而是他人代笔，就能很好地解释这个问题了。

笔者最初之所以怀疑存在代笔，是因为发现在《无情碧剑》的结尾，有不足百字的附言：

《无情碧剑》第六集，一九六三年十月出版。

> 《无情碧剑》至此告终。谢谢诸位读者爱护，并祝福各位读者，有展白的福气，逢凶化吉，遇难成祥，有着神仙般的快乐与幸福。
>
> 请诸位读者，本爱护作者之心，阅读作者下一部作品《夜雨秋灯》！保证比此书更加精彩！

此附言是后世所有版本不存的。原因很简单，一来与小说没有直接关系，删留皆可。二来明祥以外的版本，未见有再叫《无情碧剑》者。既然改了书名，就不可能保留与之相关的文字。

但就是这些文字，透露出一段绝大隐情，原来《无情碧剑》和《夜雨秋灯》的作者是同一个人，只要找到《夜雨秋灯》这部书，就能知道作者是谁，《剑客行》的代笔者亦会随之“浮出水面”。

经过多方寻觅，笔者在友人处一睹了此书庐山真面目。原刊十二集，由明祥和时事在一九六五年一月至十月共同出版，与《无情碧剑》的出版时间有着很好的契合度——《无情碧剑》出版时间结束于一九六四年，书末有《夜雨秋灯》广告，而《夜雨秋灯》于次年由同一个出版社出版。

《夜雨秋灯》——第一至七册明祥出版，第八至十二册时事出版。

由此可以断定，《剑客行》并不是由古龙独立创作，代笔者就为上云龙。尽管上云龙名不见经传，但事实已经证明，这个人的确存在，而且很可能和正阳续写《苍穹神剑》时的情况一样，由出版社主导完成。

之所以还将《无情碧剑》定为古龙真品，并不是源于对文风，乃至语言的分析。任何主观性的判断，都无法保证结论上的完全正确，而是因为古龙在其所写的《一个作家的成长与转变——我为何改写〈铁血大旗〉》一文中，将《剑客行》与《苍穹神剑》、《游侠录》、《月异星邪》等书并列，言及是“我写的”。对此不必有任何疑义，那时的他已经功成名就，境界大高，没有争夺此作品归属权的必要。

至于为什么是由出版社出面，而非古龙本人找代笔者呢？因为至今没有任何资料显示古龙和上云龙有过往来，看明祥和时事一再结集出版上云龙的作品，足以证明他们之间的关系较为紧密。其实无论是谁接续《无情碧剑》，都无损古龙在武侠小说史中的地位，出版社能找到上云龙为其代笔，上演一段“双龙记”，未尝不可成为一段武林佳话。

五、华源出版社：《飘香剑雨》和《神君别传》

华源出版社的发行人为芮金源，其子就是武侠作家温玉，写出过《剑玄录》《尼婴传》《风流箭》《传灯录》等作品。

《飘香剑雨》分正、续两种，各十二集。一九六一年一月由中庸出版社出版，华源出版社印行，至二月出版第六集；三月至四月由华源出版社出版第七至九集，之后的出版情况不明。笔者所见的版本，正集于一九六五年七月至八月出版，共九十五章；续集于一九六四年十月至一九六五年一月出版，共三十六章。正、续集行文及排式，应与初版一致，甚至许多初版的广告页，都照印不误。

今传汉麟版，总计十四章，无疑是从原刊（正集）整合而来，只是变动甚巨。最主要的是从第十章开始，将原刊近十五万字的内容删改成三万余字，缩水幅度之大，近乎骇人听闻。结尾与原刊也是大不相同。原刊写至孙敏与韦傲物夜探正义帮戛然而止，可以说没有结尾，但古龙偏偏又暗示这就是结尾：

> 大地永恒地没有一丝变化，人类却时刻地在变化着，只是这一切变化只不过是人海中一连串小小的泡沫，开始和结束，在永恒的宇宙中，都不过是刹那间的事情罢了！
>
> 所以，既然如此，我这小小的故事的开始与结束，不更加渺小和可笑了吗？
>
> 所以，既然如此，我要说世上任何一件没有结束的事，其实也可以说是已经结束，世上任何一件结束了的事，其实却也可以说是没有结束，因为结束与不结束，这其间的距离，真是多么可怜而可笑的短暂呀！

看起来虽然饱含哲理，但难逃诿过之嫌。照此逻辑，任何小说都不必有结局，甚至可以在任何段落停止。但我们从中又可看出古龙已经没有续写的意思。可能是写烦了，也可能是对这部小说不太满意，无意继续，还可能是另开新稿，兼顾不暇。总之，古龙已经委婉地道出这部小说已经结束了。

删改后的汉麟版，却点明萧无原是薛若璧易容而成，完全破坏了小说的叙事结构。如果这个结论成立，那之前萧无与萧南苹（皆为萧姓）于山林之中云雨，做何解释？而且在书的开始，明明是写萧无培植势力，对吕南人一路追杀。如果他和薛若璧同为一人，在枕旁就可杀掉吕南人，何必劳师动众，费尽周折？小说的结尾，也颇费思量：

> 薛若璧伸出无力的手，握住吕南人的右手，微弱地道：“我只想称霸武林，不但做天下第一美人，还要做天下第一奇人。”
>
> 吕南人痛苦地道：“唉！你何必呢？”
>
> 薛若璧苦笑道：“要不是你，我就成功了，我……”
>
> 薛若璧嘴巴忽然合上，眼睛也合上，一切静止。
>
> 静寂中，响起吕南人凄苦的声音：“若璧！若璧！”
>
> 吕南人抱起薛若璧，无视于群众，漠然走在茫茫的雪花中。

《飘香剑雨》第九集，一九六五年八月出版。

汉麟版是在一九七九年问世，当时的古龙已经境界大高，无论是文风，还是写作技巧，或是叙事能力，已臻化境。很难想象，已经完成《多情剑客无情剑》《侠名留香》《欢乐英雄》的他，会写出如此平淡乏味的结尾（将“无视于群众”语，放置在以古代为背景的武侠小说当中，颇显格格不入）。因此我们有理由断定汉麟版的结尾，为他人代笔完成。至于由谁完成，已不可考。目前只知道当时的汉麟出版社是由于志宏掌印，他也写武侠小说，还代笔过《风铃中的刀声》，但这些并不足以说明他就是《飘香剑雨》的删改者。

如果说更改结尾，是为了让小说有始有终。那么删除海量内容，则成后世诟病之举。之所以会这样，笔者不认为是作者或出版社想要去芜存菁（如金庸在修订《射雕英雄传》时删掉关于“血鸟”的情节），而是因为原刊的篇幅较长，全数保留不符合出版社的利益诉求。《飘香剑雨》是收录在“古龙早期作品”专辑当中，而且作为头阵推出。在之前汉麟出版的《大人物》中曾有预告：

> 现在我们正在筹划出版古龙另一系列的小说，也是古龙最早期的五部作品，其中包括了他在十八岁时写的第一部武侠小说《苍穹神剑》和《飘香剑雨》、《游侠录》、《失魂引》、《月异星邪》。那时候古龙的思考力写作技巧当然不如现在，可是看了这五部书之后，不但可以了解到他在年轻时那种充满生命力和想象力的冲劲，也可以看到一个始终想求“新”求“变”

的作家，在挣扎奋斗中成长的过程。这就是我们希望能贡献给各位的。

按出版社所标的顺序，“古龙早期作品”专辑之一为《飘香剑雨》，之二为《失魂引》，之三为《苍穹神剑》，之四为《月异星邪》，之五为《游侠录》。如果我们稍加留意，会发现这五部作品有个共同特点，都为全一册。以原刊的长度，《飘香剑雨》理应印行两册（至少也要极厚的一册），但如此一来，无疑增加了出版社的印刷成本。笔者的推论就是，出版社是为节省开支，才将这部小说腰斩。作为头阵，《飘香剑雨》带有试水性质，即通过这部小说，测试市场需求及回响。或者进一步说，出版社也认识到这是古龙早期作品，市场需求也许有限，才做如此决定。之后出版的《苍穹神剑》，也应与此类似，其删改的情况，前文已做介绍。

随后我们就会面临续集是真是伪的问题。在这方面，已经有许多研究者做过深入探讨，古龙武侠网的研究者“寻花”曾经推测代笔者为温玉。因为续集的风格和《剑玄录》类似，正、续集又皆由华源出版社出版（发行人是温玉的父亲），而且“阮伟（吕伟）与芮玮是谐音（同音），温玉反过来就是玉温（芮玮、吕伟、阮伟）。《飘香剑雨》续集里有个简少舞，《剑玄录》里有个简召舞，两部小说都涉及洞庭君山，简家都是名门大家”。尽管只是推论，不能定为实证，但研究结果还是相对让人信服。因此说续集由他人（温玉？）代笔的可能性是非常大的。

如果续集确为代笔，那么是否有理由将其列入古龙创作年表，并且放到古龙作品集中呢？这就涉及一个看法问题。也就是说列入，或不列入，都有理由。不列入的理由自不必多说，本来是别人代笔，当然要剔除之。可列入亦有理由，因为正、续两种皆由华源出版，正集并未写完，由他人代笔续就，这应该是经过古龙首肯的，至少是默许的。如果不列入，《飘香剑雨》难成全璧。比如上官鼎为《剑毒梅香》续写的绝大部分文字，现在岂非都堂而皇之地被放到权威出版社的古龙作品集中。

如果当初《飘香剑雨》续集不称为“续集”，只作为正集的补足文字出现，即将续集中第一集变为正集中的第十三集，后面类推，估计这部小说就会自然而然地归至古龙名下，而非像现在这样几乎被所有研究者排除在外。仔细想想，无论是以独立的续集出现，还是默无声息地加入正集当中，都不过是形式而已。但若因此际遇不同，真是一件让人倍感无奈的事情。

《神君别传》出版于一九六一年二月至五月，共三集。从小说布局上看，似未写完，开篇叙无极岛主夫妇海上遇袭，原本被困在船上的辛捷独自流落到一个荒岛，巧遇孤女咪咪和海天双煞，及至为父母雪耻复仇，也没再交代无极岛主一家人下落。结尾也只有“第三集终”，而无全书结束字样。

原刊除了楔子，共十一章，前七章是五七式对仗，第八至十章是四四式对仗，第十一章是七四四式对仗：

第一章　无意逢生机，一闪刀光解重穴；有心怯敌胆，屡施身手慑群雄

第二章　生死窄一线，却喜绝地得生路；海天遥千丈，但悲何处是归程

第三章　经岁伴孤石，纵是蓬莱也寂寞；冷月照人影，到底真情最动人

……

第八章　满穴无光，咤叱丧胆；铁链中分，玱琅惊魂

第九章　浓烟漫山，侠士有命；清风拂岛，倩女无踪

第十章　难得轻舟，终难自去；且别孤岛，却易伤怀

第十一章　天网虽疏而不疏，鲸波千丈，难渡双煞；恩仇已了复未了，云天万里，易念伊人

这部作品和《剑气书香》一样，出版之后就踪迹难见，直到二〇〇九年由风云时代重新排印（附于《剑毒梅香》之后），读者才得以见其真容。陈晓林分析过佚失的原因：

“此书出版后立即热销至绝版，华源老板却改行离开了出版界，以至到古龙大红大紫之时，读者遍觅此书都告枉然，连古龙自己都找不着了。”（《〈神君别传〉：古龙的游戏之作》）

热销至绝版，或许是溢美之词。因为在一九六一年，古龙连《浣花洗剑录》也尚未写出，就算有了些名气，受

追捧的程度也肯定有限，最大的可能是没有出版社再愿意出版此书。随着时间的推移，原刊存世的数量越来越少，最终导致失传。

众所周知，《神君别传》之“别传”一说，是对于《剑毒梅香》中“七妙神君”这个人而言的。笔者在前面提到过，古龙只写了《剑毒梅香》前四集，后由上官鼎代笔完成。《神君别传》就是抛开上官鼎代笔的部分，接续《剑毒梅香》第四集写起，这从楔子的回目“此章原承先，重提旧事言七妙；彼文非继后，再续新章话神君”就能看出端倪来。

但要注意的是，古龙并不是从第四集的末句接写，而是先将第十四章结尾原有的一千二百字（从“海风强劲，那三艘船看着像是没有移动，其实来势极快。”至“他们夫妇两人，仍在说笑着，根本将海盗来袭的事，看得太平淡了。”）删改成七百余字，然后才在此基础上展开叙述。限于篇幅，只举一例：

> 无极岛主沉吟半晌，抚额道：“这些人莫非是‘黄海十沙’的海盗帮……”微顿一下，又道：“绝对是了，若是东海里的，也不会有人来打我们的主意。”
>
> 他望着那船桅上绣着两段白色枯骨的旗子，微笑一下，接着又道：“前些年，我们岛上管花木的老刘到如皋城去买桃花的花籽，回来不是说黄海十沙的海盗帮全都被个叫‘玉骨魔’的制服了，连当年‘勿南沙’的混海金鳌全都被那个玉骨魔制得服服帖帖的，现在

看这样子，大约就是人家找到我们头上来了。”

缪七娘媚目轻扫一下，笑道：“这么说来，这家伙好像不知道我们的底细？”

在第一段和第二段之间，删除了《剑毒梅香》“母本”中的四百字，主要内容是无极岛主夫妇关于“玉骨魔”的对话。至于为什么要这么做，没有痕迹可循，不排除古龙率性为之的可能。

从对“玉骨魔”这个人物的设定上，也能看出古龙和上官鼎的分歧所在。此人在《神君别传》中一出场就被无极岛主杀死，而在《剑毒梅香》中却频频露面，推动了很多情节发展。至于古龙是否真想和上官鼎“别别苗头”（陈晓林语），笔者就不敢妄测了。

六、真善美出版社

真善美成立于一九五〇年，创办者为宋今人，“最初是以出版丹道、佛学、武术及健康书籍为主，并发行《仙学杂志》，提倡养生之道。一九五四年以后，方始出版武侠小说”。（《台湾武侠小说发展史》）古龙与真善美的关系，可引用宋今人的一段话来作旁证：

古龙自其小学生时来本社看武侠，大学时为本社写武侠。十多年来，日有进步。（《告别武侠》）

真善美出版社出版的司马翎、卧龙生、诸葛青云的作品，以数十种计。他们就是台湾较早从事武侠小说创作的“三剑客”，也是后来古龙追赶和超越的对象。

这种讲话的语气，颇有长辈提携后进的意味，综观古龙一生所结识的人，能有资历说出这种话的，还真不多，而宋今人，恰恰就是这不多人中的一个。因为真善美出版的古龙小说中，有平庸之作《剑气书香》，有实践之作《孤星传》，有努力求新之作《浣花洗剑录》，有得享盛誉之作《铁血传奇》。

这一路走来，古龙可谓艰辛之极。而作为幕后推手，又颇懂人情世故的宋令人，当然能体会到古龙所经历的困苦。所以他在评价古龙时，才说出“十多年来，日有进步”这样的话来。看似平淡，却不乏期许和褒扬。

在当年龙蛇混杂的出版业，宋令人还是“台湾出版界最早有著作权及版权观念之一人”，这就为真善美日后打赢一系列关于古龙作品的版权官司，提供了法律上的依据。时至今日，真善美还握有当年买断古龙七部小说的版权合约。这些合约限制的范围非常之广，甚至还隐性地规定了即使古龙本人，在未经真善美同意的情况下，也不能擅自授权影视公司改编拍摄这七部作品。我们可以想象，作家写出了一部文学作品，单是出版权被买断也就罢了，可若是连影视改编权都要一并受到出版方控制，那种痛苦则非三言两语所能道尽。虽说合约的签订是出于双方自愿，但我们要考虑到当时的古龙，只不过是个出道不久的新人，面对根基深厚的真善美，终归是“胳膊拧不过大腿”的。这或许也是古龙未将中晚期作品交付真善美出版的主因之一。

我们还可以想象，如果真善美继续买断古龙中后期作品版权，随后就不会出现那么多多姿多彩的小说和影视版本，因为真善美对于窥视其拥有版权作品的出版社和影视公司，向来保持着十分谨慎的态度，最终还会导致笔者的“版本考”，都要一并失色。

一九七四年，武侠风潮渐歇，宋令人急流勇退，遂撰《告别武侠》一文，里面有对自家出版社之概括性总结：

> 二十年内，真善美出版社出版武侠书凡一百二十部，二千五百集，邀聘作家三十余位，海内外读者以百千万计，然在约十家出版社中，所出部数与集数，并非最多，但真善美为最早在台湾出版武侠书的一家，内容亦较好，排印、校对、装订等亦较认真。

这确是持平之论，因为真善美出版的武侠作品，从文本上讲确是精良，堪称业界楷模，为随后谈到的春秋和南琪所不及。真善美一共出版了七部古龙小说，现分述如下：

《剑气书香》（一九六〇年十月至一九六三年四月，八集）

《剑气书香》是否存在过，曾经引起研究者的争议。因为这部作品曾经佚失近半个世纪，甚至连"后真善美"时期的负责人宋德令都持怀疑态度。宋德令曾表示，真善美虽然持有《剑气书香》的版权合约，但他从未见过此书，对其内容更是一无所知。

经过一些武林先进的深入挖掘，《剑气书香》终于在二〇〇六年重见天日，并在内地《今古传奇·武侠版》上连载。原珠海出版社主编罗立群撰文说："研读之后，可以肯定，《剑气书香》的确是古龙早年作品，从文风、笔法、结构都可以看出来。"这近乎"盖棺定论"之语，曾让无数读者深信不疑。真实情况是否如此呢？罗立群所依据的版本，真的就没有瑕疵吗？

笔者曾请热血古龙网站长青龙，询问当年《今古传奇·武侠版》的编辑陈青眉，得到的答复是：连载时所据的底本，并不是来自真善美原刊，而是共计两册的行宇翻印版。罗立群等人只得到上册的影印本，因此《今古传奇·武侠版》发表的也只是上册内容。影印本的提供者，笔者后来才知道是颜颜云，原众利出版社负责人，同时也是著名的武侠小说收藏家。

至于这个所谓的“行宇翻印版”，将书分成上、下两册，署的都是古龙名字，这看起来没什么，但问题恰恰就出在这里。如果罗立群最初看到的是原刊本，或许会得出另外一种不同的结论来。

那么原刊本到底是有着什么样的面貌呢？《台湾武侠小说发展史》称，古龙只是写了前面的三集，之后由墨余生代笔完成。但翁文信在《古龙一出谁与争锋》中却说古龙只写了第一集，余下七集由陈非续完。这两种说法，大相径庭，在未看到可以采信的证据前，很难判断哪种说法更接近事实真相。

就在本书即将完成之际，武侠研究者许德成给出了答案，同时证实了翁文信的说法。他在旧雨楼网站撰文称，《剑气书香》共有八集，第一集为古龙所写，出版于一九六〇年十月；第二至八集为陈非所写，出版于一九六三年二月至四月。同时附上书影，《剑气书香》的出版情况才得以最终确定。及至二〇一三年七月，由真善美授权朗声图书重新出版（一册），更多的读者才有幸看到此书的全貌。

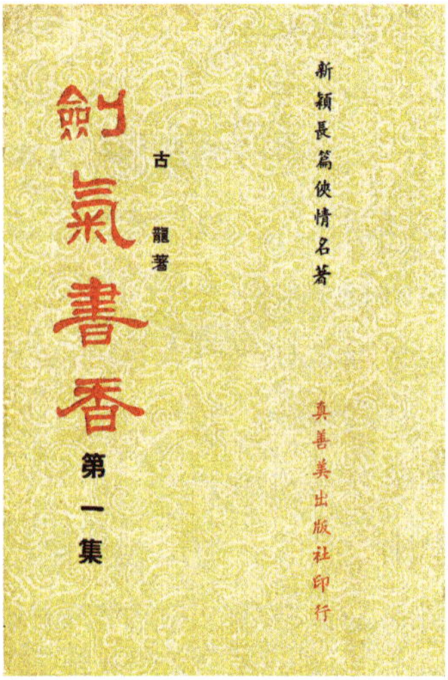

《剑气书香》第一集，署名古龙。

《剑气书香》第二集，署名陈非。

可问题随之而来，既然如此，罗立群所言的“从文风、笔法、结构都可以看出来”是古龙所写，莫非仅仅指的是第一集？似乎不是，因为他在文章里没有透露出这个意思。这可能就是评论家和版本研究者的区别，评论家看重的是从文字里透露出来的古龙气息，而版本研究者则尽量侧重于出版物本身，进而从中寻找出让人难以辩驳的实体证据。

《湘妃剑》（一九六〇年十月至一九六三年七月，十五集）

据宋德令表示，此书签约时原名《玉骨传》，其后改之。共四十四章，内有许多小标题。如第一章“乱刀分尸”中有十个小标题，分别为“万流归宗”“七剑三鞭”“是非难判”“情窦初开”“一触即发”“灵蛇诡异”“满腹温

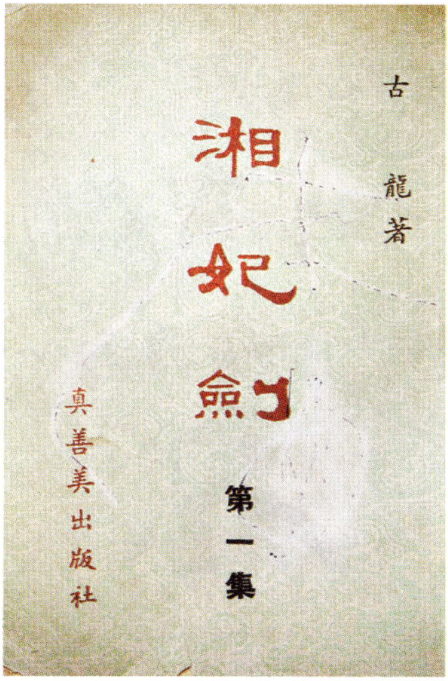

《湘妃剑》第一集。

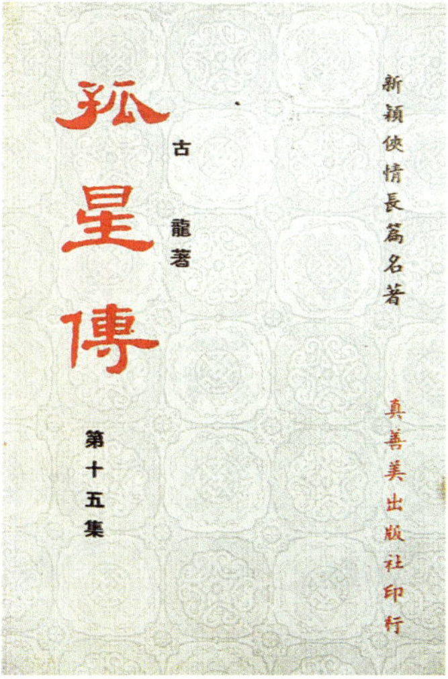

《孤星传》第十五集。

馨”“心如刀割”“乱刀分尸”“肢断骨残”。

《孤星传》（一九六〇年十月至一九六三年一月，十五集）

每集四章，共六十章。前两章为“中州一剑”“匆匆七年”。第十二集有预告，“《孤星传》——预定十四集结束”，可知原本只准备出版十四集。在十四集书末又改为“本书十五集结束，有出人意料的发展”。

《情人箭》（一九六三年四月至一九六四年八月，二十六集）

每集两章，共五十二章。前两章为“死神帖与情人箭”“恨满长天”。第二十集书末广告，“《大旗英雄传》——古龙著，真善美出版社陆续出版中”；第二十五集书末广告，“《浣花洗剑录》——古龙著，不久由真

《情人箭》第一集。

《大旗英雄传》（合订本）第五册。

善美出版社出版”；第二十六集书末广告，“《湘妃剑》——古龙著，十五集全。真善美出版社出版”。

《大旗英雄传》（一九六三年九月至一九六五年十月，三十集）

每集两章，共六十章。笔者持有一九八〇年三月合订本（共十册），前两章为“西风展大旗”“骤雨洗铁剑”。第三十集有《浣花洗剑录》《湘妃剑》《孤星传》合订本插页广告，并言：

> 真善美出版社为便利读友及租书店方便起见，特重印“三合一”之合订本，每三集合订为一册。书价仍照单本计算。至七月止，已印出上列十种（除前述古龙所著的三部外，还有司马翎、诸葛青云等名家名

作——笔者注），其他各种亦将陆续重印，藉以答谢海内外读友三十年来爱顾之雅意。一九七九年七月。

《浣花洗剑录》合订本第一册。

《铁血传奇》合订本第十一册。

《浣花洗剑录》（一九六四年十月至一九六六年五月，三十集）

每集两章，共六十章。前两章为“一剑动江湖”“飞传神木令”。第四集书末广告，“《大旗英雄传》——古龙著，非常精彩，出版中”，第十集书末广告，“《情人箭》——古龙著，二十六集全。真善美出版社出版”。

《铁血传奇》（一九六七年至一九六八年，三十三集）

《铁血传奇》的初版时间，颇有疑点。笔者能够查阅到的是一九七六年十月再版，其版权页上所标的初版时间一律为一九六七年一月。而在中华武侠文学网书目栏，所列出的时间却为三月。考虑真善美在再版或出合订本时，所标的信息多不可靠，故只能笼统地将初版时间定在一九六七年。但这个说法也有问题，因为全套三十三册，不太可能一次性出齐，旁证就是真善美出版社出版的其他几部古龙小说，都是分时间段出版。笔者查看过书中的广告页，发现在第三十一册中有“《檀车侠影》——司马翎著，真善美出版社出版中”字样。经证实这部作品在一九六八年八月开始出版，故此有理由认为《铁血传奇》的完成时间，应持续到一九六八年。

《铁血传奇》每集三章，共九十九章。第一至二十七章为《血海飘香》，第二十八至六十三章为《大沙漠》，第六十四至九十九章为《画眉鸟》。前两章为“白玉美人”“海上浮尸”。并有今传本所没有的前言：“自古以来，每一代都有他们的传奇英雄、传奇故事。这些英雄的声名与精神永远不死，这些故事的刺激与趣味也永远存在。蝙蝠公子、画眉鸟、血衣人、石观音……以及‘盗帅’楚留香，这些人正都是乱世武林中的传奇人物，每个人正都带有浓厚的传奇色彩……”从这些文字可以知道在最早的规划中，《借尸还魂》《蝙蝠传奇》这两个故事，是归属于《铁血传奇》的，只是后来发生了变化，另由春秋出版，书名也作了更改。

由古龙长子郑小龙发起的“古龙著作管理发展委员会”，在其官网上还将《龙吟曲》收进古龙“历年武侠作品”栏，其依据或许是《台湾武侠小说发展史》后附的古龙书目。《龙吟曲》排在《浣花洗剑录》和《名剑风流》

之间，备注为“与萧逸合著十集，古龙写单册，萧逸写双册，真善美出版”。笔者一向不怀疑叶、林二人的治学能力，既然他们将分工情况写得如此详细，应有可信的信息来源佐证。萧逸在博客中也承认曾和古龙合写此书，但同时又说古龙“写了两集都不到，就请人续下去了”，而且他写的是第一集，古龙写的是第二集。按此写作顺序，该是萧逸写单册，古龙写双册，这和叶、林所说的情况截然相反。从常理上讲，萧逸作为当事人，所言更具可信度，但事情过了几十年，也不排除其记忆有误的可能。

如果古龙仅写了不足两集，之后请人代笔，萧逸完成了余下五集，那么此作的归属确是一个问题。尽管各方说法不一，但能够肯定的是，古龙无意将《龙吟曲》收归名下，因为自该书印行到古龙离世，间隔二十余年，从未见其提及，哪怕是只言片语式的提及，更不要说授权哪家出版社另行出版。故此在没有新的证据出现之前，不宜贸然将《龙吟曲》划入古龙真品当中。

七、春秋出版社

春秋出版社成立的时间略晚于真善美，发行人吕秦书，是继宋今人后，出版界的又一位风云人物。尽管叶、林在撰写《台湾武侠小说发展史》时，谓其“文化水平有限，故始终无法突破武侠出版商的格局，不能和宋今人的眼光相提并论”。这话要一分为二来看，若论光大武侠文学的使命感，宋今人无疑是胜出的；但谈到对出版社的经

春秋出版社网罗了众多武侠名家，除古龙外，还有卧龙生、诸葛青云、孙玉鑫、慕容美、秦红、柳残阳、东方玉、独孤红、宇文瑶玑、高庸、司马紫烟等人，群星辉耀，阵容强大。

营，与武侠名家结交的手段，吕秦书则有过之而无不及。这两个人的追求或有不同，但对武侠出版业所做的贡献，都是巨大的。

吕秦书在发展春秋出版社的同时，又着手创办了《武艺》半月刊，这是目前所见唯一由古龙担任过主编的杂志。据《武艺》第三期封底广告显示，吕氏书店和春秋出版社，还定期发行《彩虹》《七色桥》《武侠世界》《春秋文艺》《环球文艺》五本杂志。其中《武侠世界》为香港环球出版社所办，吕氏负责在台湾发行。而《武艺》杂志，在海外则由环球总经销，于此可看出吕氏运筹帷幄之能。即足不出台湾，就可通过与环球的策略联盟，使自家品牌远销海外。目前的旧版流通市场，春秋本存世数量似乎也较真善美为多。虽然不能据此推断春秋的发行量冠绝武林，但当年的出版盛况，却可从中略窥一二。

《彩环曲》（一九六二年，十一集）

郭璉谦在《古龙武侠小说目录及创作年代商榷》一文中说，《彩环曲》“首载当于《自立晚报》”，时间为一九六一年十月至一九六二年九月。据此可知春秋单行本推出的时间应在一九六一年十月之后，最有可能是在一九六二年，而且应该不晚于这一年的十月（参考《护花铃》的出版日期）。

《彩环曲》，春秋出版社出版，香港胡敏生书报社发行。

笔者曾经见过另一版本，发行者为香港胡敏生书报社。此版是否经过春秋授权，还有待进一步考证，但其文本应该可以反映出原刊的全貌。也是十一集，共五十五章。前两章为“罗衫侠少”“箫鼓齐鸣”，每集二至九张插图不等。

《护花铃》（一九六二年，二十一集）

春秋至少出版过三种版本：第一种是蓝色封面，于一九六二年十月首发，同年十二月出版至第十三集；第二种是淡黄色封面，全套皆为一九六二年十一月出版（据版权页），从时间上算，应为再版；第三种则更名为《诸神岛》，于一九七四年出版。此外还有一种由香港胡敏生书报社发行，未标出版时间，授权情况同样存疑。这四种版本行文基本一致，皆为四十四章。前两章为“生死之间”“神龙不死”。

《名剑风流》（一九六七年至一九六八年，四十集）

第一集出版于一九六七年六月，第三十三集出版于一九六八年八月，之后的出版情况不明。四字回目，前两章为“祸从天降”“浪迹天涯”。第三十三集有插页广告，“武林鬼才古龙新著，《割鹿刀》（正集稿中）；《名剑留香》（《铁血

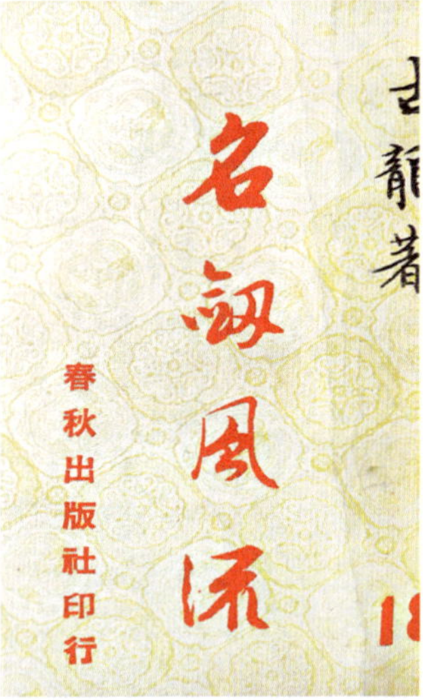

《名剑风流》，春秋出版社印行。

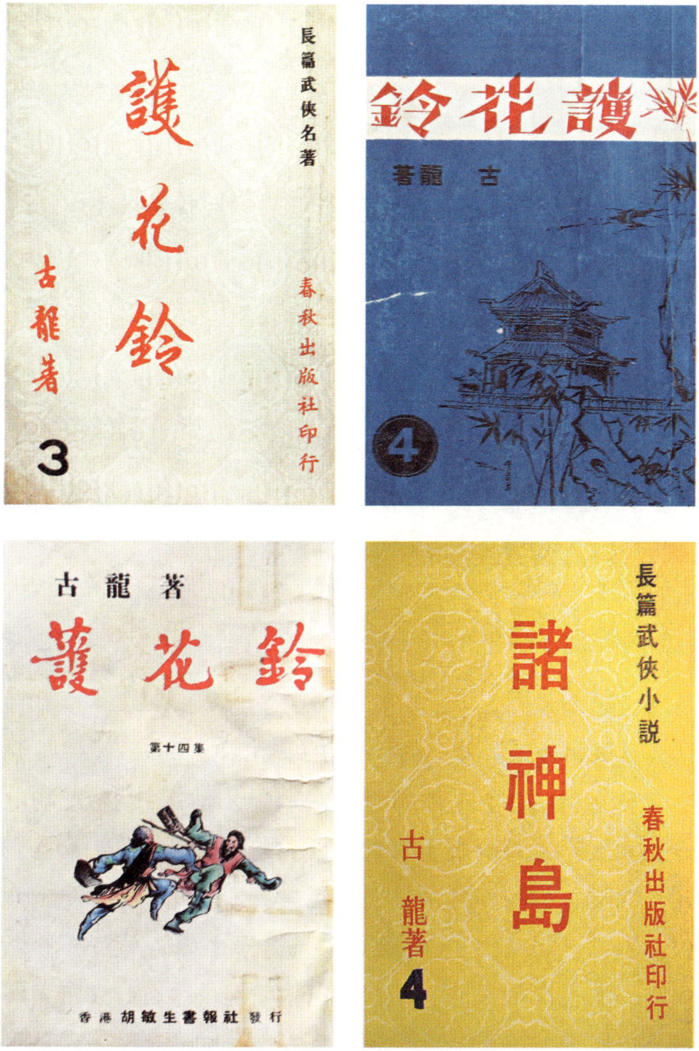
長篇武俠名著
護花鈴
古龍著
春秋出版社印行
3
護花鈴
古龍著
4
古龍著
護花鈴
第十四集
香港胡敏生書報社發行
長篇武俠小説
諸神島
古龍著
春秋出版社印行
4

《护花铃》的四种版本。

传奇续集》业已出版）；《多情剑客无情剑》（正集稿中即将出版）；《名剑风流》（已出版至第二十五集）；《绝代双骄》（六十四集全）；《武林外史》（四十四集全）”。

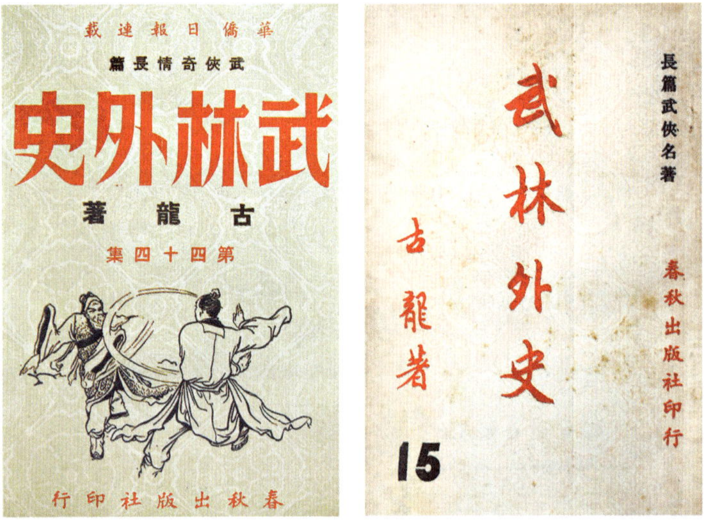

《武林外史》，春秋出版社印行。

《武林外史》（一九六五年至一九六七年，四十四集）

春秋出版过两种版本：一种封面是线描人物，一九六五年二月出版至第七集，一九六七年二月出版至第四十四集；另一种是常见的黄底封面，一九七八年七月再版。共八十八章，前两章为“风雪漫中州”“纤手燃战火”。据《名剑风流》第三十三集插页广告，“《武林外史》（四十四集全）”，各方资料亦是如此说法。吊诡的是，笔者持有再版本，集数有所不同，共四十二集。无论是春秋、真善美，或是其他出版社，未再见有类似情况。

此为一桩悬案。

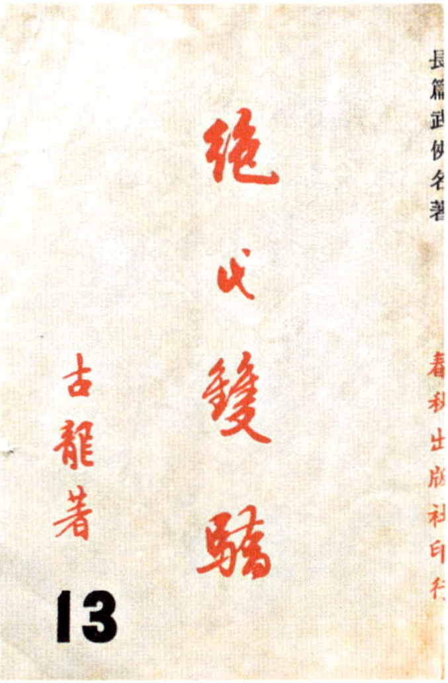

《绝代双骄》第十三集。

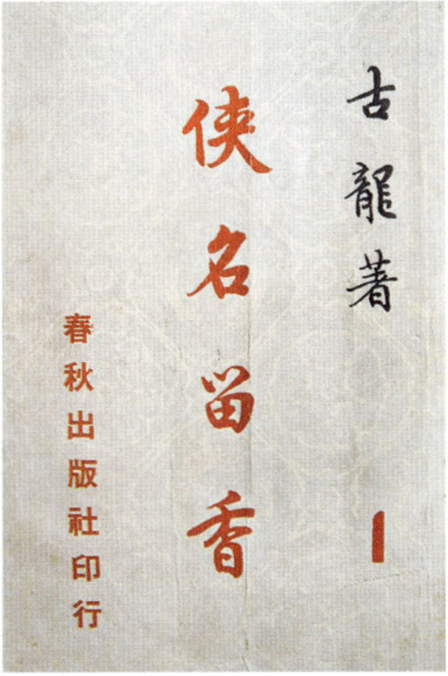

《侠名留香》第一集。

《绝代双骄》（一九六六年九月至一九六九年二月，六十四集）

每集两章，共一二八章，五千三百六十三页，为集数与页数最多之旧版。四字回目，前两章为“名剑香花”“刀下遗孤”。后附十一页电影文本，至江鱼与邀月宫主同坠万丈深潭结束。一九七一年由邵氏更名《玉面侠》上映，角色名称和原著不同，但仍可对应。

《侠名留香》（一九六九年十月至一九七二年八月，二十七集）

含《借尸还魂》、《蝙蝠传奇》和《桃花传奇》三部。前两部共四十四章，前两章为“借尸还魂”“阴森诡秘”。第三部未分章，以标题代替，前两个标题为“勾魂玉手”“一线曙光”。《流星·蝴蝶·剑》第三集（一九七一年八月）亦有广告，“《侠名留香》已出版二十二集，共分为《借尸还魂》《蝙蝠传奇》两部分，曾分在香港发行之《武侠世界》《武侠春秋》上连载，内容之精彩，情节之离奇，有口皆碑，毋庸再多作介绍”。

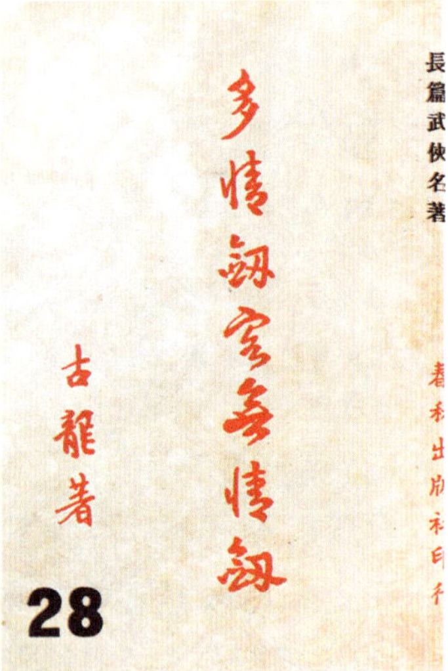

《多情剑客无情剑》第二十八集。

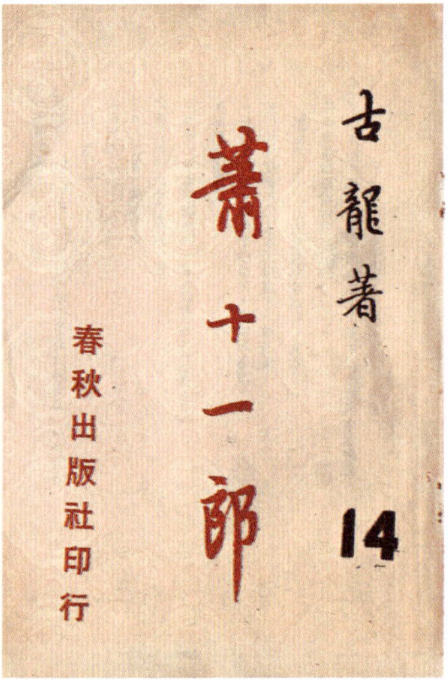

《萧十一郎》第十四集。

《多情剑客无情剑》（一九六九年五月至一九七一年二月，三十四集）

一九六九年十月出版至第十三集，其中第二十五章末同《武侠世界》《多情剑客无情剑》连载结尾（至“剑无情！人却多情！”）。一九七一年二月出版至第三十四集，共九十章。前两章为“飞刀与快剑”“海内存知己”。第三十三集（一九七一年二月）有《萧十一郎》插页广告“已全部脱稿，并由邵氏公司拍摄电影中，本社将以最快速度出书，每星期一集，绝不脱期，敬请密切注意”。

《萧十一郎》（一九七〇年七月至十一月，十四集）

前两个标题为“情人的手”“风四娘的手”。序为“写在萧十一郎之前”：“……《萧十一郎》是先有剧本，在电影开拍之前，才有小说的，但《萧十一郎》却又明明是由‘小说’而改编成的剧本，因为这故事在我心里已酝酿了很久，我要写的本来是‘小说’，不是‘剧本’。”古龙所说的剧本，是为香港邵氏公司所写，后于一九七一年拍摄成电影，导演徐增宏，主演韦弘、邢慧、金霏。

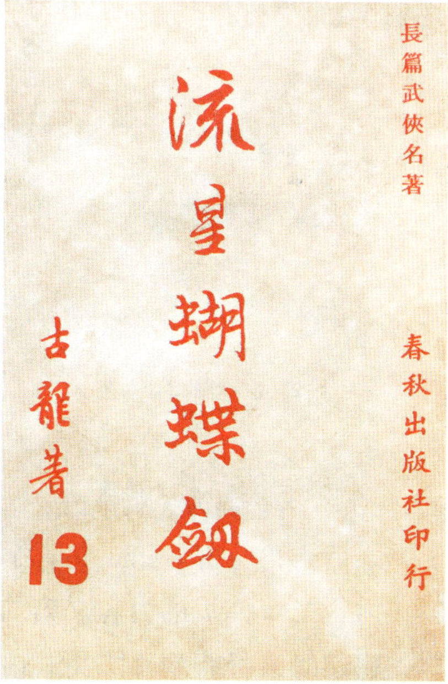

《流星·蝴蝶·剑》第十三集，一九七一年十二月出版。

《流星·蝴蝶·剑》（一九七一年八月至一九七二年四月，十九集）

共五十章。第一部名为《流星》，后面未再分部。标题四、

五、七字不等，如第一集首个标题为“终生只有杀人路”，第五集首个标题为“死的面目”，第七集首个标题为“生命若流星”。

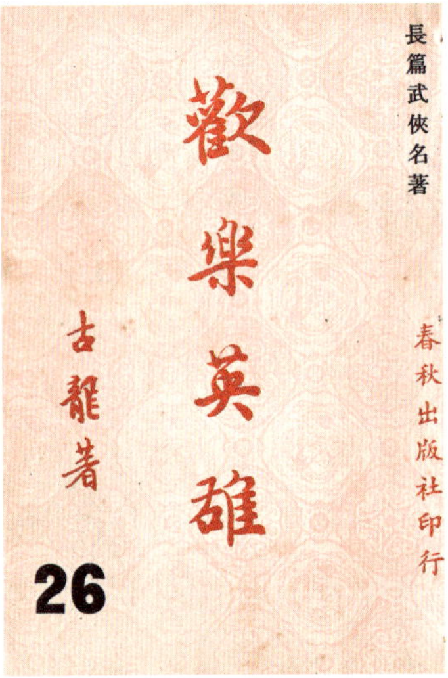

《欢乐英雄》第二十六集。

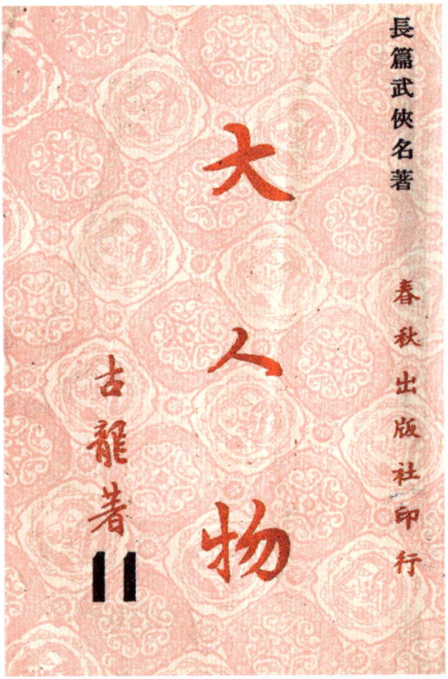

《大人物》第十一集。

《欢乐英雄》（一九七一年八月至一九七二年四月，二十六集）

前有《说说武侠小说》一文。第一部为《英雄们》，第二部为《伟大的友情》，之后未再分部。第一集首个标题为“郭大路与王动”，内含二十九页的内容。第二个标题为“燕七与蚂蚁”，完结时已经跨到第二集，内含四十七页的内容。第十七集有《武艺》杂志的插页广告“《桃花传奇》（即《侠名留香》第二十三集以后）即将在本社出版之《武艺》杂志上连载，本社将暂不出单行本，敬请购阅《武艺》杂志，万勿错过是幸”。

《大人物》（一九七一年十月至一九七二年一月，十四集）

前有代序《谈谈“新”与“变”》，标题风格前后不同，第一至九集三至七字不等，如“红丝巾”“一百零八刀”“金丝雀和一群猫”。第十至十四集皆为四字，如“有口莫辩”“谁是凶手”“天下第一”。

八、南琪出版社

在推广古龙小说方面，南琪是继真善美、春秋之后，最重要的出版社。尽管出道较晚（一九六五年），但它出版古龙薄本的部数，却接近真善美和春秋的总和。

据《台湾武侠小说发展史》记载，南琪之所以能够获得多部古龙小说版权，是缘于二十世纪七十年代初期，古龙与春秋负责人交恶的结果。换言之，原本为“二三流武侠作家初出道之温床”的南琪，是借着古龙上位的。古龙最初是由真善美培植，后经春秋全力推广，在他得享盛名后，却又使南琪受益匪浅。

南琪在一九七六年至一九七七年，再版了大量古龙薄本，封面书名多由原来的书法体改成印刷体。虽然不如初版珍贵，但却几近完整地保留了初版面貌，为研究古龙小说版本提供了重要依据。

尤值一提的，南琪还出版过一部混淆视听达数十年

南琪的作家阵容，并不亚于春秋，较之真善美尤有过之。但它另一引发关注之处，就是在没有得到授权的情况下，出版了数部金庸作品。虽然因此受到各种指责，但客观上也为金庸小说进入台湾市场当了一回急先锋。

之久的《剑玄录》，前十集挂的古龙名字。笔者在二〇〇九年，根据这个版本，写过一篇名为《〈剑玄录〉代笔探究》的文字，发表在热血古龙论坛，并引述了书中古龙所写的《更名启事》，证明这部作品实为温玉创作，在此不必赘述。

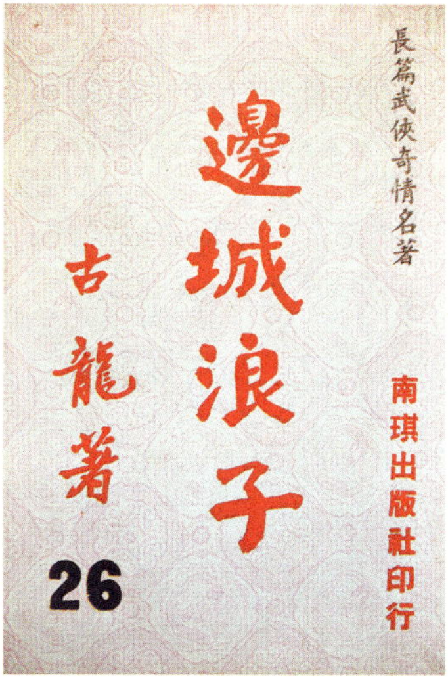

《边城浪子》第二十六集。

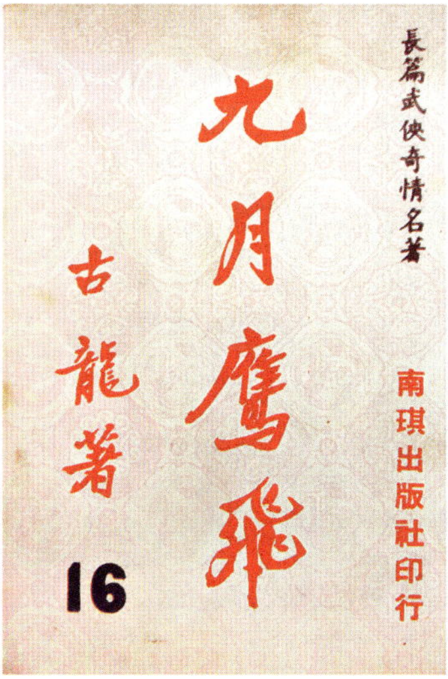

《九月鹰飞》第十六集。

《边城浪子》（一九七三年十月至一九七四年七月，二十六集）

每集三章，共七十八章。回目四、五、六字不等。如“刀光剑影”“恩怨从头话”“爱才是永恒的”。第二十五集有广告页，“《九月鹰飞》第一集至二十集（全），《大游侠》第一集至二十一集，《边城浪子》一集至二十集，火并第一集至二十集”。

《九月鹰飞》（一九七三年五月，二十集）

每集三章，共六十章。多为四字回目，如“青城死士”“卫八太爷”；偶有五字回目，如“吃刀的女人”。

《大游侠》（一九七三年五月至一九七五年六月，三十九集）

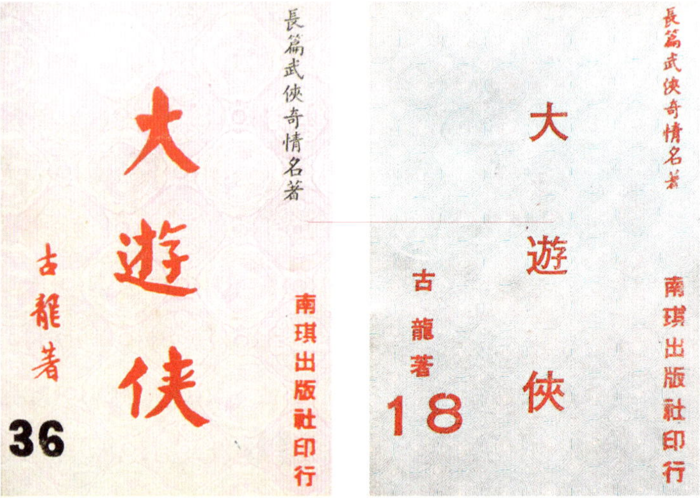

《大游侠》，南琪出版社印行。左图为初版，右图为再版。

许多年来，此书充满了神秘色彩，种种说辞，多是来自传闻。比如许多研究者说此书没有分部，再比如只知道此书出版于一九七三年至一九七五年，确切月份不甚了解。直至笔者于二〇一〇年购得此书，大家方知并非完全没有分部，只是分得不够细致（如第三十集开篇，就有“第四部银钩赌坊”字样），具体出版月份也随之公之于世。回目字数不一，如第一章为“卖糖炒栗子的熊姥姥”，第二章为“我是个瞎子”，第三章为“最漂亮的老板娘”。全书共一一七章，内含五部作品：《陆小凤传奇》（第一至十二集）、《绣花大盗》（第十二至二十集）、《决战前后》（第二十至二十九集）、《银钩赌坊》（第三十至三十五集）、《幽灵山庄》（第三十五至三十九集）。最后一部《幽灵山庄》行文至“花寡妇柔声道：‘我时常都在想，只要能让我再真正活一天，我就已应该心满意足了。’”结束，书末有“全书完（请看《隐形的人》）”字样。

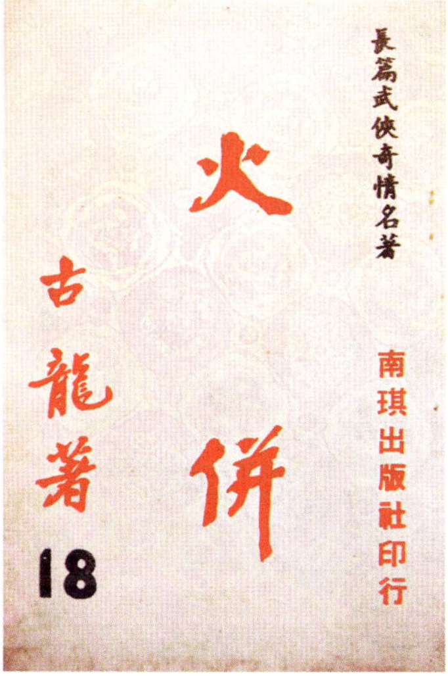

《火并》第十八集。

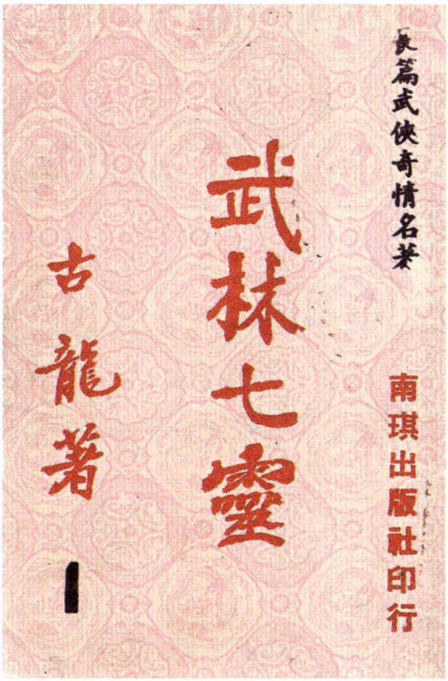

《武林七灵》第一集。

《火并》（一九七三年十月，十八集）

每集三章，共五十四章。《边城浪子》第二十五集广告，“《火并》第一集至二十集”，可能是录入错误，也或许是出版社原本预计出版二十集。四字回目，前两章为“七个瞎子”“温柔极了”。

《武林七灵》（一九七四年二月至十月，二十集）

每集三章，共六十章。郭琏谦在《古龙武侠小说目录及创作年代商榷》一文中，提到“淡江大学通俗武侠小说研究室仅藏九集”，内含《长生剑》、《孔雀翎》和《七杀手》。笔者于二〇一一年购全此书，方知整套应为二十集，此外还有第四部《碧玉刀》。具体出版情况为：《长生剑》（第一至四集）、《孔雀翎》（第四至九集）、《七杀手》（第九至十五集）、《碧玉刀》（第十五至二十集）。四字回目，前两章为“人外有人”“失而复得”。

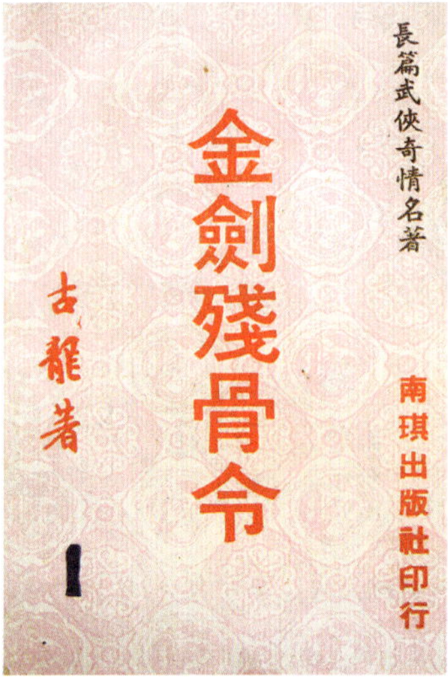

《金剑残骨令》第一集。

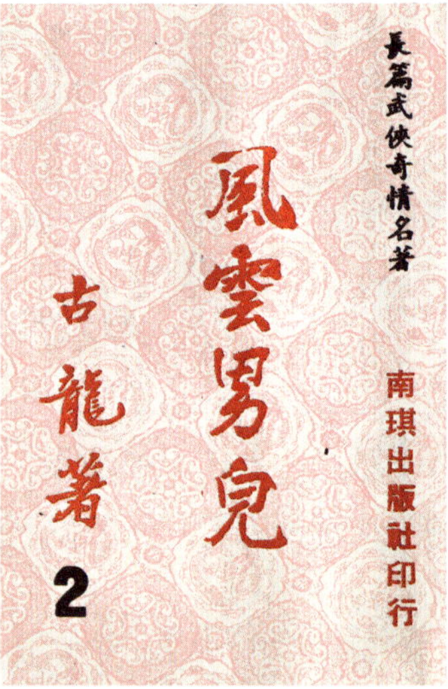

《风云男儿》第二集。

《金剑残骨令》（一九七四年十月，十六集）

即《湘妃剑》。每集三章，共四十八章。四字回目，前两章为“七剑三鞭”“不得善终”。第十四集附有广告页，表明《大游侠》已出至第三十四集，《边城浪子》出至二十六集（全）。

《风云男儿》（一九七四年二月至十月，十五集）

即《孤星传》。每集三章，共四十五章。前两章为“蒙面刹星”“龙形八掌”。真善美版中的“裴钰”，在此改作“裴玉”。从主角的身世及性格来看，笔者认为以“钰”为名才是首选。此字有两层含义，一为珍宝，二为坚硬的金属，颇扣《孤星传》中“孤星”之主题。即便书名改为《风云男儿》，“钰”仍胜于“玉”。

《天涯·明月·刀》第一集。

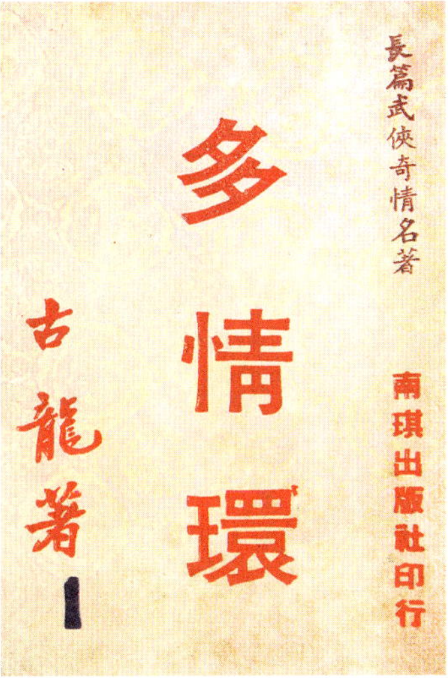

《多情环》第一集。

《天涯·明月·刀》（一九七五年，三十五集）

一九七五年三月开始出版，结束时间不明。共一〇五章，第一章为“武侠始源”（即汉麟本“写在《天涯·明月·刀》之前”），之后就是正文，皆为四字回目，如第二章“沧海桑田”，第三章“阴魂不散”。内含三部作品：《天涯·明月·刀》（第一至十三集）、《拳头》（第十三至二十集）、《三少爷的剑》（第二十至三十五集）。

《多情环》（一九七四年十月至一九七五年三月，四十八集）

每集三章，共一四四章。内含四部作品：《多情环》（第一至六集）、《霸王枪》（第六至十五集）、《血鹦鹉》（第十五至三十二集）、《吸血蛾》（第三十二至四十八集，实为黄鹰作品）。四字回目，前两章为“烟消云散”“双环山庄”。

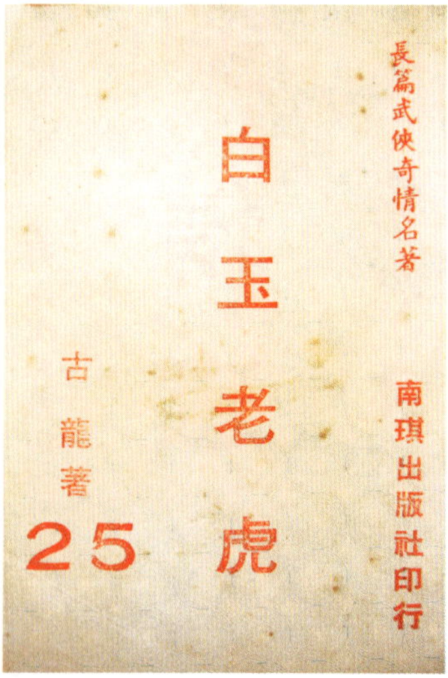

《白玉老虎》第二十五集。

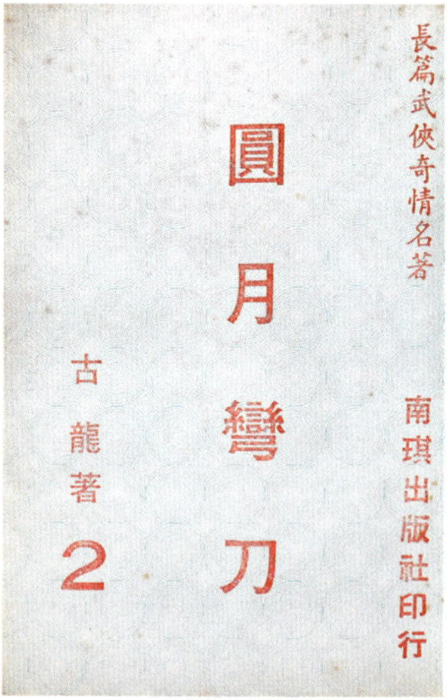

《圆月弯刀》第二集。

《白玉老虎》（一九七七年，二十五集）

每集三章，共七十五章。至“上官刃道：‘我相信。’”结束，没有今传本中的“后记”。四字回目，前两章为“打更断魂”“扶弱锄强”。

《圆月弯刀》（一九七六年，十七集）

据传由司马紫烟续写完成，共五十四章。回目多为四字，偶有两字。前两章为“出类拔萃”“棋高一筹”。全书分两部，第一部《圆月》，引文是化用苏轼写的半阕词：“天有不测风云，月有阴晴圆缺。此事古难全。但愿人长久，千里共婵娟。”行文至“这时旭日已升起，阳光正照耀着人间的锦绣大地”结束。第二部《弯刀》，引文：“圆月落。刀光起。纵横大地十万里。刀光寒如雪，何处听春雨。”如此分部，比《武侠春秋》连载还要精细（连载本虽有引文，但没有“第一部《圆月》”字样）。笔者还注意到，南琪出版《圆月弯刀》时，小说在《武侠春秋》杂志连载并未结束。

九、其他出版社

《侠名留香》第二十六集。

《圆月弯刀》第一集。

（一）汉麟出版社

《侠名留香》（一九七八年四月，三十集）——每集三章，共九〇章。前两章为《借尸还魂》《施家庄的母老虎》。汉麟在推出二十五开新版，领一代风骚之后，返回头又出了这部《侠名留香》，颇具祭奠之意。

《圆月弯刀》（一九七八年五月，十八集）——每集三章，共五十四章。前两章为“出类拔萃”“岁寒三友”。此书为旧版画上了一个完满的句号。也就是说，旧版从第一图书出版社出版《苍穹神剑》开始，可能至此部终结。

《剑毒梅香》第四集。

《剑客行》第七集。

（二）汉牛出版社

《剑毒梅香》（一九七七年七月，四十六集）——

此为翻印本。内含两部作品：《剑毒梅香》（第一至十八集）和《长干行》（第十九至四十六集，实为上官鼎作品）。《剑毒梅香》共计四十章。第二集有《苍穹神剑》插页广告，“《苍穹神剑》乃古龙先生以极严肃之著作态度，全力撰写之第一部长篇侠情小说，内容精彩，情文并茂，其描写中国古侠士之光风霁月，柔情侠骨，令人抚掌称快之外更多缅怀，此书已由第一书社发行全省，敬希诸君勿失之交臂”。

（三）浪淘出版社

《剑客行》（一九七五年八月，二十一集）——此为翻印本。共六十五章（第一至十八集称“章”、第十九至二十一集称“回”）。第十二、十三集各四章，余下每集三章。皆为七字回目，前两回为“翩翩浊世佳公子”“安乐公子最风流”，内有少量插图。

《飘香剑雨》第三集。

《红尘白刃》第九集。

《飘香剑雨》（一九七五年八月，二十四集）——此为翻印本。前十二集为正集，主角吕南人；后十二集为续集，主角阮伟（吕伟），全书写的是父子两代人的故事。前四集回目大体与华源本一致，后有不同。

还须一提的是，旧版虽然于台湾盛行，但并非台湾所独有，在香港也偶有出现。武林出版社曾经出版过四部，分别是《怒剑狂花》（即《情人箭》，二十集）、《大旗英烈传》（即《大旗英雄传》，二十一集）、《红尘白刃》（即《浣花洗剑录》，十九集）和《风雪会中州》（即《武林外史》，二十四集）。虽然这几个版本也很珍贵，但从影响上来看，颇为有限。所以我们平时所说的旧版，主要还是指台版。台版占据的是出版发行的主流，而港版充其量只属于“玩票”性质（仅指古龙薄本而言）。

《怒剑狂花》，武林出版社出版，一九六三年四月至一九六四年九月。

以上就是笔者对旧版的些许认

《大旗英烈传》，武林出版社出版，一九六三年七月至一九六五年九月。

知，虽然这种出版形式早已退出历史舞台，可它的功绩不容抹杀。我们在感叹那个辉煌时代的同时，更可以从中了解到一代宗师破茧而出的漫长历程。这些旧版随着岁月的消磨已经泛黄偏暗，可它所承载的历史，它所散发出的光芒，却无法被今时后世所忽视。

第二章　连载版——长沟流月去无声

由于年代久远，连载版的存世量日渐稀少。以《明报》和《武侠与历史》杂志为例，当年的街头报刊，如今已被藏家奉为神品。这要归功于金庸和古龙两个人的超强影响力，报纸是寻常的报纸，杂志是寻常的杂志，可就因为里面有这两个人的作品，才致使洛阳纸贵。对于一般收藏者而言，得到只言片语已属不易，更不要说集齐某一部小说了。上图为《明报》（对折后为四开）、《武侠与历史》（十六开）和武功本《陆小凤》（三十二开）尺寸对比。

从古龙武侠小说问世，到逐渐被人所知，再到后来得享盛名，连载版所起的作用是不容低估的。报刊作为传统媒介，几乎无处不在，一部小说连载数月甚至数年，累计起的读者量非常可观。连载版与旧版最大的不同，就是其实时性和当下性。也就是说，文字一经发表就永无更改。不可能有二版、三版或更多版，更不可能通过再版加以修改和更正。

连载小说又有很大的随意性，比如出版方为控制版块面积删字并段，为增强阅读擅自增加或修改标题。以《中国时报》连载的《天涯·明月·刀》和《明报》连载的《陆小凤》为例，前者丢段不说，居然还少了著名的“楔子”。而后者却将楔子并入正文，中间居然连分隔符都没有。于此可见，这些报纸连载固然名声久著，但文本却难称尽善尽美。

但要注意的是，杂志连载因为有更大排版空间（动辄数页甚至十数页），就较少出现报纸连载的这些问题，如《武侠春秋》和《武侠世界》连载的古龙小说，就多以版式精良著称。此外《时报周刊》连载的“大武侠时代”系列，八开的版面，本身就显大气，古龙超拔野逸的文字，配上胡泽民、李林绘制的插图，可谓必收之妙品。

报刊连载不但为出版发行方争取到一定的关注度，还在很大程度上催生了武侠作家的兴起和长篇武侠小说的兴盛。以报纸副刊为例，叶洪生曾形象地称其为“兵家必争之地”。翁文信更进一步撰文点明报刊连载的重要性：

对武侠作家而言，在杂志或副刊上发表武侠小说的主要目的，亦不在稿费的收入或扩大读者群属性的考虑，而是在武侠小说界内增加知名度，以此作为向出版商要求更高稿酬的依据和在原有的武侠消费市场中扩张自己的地盘。

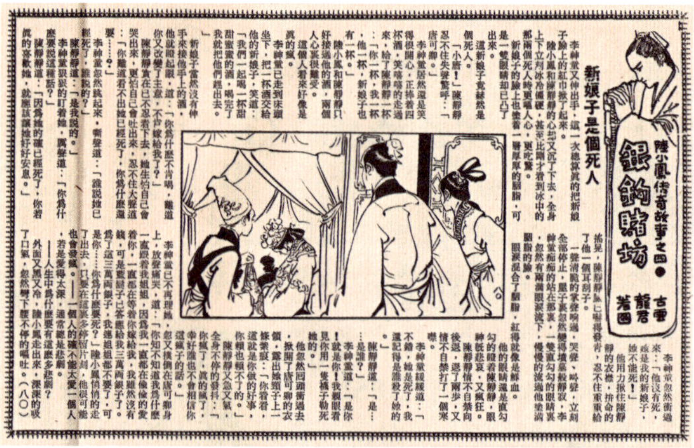

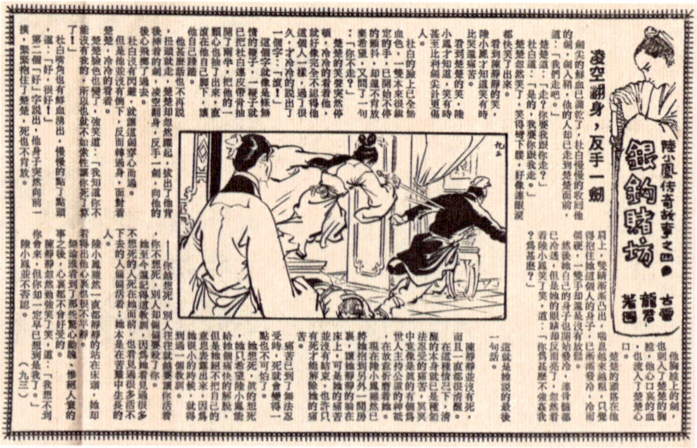

《明报》1974年2月3日和16日号，有《银钩赌坊》连载。

这段文字表明，在报刊上发表小说，不但跟经济效益挂钩，还是身份和地位的象征。综观各方资料，已知有百余部古龙小说在报刊上连载过（含重复连载），这也变相证明了古龙的卓然成就和他在武侠小说创作领域的龙头地位。在此期间，有几个片断不可不提：

一、一九七二年："陆小凤"系列接棒《鹿鼎记》

金庸，是与古龙双峰并峙式的人物，他既是写武侠小说的宗师，也是香港《明报》的创办者。当他在《明报》上连载完《鹿鼎记》，就将目光投向了古龙。据说古龙接到金庸约稿信后，有些意外，也略略有些兴奋，尽管那时的他已经声名显赫。古龙与金庸不同，金庸封笔时已经功德圆满，走到了一个从来无人达到的高度。而古龙却仍在高竖"求新求变"的大旗，顶着舆论压力写作。"陆小凤"系列能够接棒《鹿鼎记》，既代表了前辈对晚辈的期许，也代表金庸对古龙式武侠小说的真正认可，这两点完全可以成为古龙兴奋的理由。

有趣的是，在"陆小凤"系列中，古龙偏偏塑造出了一个绝顶人物——西门吹雪。笔者每每看到他的名字，就会想起金庸小说中另一个极有名气的人物——东方不败。这是两个很有趣的名字，充满了对立感。笔者又在想，古龙内心深处是不是有意与金庸较量一番呢？

二、一九七四年：《天涯·明月·刀》惨遭腰斩

《天涯·明月·刀》于一九七四年四月开始在《中国时报》上连载，总共只推出四十五期。至"孔雀终于走进了这屋子，走进来的时候，他的手已缩入衣袖，指尖已

经触及了孔雀翎”处惨被腰斩。究其缘由，有这样几种说法：

> 《天涯·明月·刀》连载于《人间》副刊竟被腰斩，原因是许多读者不习惯古龙的快节奏，蒙太奇笔法，去函报社表示要“退报”，吓得报社老板仍请东方玉之流连载，而中断了古龙的作品。（陈晓林《关于〈古龙全集〉的一些疑问及回答》）
>
> 因文风跳跃，读者大惑，东方玉等人趁机向老板施加压力，报社被迫腰斩古龙。（曹正文《在古龙读书的地方》，转述陈晓林语）
>
> 大作家常常脱稿断稿，纪律不彰，加上也不是太受欢迎，我的主编上司忍痛腰斩了小说连载。（詹宏志《第一件差事》）
>
> 后来古龙红了以后，有点想写哲学的东西，于是写了《天涯·明月·刀》，在《中国时报》连载。余纪忠看了之后，可能觉得在武侠小说里谈人生谈哲学，节奏太慢了，很不满意，下令停了他这本小说的连载，所以这本小说最后没有写完。（张文中《薛兴国访谈》）

曹正文转述陈晓林的话，和陈晓林本人所说的基本一致，但进一步指出东方玉等人是主动落井下石，而非被动接受邀稿。詹宏志提到连载腰斩的部分原因是古龙“常常脱稿断稿，纪律不彰”，从腰斩后古龙的痛苦回忆来看，《中国时报》在其心目中非常有分量，常常脱稿倒不至于。但这也算詹的一家之言，聊以记录。薛兴国与前几者的说法可以相互印证，他口中的“余纪忠”，就是《中国时报》的老板，曾任国民党中常委，一个很有政治背景的人。

综合各家说法，《天涯·明月·刀》的写作手法在当时不被某些人接受应该是事实。古龙亦曾坦言：“而一部在我这一生中使我觉得最痛苦，受到的挫折最大的便是《天涯·明月·刀》。”（《一个作家的成长与转变——我为何改写〈铁血大旗〉》）

三、一九七六年：《碧血洗银枪》成功“复仇”

在《天涯·明月·刀》惨遭腰斩后，《碧血洗银枪》能够再次登陆《中国时报》，评论界几乎一致认为是《中国时报》低头的结果，更有人说这是属于古龙的“王子复仇记”。时任《人间》副刊主编的陈晓林证实：

> 我接任后，坚持古龙是最有才华和创意的武侠作家，仍请古龙开新稿，并告知报社老板，如不同意，我即辞职。（《关于〈古龙全集〉的一些疑问及回答》）

再据詹宏志回忆，可知内有故事。当时他初出茅庐，担任副刊的助理编辑，授命向古龙约稿。因为陪古龙痛饮而被其看好，从而约稿成功。其中有段回忆很有意思：

> 古龙突然又笑了起来：“你知道吗？我不喜欢写稿，写稿太不好玩了。”我摇摇头，我太年轻了，听不懂这句话。

下车时我还步履不稳，古龙扶我下车，回到车上，又摇下车窗："嘿，小朋友，你够意思，我给你写稿。"（《第一件差事》）

"写稿太不好玩了"，是标准的"古龙式"用语，具有较高的可信度。如果我们返回头仔细再看陈晓林所言，发现他和詹宏志的叙述并不矛盾。很可能是陈晓林先向老板争取，再派詹宏志向古龙约稿。至于古龙的感受，笔者觉得余纪忠不会太过在意。

四、一九八一年：《剑神一笑》存在代笔

《剑神一笑》在《时报周刊》连载时，名为《陆小凤与西门吹雪》。对于是否存在代笔，各家认知有所不同。翁文信说是"古龙口述，代笔者一字一句如实记录下来"。（《古龙一出，谁与争锋》）这种帮助"一字一句如实记录"的写作手段，虽也是代笔，但已经不是我们通常所说的代笔，完全可视为古龙独立创作。这个"代笔者"是谁，翁文信没有说，据许德成证实，此人就是古龙的弟子丁情。但小说结尾并不是由古龙和丁情完成，而是另有他人代笔，至于是否为网络上流传的薛兴国，还有待进一步证实。

如果单看万盛结集本，也只能从字句风格上加以判断。而《时报周刊》连载本，却可以从文字以外的方面，比如根据断稿的情况来分析。小说曾在第一九七至二二五期连载，其中第二〇九期、第二一四期、第二一七期、第二一九期未刊登，如果古龙在前三期就找人代笔，不可能会出现断稿的现象。经过一番综合性的探究，笔者认为从第二二〇期开始，

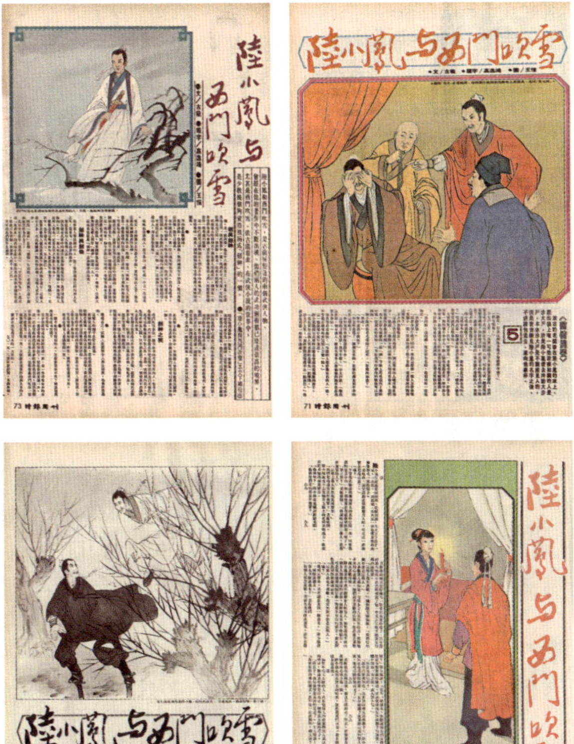

《明报周刊》刊登《陆小凤与西门吹雪》的时间，虽然晚于《南洋商报》连载（原名《剑神一笑》），但它全部连载完毕的日期，却早于任何一个版本。之后流行于坊间的万盛版，文本就是来源于此。

至第二二五期，约有四章的内容，最有可能是代笔者所写。

五、二〇〇八年：《银雕》问世惹争议

《银雕》与《剑气书香》同为古龙佚作，但它比后者

《时报周刊》第386期，连载《银雕》至6之4期，龙思良题字，李林绘制插图。

更鲜为人知，甚至还有相当一部分人怀疑这部书是否存在过。因为数十年来，几乎所有的古龙年表都未提及。幸好这部书的结集本（玉郎版）在二〇〇八年七月现身于拍卖网，被笔者买下，随之在网络上引起真伪热议，后经陈舜仪深入挖掘，彻底证实了《时报周刊》连载版的存在，并厘清连载的时间和期数。

回看这些片段，我们就会知道古龙这位新派武侠大宗师是怎样炼成的。其间经历绝非一帆风顺，他也有被人否定后的痛苦，也有不为人知的烦恼和艰辛。金庸是在改良旧派武侠基础上卓然成家，而古龙则完全是别开天地，自我作古。从创新的角度看，古龙更为不易。

现综合各方资料，将古龙小说连载情况整理如下，希望能为喜爱和研究古龙小说的同道提供些许帮助。需要注意的是，个别报刊偶有断稿现象，由于资料所限，请恕笔者不一一列明。

《武侠世界》（香港地区）

创办于一九五九年三月（创刊号出版时间为四月一日），它与《西点》《蓝皮书》《小说丛》同为环球图书杂志出版社旗下杂志。而环球亦被纳入“新报”系统，创办人罗斌。据温瑞安回忆，“传言里所说的，古龙在宴席上，需要银子花的时候，跟一位来自香港的出版商耳边嘀咕了几句，那老板点了点头，古龙写下了书名，老板马上签订支票，马上便又有铜钿又可以大肆挥霍了。那当然就是《新报》的罗老板”。在香港，罗斌的“新报”系之与金庸的“明报”系，就犹如台湾“联合报”系之于“中国时报”系。“明报”系有《武侠与历史》杂志，“新报”系则有《武侠世界》杂志。

毫无疑问，论个人成就，金庸胜出。但论武侠杂志，《武侠世界》却是当之无愧的行业龙头，非《武侠与历史》可以比肩。笔者调阅手头资料，发现只古龙一人，就至少在《武侠世界》发表过十六部作品。其中有些是首发的，如《多情剑客无情剑》、《九月鹰飞》和《白玉老虎》等。还有一些是旧作重刊，如《怒剑狂花》、《红尘白刃》和《傲剑狂龙》等，文本大多精良，美中不足就是多用老式回目，如《玉剑传奇》的前几回：

春雨绵绵　剑气萧萧
身陷迷魂阵　识破美人计
挚友开玩笑　妙语如连珠
毒我蛇蝎女　狭路又相逢

破了胭脂阵　又遭虎狼困
退还卖命钱　豪客找上门
人比樱花艳　引来蝶与蜂
江湖绝命女　杀人只一招

很明显是出版社编辑代拟，并不符合古龙小说“求新求变”的创作理念。后来武林出版社结集出版时，对《玉剑传奇》、《白玉老虎》、《碧血洗银枪》和《大地飞鹰》等数部作品的回目进行了调整，使其更趋向于新派风格。《怒剑狂花》、《红尘白刃》、《血鹦鹉》、《九月鹰飞》和《多情剑客无情剑》等大多数作品则保留原回目不变。

在《武侠世界》连载的古龙小说，有几部需要重点关注，因为本文有较为独特之处：

一、《流星·蝴蝶·剑》

分为《流星》（第六〇一至六一〇期）、《蝴蝶》（第六一一至六一八期）、《剑》（第六一九至六三八期）三部。尽管在书名上与古龙后来写的《天涯·明月·刀》相互辉映，难分轩轾。但从整体分部上看，《流星·蝴蝶·剑》还处于尝试阶段，没有达到《天涯·明月·刀》的圆润自如。《天涯·明月·刀》前有“楔子”，每部开篇都带引言，《流星·蝴蝶·剑》虽也有类似的文字，但却全部并入正文，在布局上就不够开阔高远。

但《武侠世界》连载本最珍贵之处，就在于让我们看到古龙所做的努力，“三部式”分法几乎是后来所有单行本不存的，同影响较大的桂冠本相比，优势也较为明显。

第一部《流星》的结尾：

他们死了，他才知道自己是多么寂寞，才知道自己渐渐老了。

但除了他自己外，他这种感情绝不会有别人知道，永远没有！

流星划破黑暗的时候，孟星魂正在星空下。

他看到流星闪耀，又看到流星消失。

他问自己：“有些人的生命，是不是也和流星一样？”

……

第二部《蝴蝶》开篇：

一

蝴蝶永远只活在春天里。

春日虽易逝，但却必将再来。

只要你活着，就有春天。

二

这蝴蝶已经死了，至少已死了三个月，但它翼上的色彩却几乎还是和活着时同样鲜艳。

蝴蝶夹在一本李后主的词集里。那只美丽的彩翼虽已被夹得薄如透明，身体的各部位都还完整无缺，所以看起来还是栩栩如生，仿佛随时都可能展动双翼，乘风而去。

桂冠本将上述结尾和开篇一并收入第八章：

他们死了，他才知道自己是多么寂寞，才知道自己渐渐老了。

但除了他自己外，他这种感情绝不会有别人知道，永远没有！

流星划破黑暗的时候，孟星魂正在星空下。

他看到流星闪耀，又看到流星消失。

他问自己："有些人的生命，是不是也和流星一样？"

蝴蝶永远只活在春天里。

春日虽易逝，但却必将再来。

只要你活着，就有春天。

这蝴蝶已经死了，至少已死了三个月，但它翼上的色彩却几乎还是和活着时同样鲜艳。

蝴蝶夹在一本李后主的词集里。那只美丽的彩翼虽已被夹得薄如透明，身体的各部位都还完整无缺，所以看起来还栩栩如生，仿佛随时都可能展动双翼，乘风而去。

到此已经失掉了分部原有的韵味，也无甚可咀嚼之处。

二、《白玉老虎》

今传华新本“后记”至“所以故事也应该告一段落”结束，武侠世界连载时在这句后面又多出百余字：

“白玉老虎”这故事，写的是一个人内心的冲突，情感与理智的冲突，情感与责任的冲突，情感与仇恨的冲突。

我总认为，故事情节的变化有穷尽时，只有情感上的冲突才永远能激动人心。

这故事中主要写的是赵无忌这个人。

现在赵无忌内心的冲突已经被打成了一个结，死结。

所以这故事也应该告一段落。

但是赵无忌还要活下去，这个结迟早总是要解开的，所以这故事一定也还要继续下去。

关心赵无忌的人，关心凤娘、千千、怜怜、曲平、唐傲、唐缺，和那一双奇怪而可爱的孪生子的人，也一定希望能看下去。所以我也一定会写下去，再过几期后，我一定会让每个人满意。

——至少我一定会尽力。

三、《碧血洗银枪》

今传桂冠本的“尾声”，约有两百字，在“大婉和谢玉仑呢？她们和马如龙的结局应该是种什么样的结局？”之后，是“几年之后有人在江南碰到了马如龙，据说身旁还多了二个如花似玉的美娇娘，其中一个当然就是谢玉仑，但另一个是否就是大婉呢？没有人知道。只是她的神韵和大婉为何如此神似呢？”《武侠世界》连载时的结尾，却有五百余字，多是桂冠本不存的：

每件事都有结束的时刻，这件事的结果是这样子的——

邱凤城当然得到了他应该得到的制裁，绝大师远赴昆仑绝顶去面壁思过，铁震天和马如龙痛饮了三日之后，就在一个有风有月的寒夜飘然而去，不知所踪。

江南俞五依然领袖江南武林，玉大小姐依旧行踪飘忽，神出鬼没。

大婉和谢玉仑呢？她们和马如龙的结局应该是种什么样的结局呢？

没有人知道她们的结局究竟如何？可是关于他们的传说却有很多种。

有人说，大婉其实并不丑，却故意扮成一个丑陋的女人，等到真相大白时，她才恢复本来的容貌，而且嫁给了马如龙。

有人说，大婉本来就是个很丑的女人，可是马如龙并不嫌弃她，还是娶了她，因为容貌是随时都能改变的，爱情却永远不会变。

有人说，既然谢玉仑的清白之躯已经被马如龙看见了，而且和马如龙在一起生活了很久，当然非嫁给他不可。

在他们那个年代，没有人会反对两个女人同时嫁一个丈夫的，只要她们自己觉得快乐，马如龙也觉得快乐，她们为什么不能一起做马如龙的妻子？娥皇女英都能同事一夫，她们为什么不能？

关于他们的说法有很多种，谁也不知道究竟哪一种是真的？

在某一年的除夕之夜，曾经有一个人见到了马如龙，曾经问过他。

可是马如龙并没有回答，他只对那个人笑笑，只对那个人说：

“恭喜发财。”他说，“恭喜大家明年都发财如意。”

四、《玉剑传奇》

同今传汉麟本相比，多出六个片段，约一万三千字的内容。武侠研究者于鹏曾据武林结集本撰文称：“讲了一个‘乌氏兄弟’和‘绝命女’的故事，这个故事在武林本中半途而废，没有进行到底，我们最终也不知绝命女杀乌氏兄弟取钥匙意欲何为，绝命女的结局自然也不得而知。”（《关于《新月传奇》的版本问题》）

笔者翻看《武侠世界》杂志，发现佚文首个片段出现在第一〇四一至一〇四二期，约两千八百字；第二个片段出现在第一〇四三期，约一千七百字；第三个片段出现在第一〇四五至一〇四六期，约两千四百字……第六个片段出现在第一〇五二期，约五百字。如果这些佚文都是他人代笔，那么这种代笔方式很是奇特，因为都不是整期，或数千字，或数百字，散落于数期之中。比如第一〇五二期，整期连载约四千五百字，佚文却只有五百字，从所占字数的比例上看，似乎没有存在的必要，唯一合理的解释，是为了呼应前面的佚文而存在。现将末个片段节录如下：

> 银钩般的新月已渐渐升起。
>
> 好似将整个的大地披上了一袭银袍。
>
> 晚风微拂，轻柔地将这袭银袍微微拂动。
>
> 绝命女又蹑伏在屋檐上。
>
> 她又在等。
>
> 还是像一头雌豹那般。
>
> 还是以她一贯的身形。
>
> 她已完全准备好。
>
> 她无异将施出致命的一击。
>
> 不过，绝命女却在她的脸颊上露出前所未有的紧张神情。
>
> 她仿佛知道，今晚的这一击，将是她一生中最困难的一击。
>
> 由于，被袭击者是一个高手。
>
> 他不是等闲之辈。
>
> 他的名字唤作——楚留香！

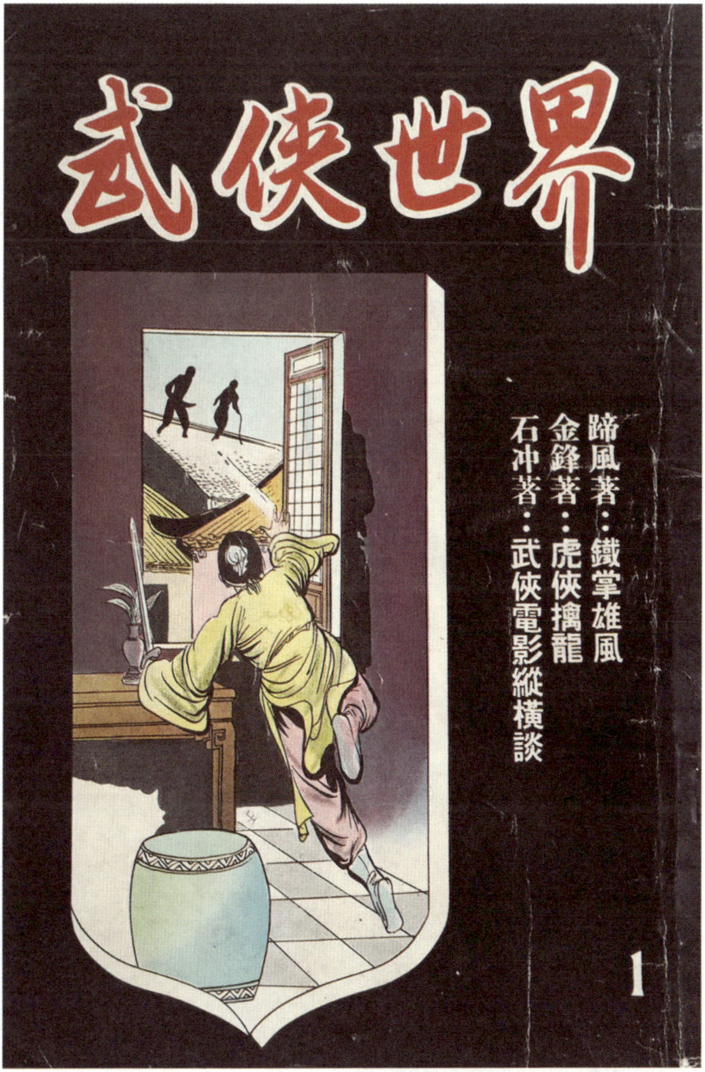

《武侠世界》创刊已近六十年，至今还在坚持出版。它见证了新派武侠小说的兴起与衰落，堪称历史之“活化石”。

《武侠世界》作家群像（608期封底），依次为卧龙生、诸葛青云、高庸、秦红、慕容美、东方英、曹若冰、萧逸、柳残阳、乔奇、东方玉、孙玉鑫。

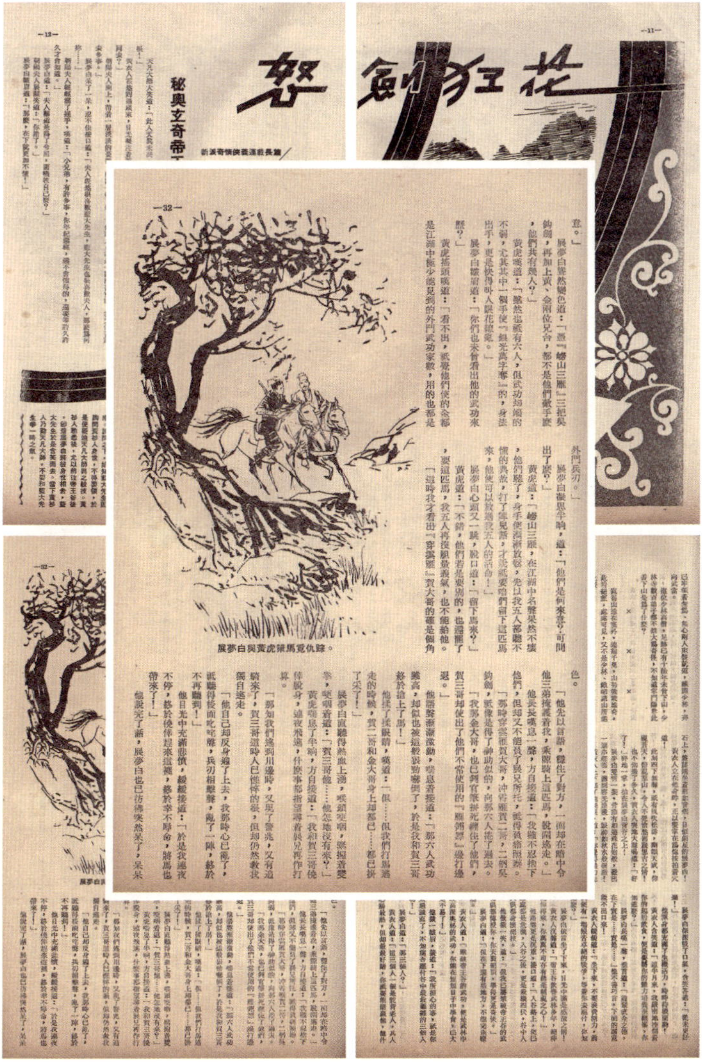

—32—

意。」

展夢白聳然變色道：「莫『嵝山三雁』三把吳鈎劍，再加上黃、金兩位兄台，都不是他們敵手麼，他們共有幾人？」

黃虎嘆道：「雖然祇有六人，但武功却端的不弱，尤其其中一個手使『銀光萬字奪』的，身法出手，更是快得叫人眼花撩亂。」

展夢白皺眉道：「你們也未曾看出他的武功來歷？」

黃虎搖頭嘆道：「看不出，祇覺他們使的全都是江湖中極少能見到的外門武功家數，用的也都是外門兵刃。」

展夢白凝思半晌，道：「他們是何來意？可問出了麼？」

黃虎道：「嵝山三雁，在江湖中名聲果然不壞，他們聽了，身手便漸漸放鬆，先以我五人都聽不慣的典故，打了啞兒話，才說祇要咱們留下這匹馬來，他便可以放過我五人的活命！」

展夢白心頭又一跳，脫口道：「留下馬來？」

黃虎道：「不錯，他們若是要別的，也還罷了，要這匹馬，我五人再沒膽量義氣，也不能給他。

「這時我才看出『穿雲雁』賀大哥的確是個角色。

「他先以言語，穩住了對方，一面却在暗中令他三弟掩護着我，乘隙騎上這匹馬，脫圍逃走。」

他長長嘆息一聲，方自接道：「我雖不忍捨下他們，但却又不能負了展兄所托，祇得負痛揮淚。

「那時穿雲雁賀大哥，冲霄雁賀二哥，二柄吳鈎劍，祇像是得了神助似的，向那六人捲了過去。

「我那金大哥，也已判官筆拼死纏住了他們，賀三哥却使出了他們不常使用的『雁翎標』邊打邊退。」

他語聲漸漸微弱，喘息着接道：「那六人武功雖高，却似也被這般銳勁嚇倒了，於是我和賀三哥終於搶上了馬！」

他揉了揉眼睛，嘆道：「但……但我們打馬逃走的時候，賀二哥和金大哥身上却都已……都已掛了采了！」

展夢白直聽得熱血上湧，喉頭哽咽，緊握着雙拳，哽咽着道：「賀三哥他……他怎地沒有來？」

黃虎喘息了半晌，方自接道：「我和賀三哥僥倖脫身，連夜飛逃，什麼事都指望尋着展兄再作打算。

「那知我們逃到川邊時，又見了警兆，又有追騎來了，賀三哥這時人已憔悴的很，但却仍然教我獨自逃走。

「他自己却反身迎了上去，我那時心已亂了，祇聽得後面叱咤聲，兵刃相擊聲，亂了一陣，終於不再聽到！」

他目光中充滿悲憤，緩緩接道：「於是我連夜不停，終於僥倖逃來這裡，終於幸不辱命，將馬也帶來了！」

他說完了話，展夢白也已彷彿突然呆了，呆呆

展夢白與黃虎策馬覓仇蹤。

《怒剑狂花》，168至268期。插图由宇昂绘制。

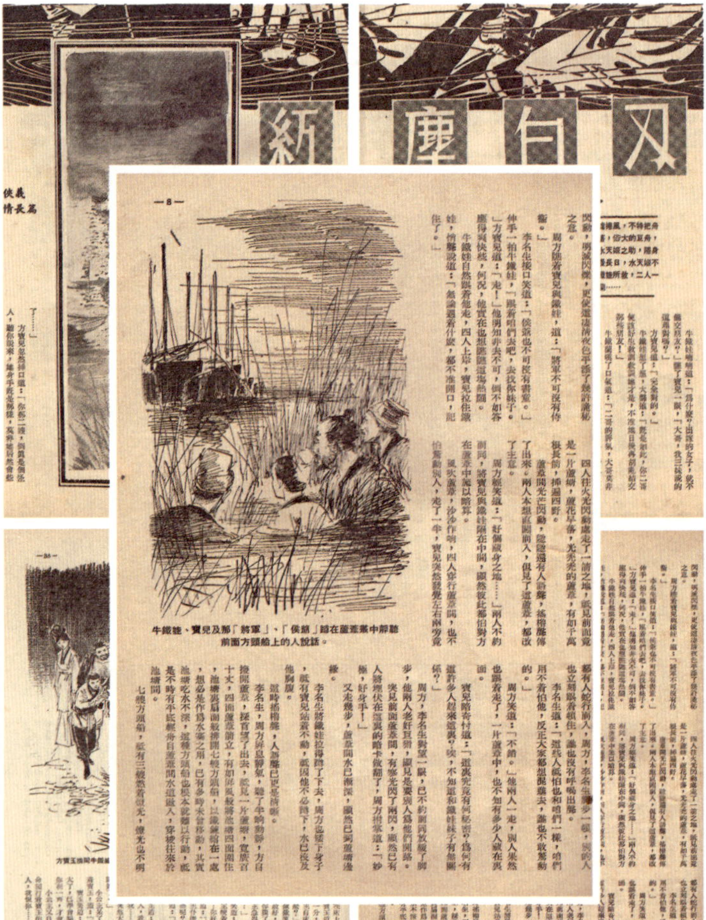

—8—

閃動，明滅閃爍，更使這淒清夜色平添了幾許詭秘之意。

周方隨着寶兒與鐵娃，道：「將軍不可沒有侍衞。」

李名生接口笑道：「侯爺也不可沒有書童。」伸手一拍牛鐵娃，「跟着咱們去吧，去找你妹子。」方寶兒道：「走！」他明知非去不可，倒不如答應得爽快些，何況，他實在也想瞧瞧這場熱鬧。

牛鐵娃自然跟着他走，四人上岸，寶兒拉住鐵娃，悄聲說道：「無論遇着什麼，都不准開口，記住了。」

四人往火光閃動處走了一箭之地，祇見前面竟是一片蘆塘，蘆花早落，光禿禿的蘆葦，有如千萬根長簡，插遍四野。

蘆葦間光芒閃動，隱隱還有人語聲，搖櫓聲傳了出來。兩人本想直闖前入，但見了這蘆葦，都改了主意。

周方輕笑道：「好個藏身之地……」兩人不約而同，將寶兒與鐵娃隔在中間，顯然彼此都怕對方在蘆葦中施以暗算。

風吹蘆葦，沙沙作響，四人穿行蘆葦間，也不怕驚動別人，走了一半，寶兒突然發覺左右兩旁竟

牛鐵娃、寶兒及那「將軍」、「侯爺」蹲在蘆葦叢中靜聽前面方頭船上的人說話。

都有人蛇行前入，周方，李名生腳步一頓，別的人也立刻跟着頓住，誰也沒有呼喝出聲。

李名生道：「這些人祇怕也和咱們一樣，咱們用不着怕他，反正大家都想混進去，誰也不敢驚動的。」

周方笑道：「不錯。」他兩人一走，別人果然也跟着走了，一片蘆葦中，也不知有多少人藏在裏面。

寶兒暗奇忖道：「這裏究竟有何秘密？爲何有這許多人趕來這裏？唉，不知道和鐵娃妹子有無關係？」

周方，李名生對望一眼，已不約而同放緩了腳步，他兩人老奸巨猾，顯見是要別人爲他們開路。突見前面蘆葦間，有寒光閃了兩閃，顯然已有人將埋伏在這裏的暗卡做翻了，周方拊掌道：「妙極，好身手！」

又走幾步，蘆葦間水已漸深，顯然已到蘆塘邊緣。

李名生將鐵娃拉得蹲了下去，周方也縮下身子，祇有寶兒站着不動，祇因他不必蹲下，水已淹及他胸腹。

這時搖櫓聲，人語聲已更是清晰。

李名生，周方屏息靜氣，聽了半晌動靜，方自撥開蘆葦，探首望了出去，祇見一片蘆塘，寬廣百十丈，四面蘆葦簇立，有如屏風般將池塘四面圍住，池塘裏扇面般排開七艘方頭船，以鐵鍊縛在一處，想必是作爲水寨之用，已有多時未曾移動，其實池塘吃水不深，這種方頭船也根本就難以行動，祇是不時有平底輕舟自蘆叢間水道駛入，穿梭往來於池塘間。

七艘方頭船，祇有三艘燃着燈光，燈光也不明

《红尘白刃》，269至358期。插图由董培新绘制。后更名《浣花洗剑录》，进行二次连载。

《多情剑客无情剑》，488 至 537 期。即今传本上半部，至“剑无情！人却多情！”结束。插图由董培新绘制。

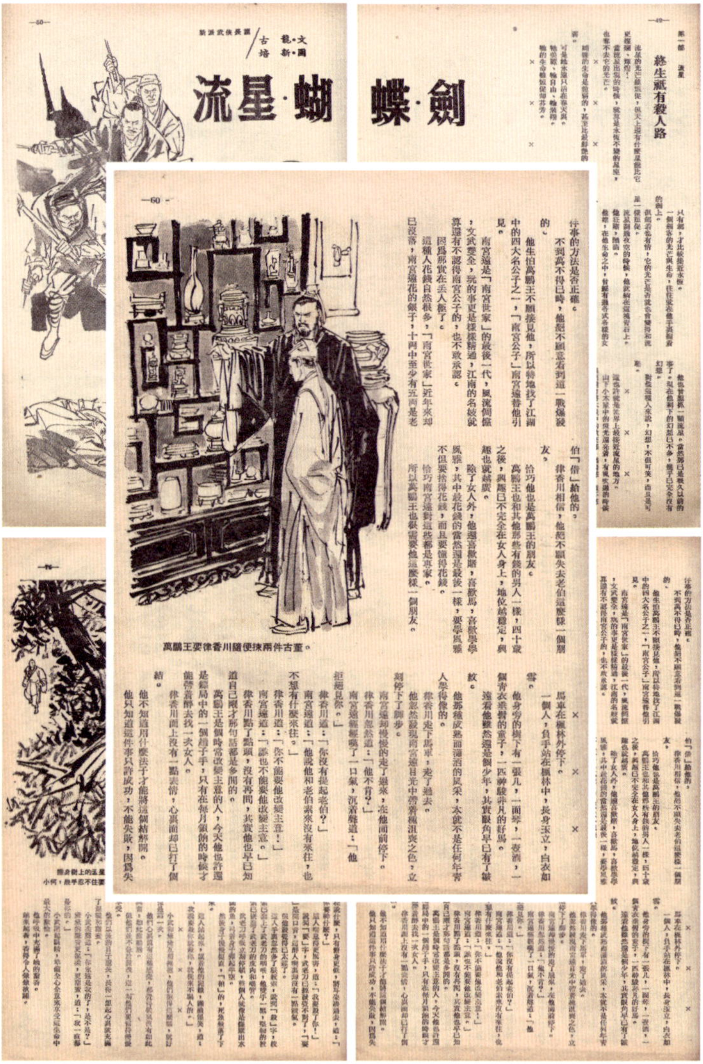

《流星·蝴蝶·剑》，601 至 638 期。插图由董培新绘制。

《傲剑狂龙》，638 至 655 期。插图由董培新绘制。

小李飛刀第二代故事

古龍·文 盧令·圖

九月鷹飛

心酸情更苦 神傷意尤迷

前文提要：

《九月鹰飞》，698 至 731 期。题为“小李飞刀第二代故事”，插图由卢令绘制。

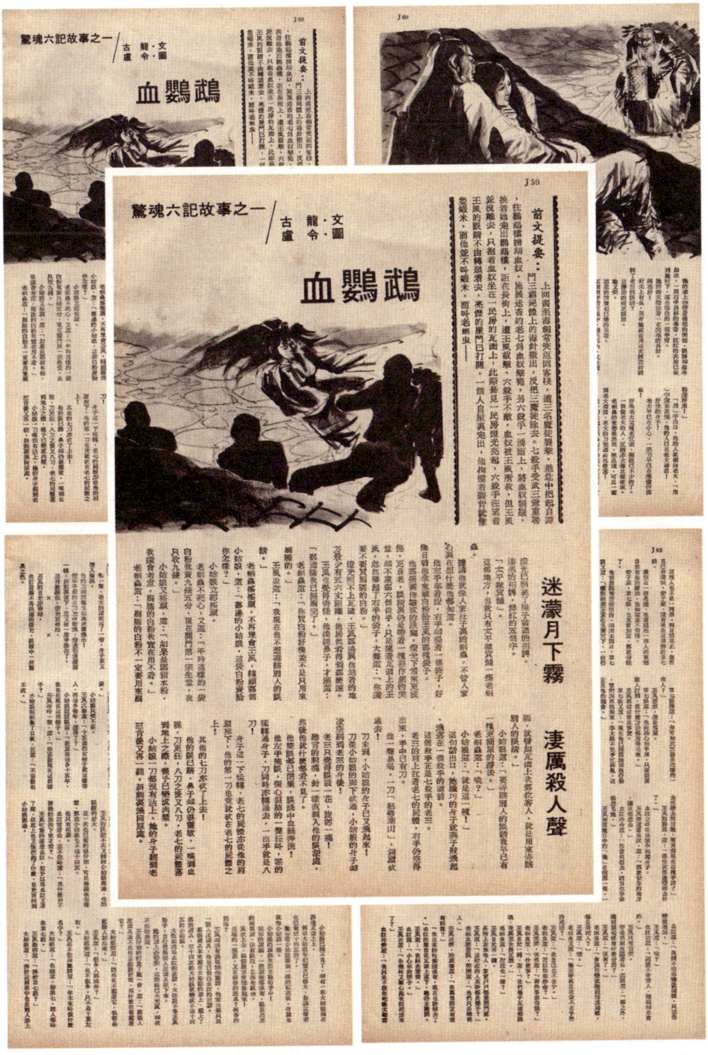

J 59

驚魂六記故事之一

文·古龍
圖·盧令

血鸚鵡

前文提要： 上回書至毒劍常笑返回客棧，遭三名魔徒襲擊，將危中把起自譚門三霸屍體上的毒針撒出，反把三魔徒除去。七殺手受武三爺重聘，往鸚鵡樓擄劫血奴，施展迷香的老七爲血奴擊斃，另六殺手一湧而上，將血奴制服，挾着她走出鸚鵡樓，詎在長街上，遭王風截擊，六殺手不敵，血奴被王風所救，但王風並沒離去，只抱着血奴坐在一民房的瓦面上，此際驀見一民房燈光亮起，六殺手注望着王風的眼睛不由轉頭看去，亮燈的屋門已打開，一個人自屋裏走出，佝僂着腰背就像隻蝦米，而他並不叫蝦米，而叫老蜈蚣——

迷濛月下霧

燈光已照亮了轎子前面的招牌。

淒涼的招牌，猩紅的五個字。

「太平雜貨舖」。

這個地方，也就只有太平雜貨舖一條老蜈蚣。

據講他就像人家肚子裏的蛔蟲，不管人家心裏在想什麼他都知道。

他左手拿着燈，右手卻搖着一個袋子，好像白天他拿來賣白粉給王風的那個袋子。

他那張蒼老憔悴的臉龐，燈光下看來更老更傷，更蒼老，眼睛裏仍是帶着一種惡作劇的笑容，卻不望那六個殺手，只是望着瓦面上的王風，忽然舉起了右手的袋子，大聲道：「你還要不要買剛賭的白粉？」

燈光照不上瓦面，王風卻這與他站着的地方起碼有五六丈距離，他居然看得到那麼遠。

王風也覺得奇怪，他揉揉鼻子，才問道：「那這袋我已經賣完了。」

老蜈蚣道：「你賣白粉好像並不是只用來賭錢的。」

王風說道：「我現在也不想再賭別人的眼睛。」

老蜈蚣搖搖頭，不再理會王風，轉顧那個小姑娘，道：「漂亮的小姑娘，這袋白粉賣給你怎樣？」

小姑娘立即搖頭。

老蜈蚣不死心，又道：「平時這樣的一袋白粉我賣九錢五分，現在開門第一宗生意，我只收九錢。」

小姑娘又搖頭，道：「如果是鉛粉水粉，我還會考慮，剛賭的白粉我實在用不着。」

老蜈蚣道：「剛賭的白粉不一定要用來賭，就譬如瓦面上那位客人，就是用來賭別人的眼睛。」

淒厲殺人聲

小姑娘道：「要賭瞎別人的眼睛我早已有一種更簡單的辦法。」

老蜈蚣道：「哦？」

小姑娘道：「就是這一種！」

這句話出口，她纖巧的身子就燕子般飛起，撲落在一個殺手的面前。

這個殺手正是七殺手的老三。

老三的肩上扛着老七的屍體，右手仍然得出來，手中已有刀。

他一聲暴喝，一刀「劈開華山」，迎頭砍過去！

刀未到，小姑娘的身子已又飛起來！

刀從小姑娘的腳下砍過，小姑娘的身子卻凌空翻到老三的身後！

老三只覺得眼前一花，跟着一痛！

難言的刺痛，針一樣直刺入他的眼睛裏，然後他就什麼都看不見了。

他雙眼都已閉緊，眼縫中血絲奔流！

他左手按眼，撕心裂肺的一聲狂呼，霍的狂轉過身子，刀同時亦轉過去，一出手就是八刀！

身子這一下狂轉，老七的屍體亦從他的肩頭滾下，他的第一刀也就砍在老七的屍體之上！

其他的七刀亦砍了上去！

他的眼已瞎，鼻子卻仍很靈敏，一嗅到血腥，刀更狂，八刀之後又八刀，老七的屍體落到地上之際，幾乎已變成肉漿。

小姑娘一刀都沒有沾上，她的身子翻到老三背後又再一翻，斜刺裏橫回瓦面。

《血鹦鹉》，807 至 853 期。中有二十余期断载，由黄鹰代笔续完。题为“惊魂六记故事之一”，插图由卢令绘制。

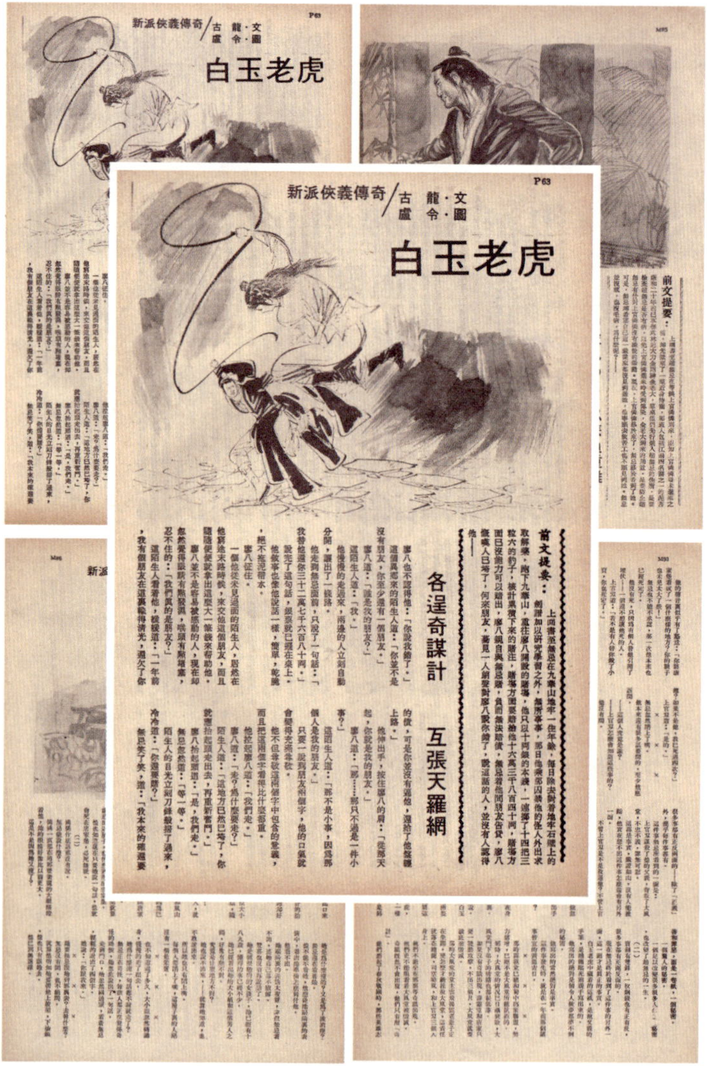
P63

新派俠義傳奇 文·古龍 圖·盧令

白玉老虎

各逞奇謀計 互張天羅網

前文提要：上回書至無忌在九華山地牢一住年餘，每日除去對着地牢石壁上的劍譜加以研究學習之外，無所事事，那日他乘那囚禁他的怪人外出求取解藥，跑下九華山，直往廖八開設的賭場，他只以十兩銀的本錢，一連擲了十四把三粒六的豹子，核計累積下來的賭注，賭場方面要賠給他十六萬三千八百四十兩，賭場方面已沒能力可以賠出，廖八親自與無忌賭，負而無法賠償，無忌着他問朋友告貸，廖八債嘛人已垮了，何來朋友，驀見一人躺要對廖八說你錯了，說這話的人，並沒有人認得他——

廖八也不認得他：「你說我錯了。」

這個異鄉來的陌生人道：「你並不是沒有朋友，你至少還有一個朋友。」

廖八道：「誰是我的朋友？」

這陌生人道：「我。」

他慢慢的走過來，兩邊的人立刻自動分開，讓出了一條路。

他走到無忌面前，只說了一句話：「我替他還你三十二萬七千六百八十兩。」

說完了這句話，銀票就已擺在桌上。

他敘事也像他說話一樣，簡單，乾脆，絕不拖泥帶水。

廖八怔住。

一個他從來見過面的陌生人，居然在他窮途末路時候，來交他這個朋友，而且隨隨便便就拿出這麼大一筆錢來幫助他。

廖八並不是容易被感動的人，現在卻忽然覺得眼睛有點發濕，喉頭有點哽塞，忍不住的：「我們真的是朋友？」

這陌生人看着他，緩緩道：「一年前，我有個朋友在這裏輸得清光，還欠了你的債，可是你並沒有逼他，還給了他盤纏上路。」

他伸出手，按住廖八的肩：「從那天起，你就是我的朋友。」

廖八道：「那……那只不過是一件小事？」

這陌生人道：「那不是小事，因為那個人是我的朋友。」

只要一說到朋友兩個字，他的口氣就會變得充滿尊敬。

他不但尊敬這兩個字中包含的意義，而且把這兩個字看得比什麼都重。

他拉起廖八道：「我們走。」

廖八道：「走？為什麼要走？」

陌生人道：「這地方已然已垮了，你就應抬起頭走出去，再重新奮鬥。」

廖八抬起頭道：「是，我們走。」

無忌忽然道：「等一等。」

陌生人的目光立刻刀鋒般掃了過來，冷冷道：「你還要賭？」

無忌笑了笑，道：「我本來的確還要

《白玉老虎》，863至894期。插图由卢令绘制。

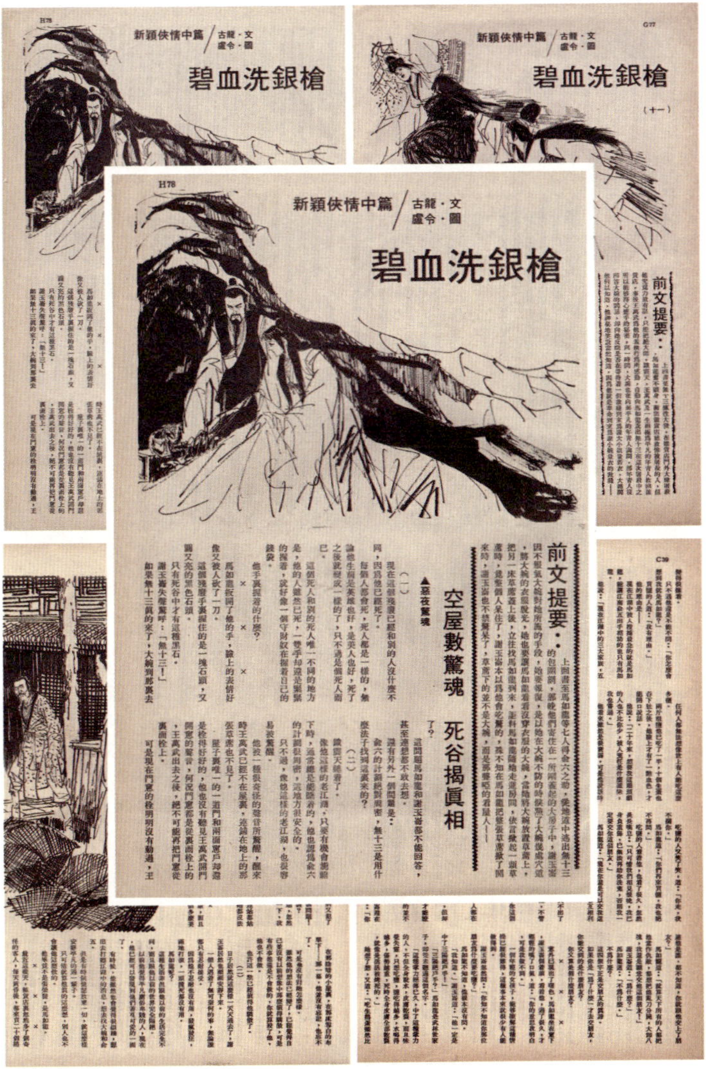

新穎俠情中篇　古龍・文　盧令・圖

碧血洗銀槍

前文提要：上回書至馬如龍等七人得侖六之助，從地道中逃出無十三的包圍網，那晚他們寄住在一所荒棄的大房子中，謝玉崙因不服氣大婉對她所施的手段，她要報復，是以她在大婉不防的時候點了大婉幾處穴道，將大婉的衣服脫光，她也要讓馬如龍看着沒穿衣服的大婉，當她將大婉放置草蓆上，把另一床草蓆蓋上後，立往找馬如龍到來，豈料馬如龍隨她走進房間，便伸手掀起一張草蓆時，竟整個人呆住了，謝玉崙本以爲他會吃驚的，殊不知在馬如龍把整張草蓆掀了開來時，謝玉崙也不禁驚呆了，草蓆下的並不是大婉，而是那聾啞的看屋人——

空屋數驚魂　死谷揭眞相

▲惡夜驚魂

（一）

現在這個殘廢已經和別的人沒什麼不同，因爲他已經死了。

每個人都會死，死人都是一樣的，無論他生前是英雄也好，是美人也好，死了之後就變成一樣的了，只不過是個死人而已。

這個死人和別的死人唯一不同的地方是，他的人雖然已死，一雙手卻還是緊緊的握着，就好像一個守財奴在握着自己的錢袋。

他手裏握着的什麼？

× × ×

馬如龍扳開了他的手，臉上的表情好像又被人砍了一刀。

這個殘廢手裏握住的是一塊石頭，又圓又亮的黑色石頭。

只有死谷中才有這種黑石。

謝玉崙失聲驚呼：「無十三！」

如果無十三眞的來了，大婉到那裏去了？

這問題馬如龍和謝玉崙都不能回答，甚至連想都不敢去想。

還有另外一個問題是：侖六的計劃絕對周密，無十三是用什麼法子找到這裏來的？

（二）

鐵震天睡着了。

像他這樣的老江湖，只要有機會能睡下時，通常總是能睡着的，他也認爲侖六的計劃很周密，這地方很安全的。

只不過，像他這樣的老江湖，也很容易被驚醒。

他被一種很奇怪的聲音所驚醒，醒來時王萬武已經不在屋裏，鋪在地上的那張草蓆也不見了。

屋子裏唯一的一道門和兩扇窗戶卻還是栓得好好的，他也沒有聽見王萬武開門開窗的聲音，何況門窗都是從裏面栓上的，王萬武出去之後，絕不可能再把門窗從裏面栓上。

可是現在門窗的栓明明沒有動過，王

《碧血洗银枪》，925 至 936 期。插图由卢令绘制。

P65

新穎俠情中篇

古龍·文
盧令·圖

大地飛鷹（六）

前文提要： 上回書至小方踏卜鷹前蹤，在一處叫死頸的地方，終於遭遇到衛天鵬的堵擊，衛天鵬帶領玉女天魔梅分分及搜魂手直闖卜鷹大帳，要以三陣決勝負，以分強存弱亡，首陣梅分分掉入宋老夫子的陷阱，使她賴以為惡的鐵手落入鏡正明的手中，次陣衛天鵬向負傷的卜鷹進攻，也失手遭敗，搜魂手這時已心灰氣餒不敢向小方叫陣，衛天鵬卻後不屈，要發動他帶來的八十鐵騎，向卜鷹的人衝殺，卜鷹毅然接受這輪挑戰，叫他下令那些百戰不死的戰士衝過來，衛天鵬一咬牙，撮唇作嘯，向那踞在卜鷹帳外的八十鐵騎發出攻擊的命令——

鐵騎八十均斷腕　死頸過後慶團圓

▲慘敗

（一）

尖銳的嘯聲，響徹夜空。

卜鷹仍然還是安坐不動，除了心臟與血脈外，全身都沒有動。

遠處森然環列的劍戟也沒有動，人馬並沒有衝過來。

衛天鵬的臉色變了。

他們的組織嚴密，號令嚴明，紀律嚴肅。

他發出的命令從未失敗。

宋老夫子忽然笑了笑：「說不定你這次帶來的人耳朵都不太好，都沒有聽見你在叫他們。」

衛天鵬不理他，再次長嘯，嘯聲更尖銳，更響亮。

宋老夫子捲起了耳朵，嘆了口氣：「這一次連聾子都應該聽得見了。」

但是遠處的人馬仍然沒有動，衛天鵬鼻尖上已冒出冷汗。

卜鷹忽又開口，聲音冷如針刺劍擊刀削。

「他們不是聾子。」

「不是聾子為什麼聽不見？」

「他們聽得見。」

「聽得見為什麼還不衝過來？」宋老夫子又眨起眼：「刀槍劍戟齊下，把我們一個個剁成肉泥？」

「因為我還沒有要他們過來。」

「你要他們過來，他們就會過來？」宋老夫子又問。

卜鷹道：「只要我要他們過來，他們才會回來。」

宋老夫子搖頭：「我不信。」

「你馬上就會相信的。」

卜鷹忽然揮手，說出了兩個字：「過來。」

他的聲音既不尖銳，也不響亮，可是這兩個字一說出，遠處的人馬就動了。

動得很慢。

× × ×

八十匹健馬，載著一百六十個人，慢慢的走入火光照耀的營地。

《大地飞鹰》，937 至 966 期。插图由卢令绘制。

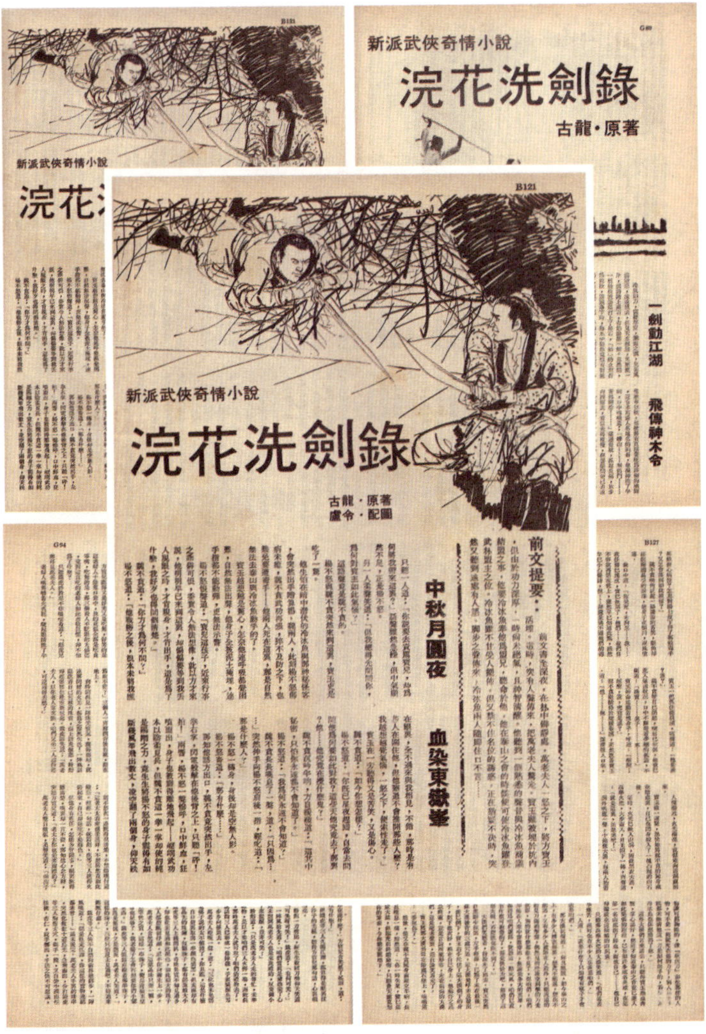

《浣花洗剑录》，1027 至 1044 期（未完）。插图由卢令绘制。第 1044 期附“本刊启事”，大意是“由下期起停止刊载，爱阅《浣花洗剑录》读友，可购买单行本阅读”。

X58

巨型俠義傳奇故事

古龍·文　子成·圖

玉劍傳奇（一）

行來，蠟黃的面色在昏燈下看來彷彿重病已久，本來應該躺在床上，蓋着棉被吃藥的。

但是他卻告訴這個小麵攤的老板：「我要吃麵，三碗麵，三大碗。」

這麼樣一個人居然有這麼好的胃口。

老板和老板娘都忍不住用懷疑的眼光看着他。

「客官要吃甚麼麵？」雖然已經有三十多歲，身材卻還很苗條的老板娘問他：「要白菜麵？肉絲麵？還是蹄花麵？」

「我不要白菜肉絲，也不要蹄花。」青衣人用低沉沙啞的聲說：「我要一碗金花，一碗銀花，一碗珠花！」

他不是來吃麵的，他是來找麻煩的。

可是這對賣麵的夫妻臉上卻連一點驚奇的表情都沒有，只淡淡的問：

「你有本事吃得下去？」

「我試試。」青衣人也淡淡的說：「我試試看。」

忽然間，寒光一閃，已有一柄三尺青鋒毒蛇般自青衣人手邊刺出，毒蛇般向這個神情木訥的麵攤老板心口上刺了過去，出手比毒蛇更快更毒。

麵攤老板身子車轉，將一根挑麵的大竹筷當作了點穴鐝，斜點青衣人的肩井穴。

青衣人的手腕一抖，寒光更厲，劍尖已刺在麵攤老板的心口上，卻發出了「叮」的一聲響，就好像刺在一塊鐵板上。劍尖再一閃，青鋒已入鞘，青衣人居然不再追擊，只是用一種很平靜的態度看着這對夫婦。

老板娘卻笑了，一張本來很平凡的臉上，一笑起來居然就露出了很動人的媚態。「好，好劍法！」她搬開了竹攤裏一張椅子：「請坐，吃麵。」

× × ×

青衣人默默的坐下，一碗熱氣騰騰的麵很快就送了過來。

麵碗裏沒有白菜肉絲蹄花，甚至連麵都沒有，卻有一顆和龍眼差不多大小的明珠。

（二）黑竹竿

在這條陋巷裏的這個小麵攤，賣的居然是這種麵，有本事能吃得下這種麵的人實在不多，可是這個人並不是唯一的一個。

他剛坐下，第二個人就來了，是個看來很規矩的年青人，也要吃三碗麵，也要了一碗金花，一碗銀花，一碗珠花。

麵攤的老板當然也要試試他，有沒有本事能吃得下去？

他有。

這個年青人的劍法雖然也跟他的人同樣規矩，但卻絕對迅速準確有效，而且劍式還

《玉剑传奇》，1040 至 1060 期。插图由董培新和子成绘制。

除上述部数外，《武侠世界》还连载过《鬼恋侠情》（五三四至五四〇期）、《金剑残骨令》（七四〇至七六〇期）、《霸王枪》（八一三至八一五期）、《失魂引》（八一六至八二六期）等四部小说。据传《大旗英烈传》和《风雪会中州》也曾做连载，目前尚无实证，故作存疑处理。

《武侠春秋》（香港地区）

创办于一九六九年十二月（创刊号出版时间为一九七〇年一月二十五日），由鹤鸣书业公司负责，同时在中国香港、中国台湾、新加坡、泰国、越南、菲律宾、柬埔寨金边、中国澳门等地发行。

大体而言，《武侠世界》走的是港、台作家并重之路，而《武侠春秋》则是在最大程度上依赖台湾作家。究其原因，《武侠春秋》起步较晚，其时已经过了新派武侠的发轫期，很多港派作家已流向《武侠世界》，故此主事者将眼光望向一海之隔的中国台湾，毕竟也是华人地区，武侠小说创作与中国香港同宗同源，在这种情况下将重注押到台湾作家身上，不失为明智之举。

以创刊号为例，不但“三剑一美”悉数出境，连秦红、柳残阳、东方玉等名家也都一步到位，甚至于步入创作巅峰期的古龙，都拿出了最新作品。事实证明，正是因为众多台湾作家的加盟，《武侠春秋》得以迅速崛起，获得了巨大的成功。

《武侠春秋》的文本，与《武侠世界》可以并称双玉。相较于诸多台版，称得上特秀独出。现将一些带有异

《武侠春秋》分香港发行版和台湾发行版，里面的广告页偶有不同。此封面上所写的“庆祝内销”“特价新台币六元”，为台版创刊号独有。

文的作品罗列如下：

一、《风云第一刀》

在第一三八期，载有古龙写的“后记”，是今传汉麟本（改名《边城浪子》）所没有的。落款是一九七二年九月二十日，应为小说的完稿时间，现节录如下：

《风云第一刀》终于已结束。

近年来，我已很少写这么长的故事，太长的故事总难免芜杂沉闷。

我这么样写，只因为我一心希望能在这故事里，写出一点新的观念来，一心希望这故事能有一个在新观念中孕育成的主题。

仇恨和报复，虽然并不可耻，但也绝不值得尊敬。

仇恨虽然是种原始而古老的情感，但却绝不是与生俱来的，爱和宽恕，才是人类的本性。

我不知道这故事是不是已能将它的主题表达明白，我只知道，假如每个人都能以“宽恕”代替“报复”，这世界无疑就会变得更美好些。

……

二、《火并萧十一郎》

在一八二期和一八五期（中间两期断载），有近七千字是今传汉麟本所没有的。汉麟本缺失的位置在“他从来也没有看见过发财发得这么快的人，也从未见过穷得这么快的”（第三十二章末句）和“剑的形式，精致而古雅”（第三十三章首句）之间。现将佚文节录如下：

小院中的积雪未扫，梅花的新枝上已绽开了几点初红。

暮色渐深，暖阁里已燃起了灯。

连城璧坐在灯下，已不知坐了多久，灯光照着他的脸，他看来仿佛也很疲倦。

人生岂非本就是段令人疲倦的旅程？

在这初雪来临的黄昏，就连这温暖如春的小阁，却显得说不出的凄凉寂寞。

连城璧轻轻叹息了一声，慢慢地站起来，放下了手里的茶碗。

茶已凉了。

屋里面的梨花几上，一炉香却刚燃起。

他走出去，将几上的香炉慢慢地旋转了三次，壁上挂着的一幅吴道子的大江风物忽然卷起，露出了一道暗门。

门后是间小而幽静的秘室，也燃着一炉香，点着一盏灯。

灯光凄清。

风显然吹不到这里，屋子里却显得阴森森的，仿佛很冷。

小桌上黄幔低垂，隐约可以看到里面供着个神主木牌。

木牌上写着的竟是：

“亡妻沈璧君之灵”。

三、《天涯·明月·刀》

分为《天涯》（二〇八至二二〇期）、《刀》（二二一至二三一期）、《明月》（二三一期）三部，每部前都有引言，既丰实写意，又能总领全文。

《天涯》的引言，是元人填的曲：

枯藤。老树。昏鸦。
小桥。流水。平沙。
古道。西风。瘦马。
夕阳西下。
断肠人在天涯。

《刀》的引言，是古龙写的几句话：

刀是从洪炉里炼出来的

无论什么刀都是从洪炉里炼出来的

若没有经过洪炉里烈火的锻炼，刀就不是刀，只是块废铁

有了缺口的刀，也许比没有缺口的更锋利

他的刀有了缺口

他的刀更锋利

《明月》的引言，是宋人的半阕词：

明月几时有？
把酒问青天，
不知天上宫阙，今夕是何年。
我欲乘风归去。又恐琼楼玉宇，高处不胜寒。
起舞弄清影，何似在人间？

四、《三少爷的剑》

题为“江湖人故事之一”，第一部应为《名剑》（但无“第一部”字样），引言为“剑气纵横三万里，一剑光寒十九州”。第二部为《浪子》，引言为“今宵酒醒何处？杨柳岸、晓风残月”。后未再分部。前有“楔子！写在江湖人之前”（以下简称“楔子”），开头的百余字是今传桂冠本不存的：

人在江湖，并不是件幸福的事。

人在江湖，就好像是风中的落叶，水中的浮萍，通常都是身不由主的。

有很多事他们很想做，却不能做。

有很多事他们很不想做，却非做不可。

因为他们一定要讲义气，一定要有原则，否则他们就混不下去。

用一句现在的话来说，他们通常都是性格巨星。

……

今见《武侠春秋》结集本，在楔子之前，还有《从〈绝代双骄〉到“江湖人”的一点感想》（以下简称“一点感想”）一文，不知载于何处，肯定未在首期，但不排除附在末期的可能（笔者缺乏相关资料，无法查证）。

这其中有个问题，就是“楔子”的落款是一九七四年十月二十七日，而小说开始连载的时间是次年的六月二十一日，相隔近七个月的时间，这也说得过去，可以理解为先写稿（甚至先完稿），后连载。但“一点感想”落款时间却是一九七三年十月十七日，比“楔子”整整提前了一年，这就让人感到有些奇怪了。若非出版社录入错误，那么只能解释为古龙在一九七三年十月就开始构思（创作）这部小说，然后一九七四年十月写的“楔子”，一九七五年六月开始发表。但若真将最早写成的“一点感想”附在小说的最后，还是有些不合情理。

为免遗珠之憾，现将“一点感想”节录如下：

修订后的《绝代双骄》，只希望能将一些不必要、不成熟、不满意的删去。

刚写的“江湖人”，只希望能写一点必要、成熟、满意的东西。

最近常常有人喜欢将我的旧酒装在新瓶里，“旧稿新登”，也常常有人喜欢把我的东西“新包装”，完全用我的写作方式，写一点我自己也写不出来的东西。

《追杀》《十三杀手》《相思夫人》，我看了我很佩服，也很高兴。

我相信他们都是年轻人。

我喜欢年轻人。

他们将来的成就，一定比我高，高三万六千零八十五倍。

——只要他们能记住一句话。

写作最大的目的，是创作。

从蜕变中求创作。

《追杀》的作者是温瑞安，《十三杀手》和《相思夫人》的作者是黄鹰，从中能看到古龙对这两位后起之秀的关注和期许。

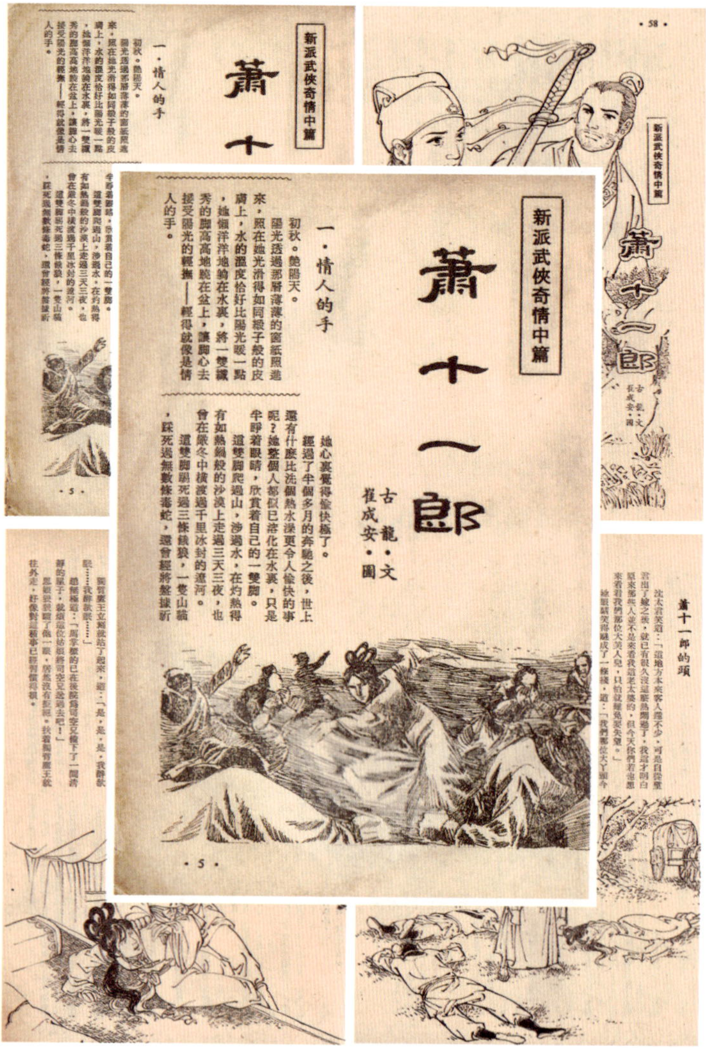
新派武俠奇情中篇

蕭十一郎

古龍・文
崔成安・圖

一・情人的手

初秋。艷陽天。

陽光透過那層薄薄的窗紙照進來，照在她光滑得如同緞子般的皮膚上，水的溫度恰好比陽光暖一點，她懶洋洋地躺在水裏，將一雙纖秀的腳高高地蹺在盆上，讓腳心去接受陽光的輕撫——輕得就像是情人的手。

她心裏覺得愉快極了。

經過了半個多月的奔馳之後，世上還有什麼比洗個熱水澡更令人愉快的事呢？她整個人都似已溶化在水裏，只是半睜着眼睛，欣賞着自己的一雙腳。

這雙腳爬過山，涉過水，在灼熱得有如熱鍋般的沙漠上走過三天三夜，也曾在嚴冬中橫渡過千里冰封的遼河。

這雙腳踢死過三條餓狼，一隻山貓，踩死過無數條毒蛇，還曾經將盤據新

・5・

《萧十一郎》（1970年1月25日至10月14日）——创刊号至28期。后附“写在萧十一郎之后”，插图由崔成安绘制。

《铁胆大侠魂》（1970年3月5日至1971年2月10日）——5至45期。插图由陈海虹绘制。实为今传本《多情剑客无情剑》下半部，承接在《武侠世界》连载的上半部。

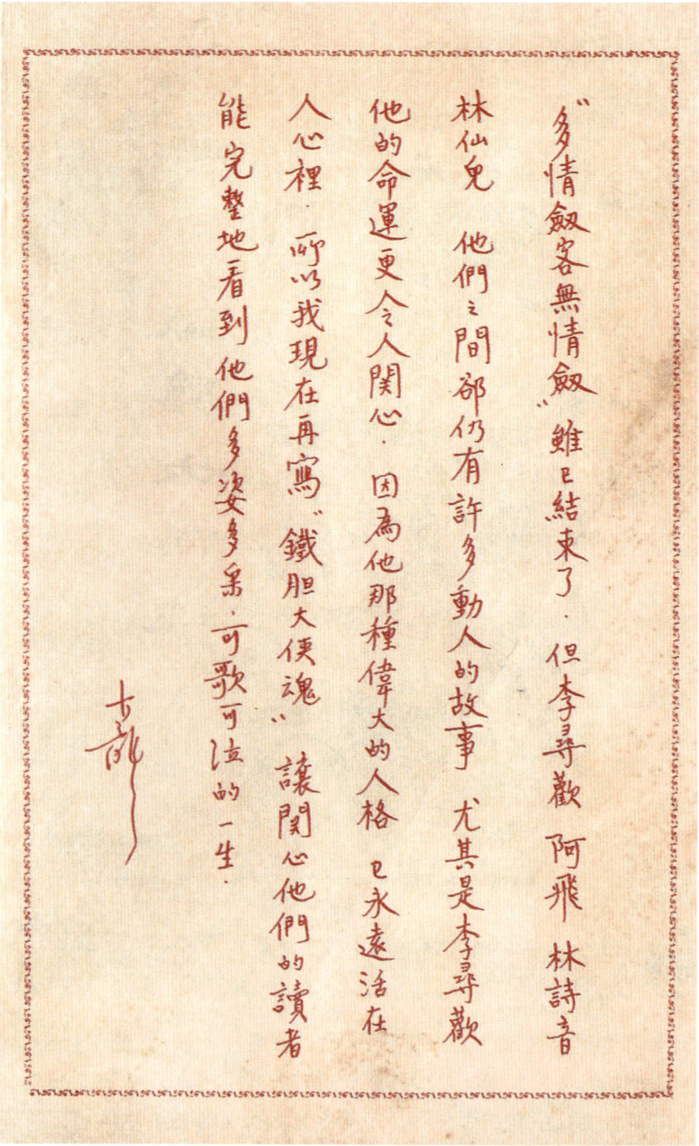

“多情劍客無情劍”雖已結束了，但李尋歡 阿飛 林詩音 林仙兒 他們之間卻仍有許多動人的故事 尤其是李尋歡 他的命運更令人關心，因為他那種偉大的人格已永遠活在人心裡，所以我現在再寫“鐵胆大俠魂”讓關心他們的讀者能完整地看到他們多姿多彩，可歌可泣的一生。

古龍

古龙为《铁胆大侠魂》写的说明文字，载于港版《武侠春秋》第6期。

《大人物》（1971年3月17日至10月27日）——50至82期。插图由崔成安绘制。前有代序：“新”与“变”。

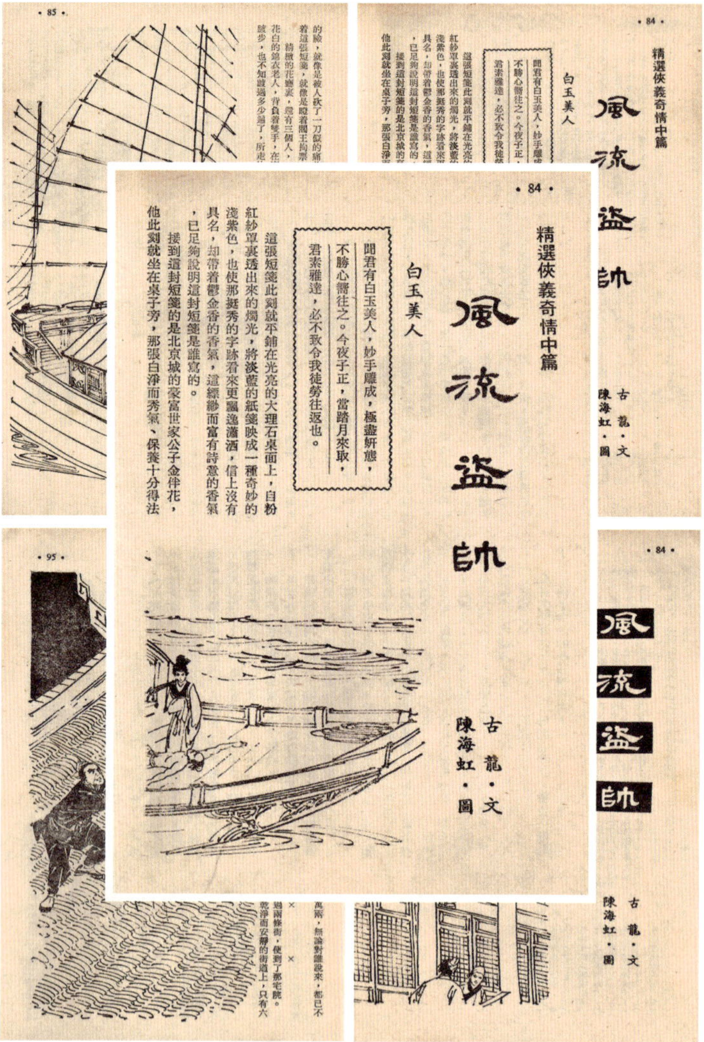

• 84 •

精選俠義奇情中篇

風流盜帥

古龍・文

陳海虹・圖

白玉美人

聞君有白玉美人，妙手雕成，極盡妍態，不勝心嚮往之。今夜子正，當踏月來取，君素雅達，必不致令我徒勞往返也。

這張短箋此刻就平鋪在光亮的大理石桌面上，自粉紅紗罩裏透出來的燭光，將淡藍的紙箋映成一種奇妙的淺紫色，也使那挺秀的字跡看來更飄逸瀟洒，信上沒有具名，却帶着鬱金香的香氣，這縹緲而富有詩意的香氣，已足夠說明這封短箋是誰寫的。

接到這封短箋的是北京城的豪富世家公子金伴花，他此刻就坐在桌子旁，那張白淨而秀氣、保養十分得法

《风流盗帅》（1971年11月3日至1972年6月23日）——83至116期。即《铁血传奇》，插图由陈海虹绘制。

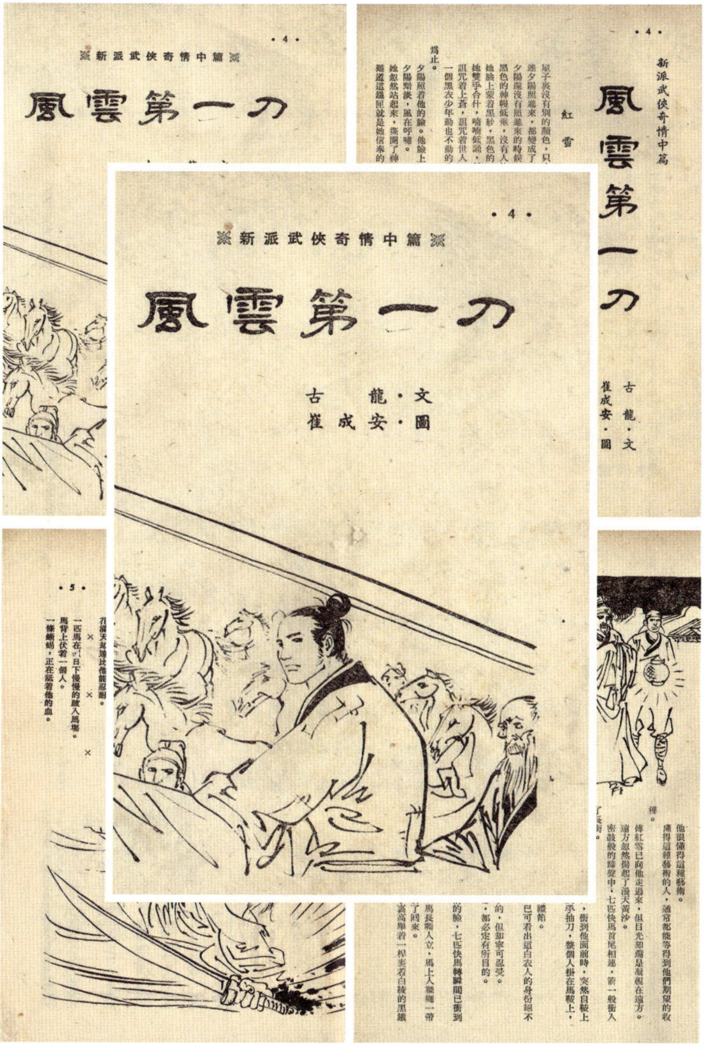

《风云第一刀》（1972年2月16日至11月24日）——98至138期。即《边城浪子》，插图由崔成安绘制。

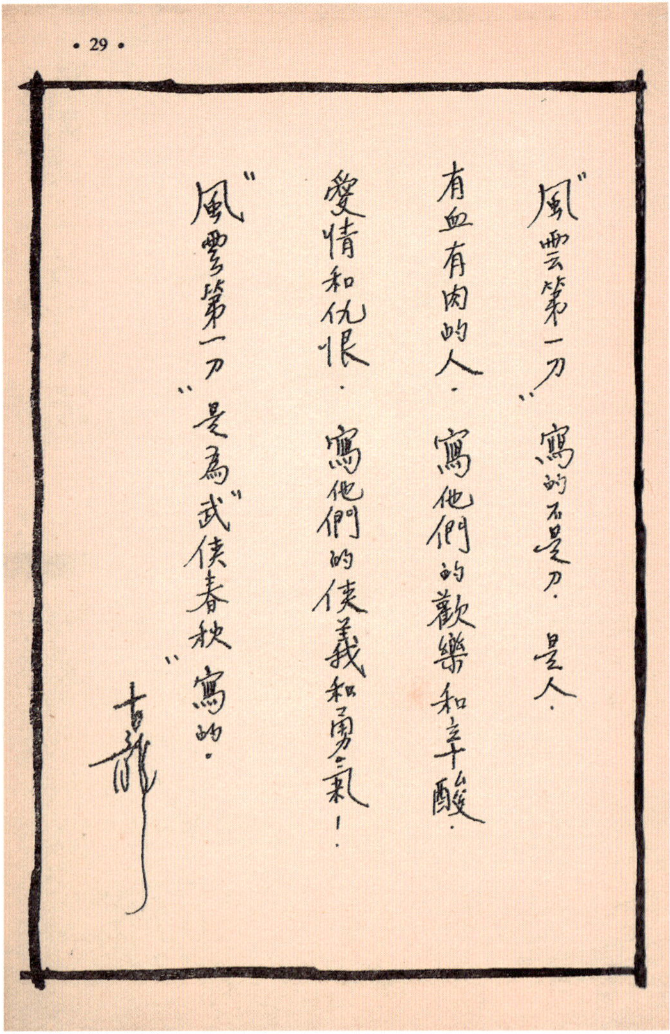
• 29 •

"風雲第一刀"寫的不是刀，是人，

有血有肉的人，寫他們的歡樂和辛酸，

愛情和仇恨，寫他們的俠義和勇氣！

"風雲第一刀"是為"武俠春秋"寫的。

古龍

古龙为《风云第一刀》写的说明文字，载于《武侠春秋》第86期。

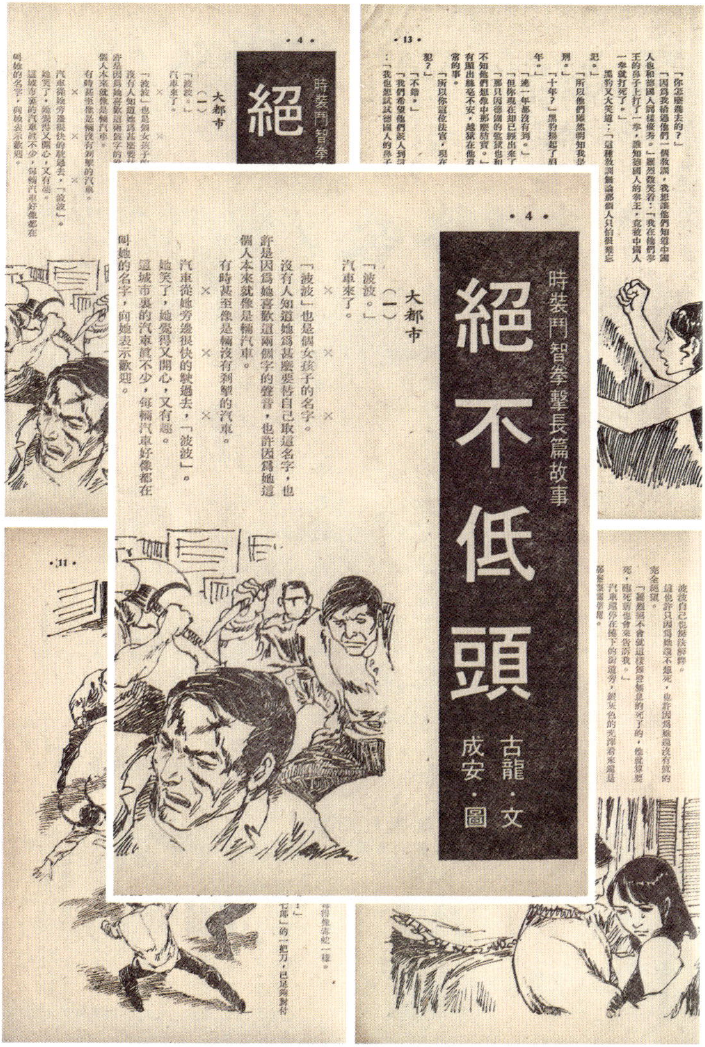

·4·

時裝鬥智拳擊長篇故事

絕不低頭

古龍·文
成安·圖

大都市

(一)

汽車來了。

「波波。」

× × ×

「波波」也是個女孩子的名字。

沒有人知道她爲甚麼要替自己取這名字，也許是因爲她喜歡這兩個字的聲音，也許因爲她這個人本來就像是輛汽車。

有時甚至像是輛沒有刹擊的汽車。

× × ×

汽車從她旁邊很快的駛過去，「波波」。

她笑了，她覺得又開心，又有趣。

這城市裏的汽車眞不少，每輛汽車好像都在叫她的名字，向她表示歡迎。

《绝不低头》（1972年12月1日至1973年2月23日）——139至151期。插图由崔成安绘制。

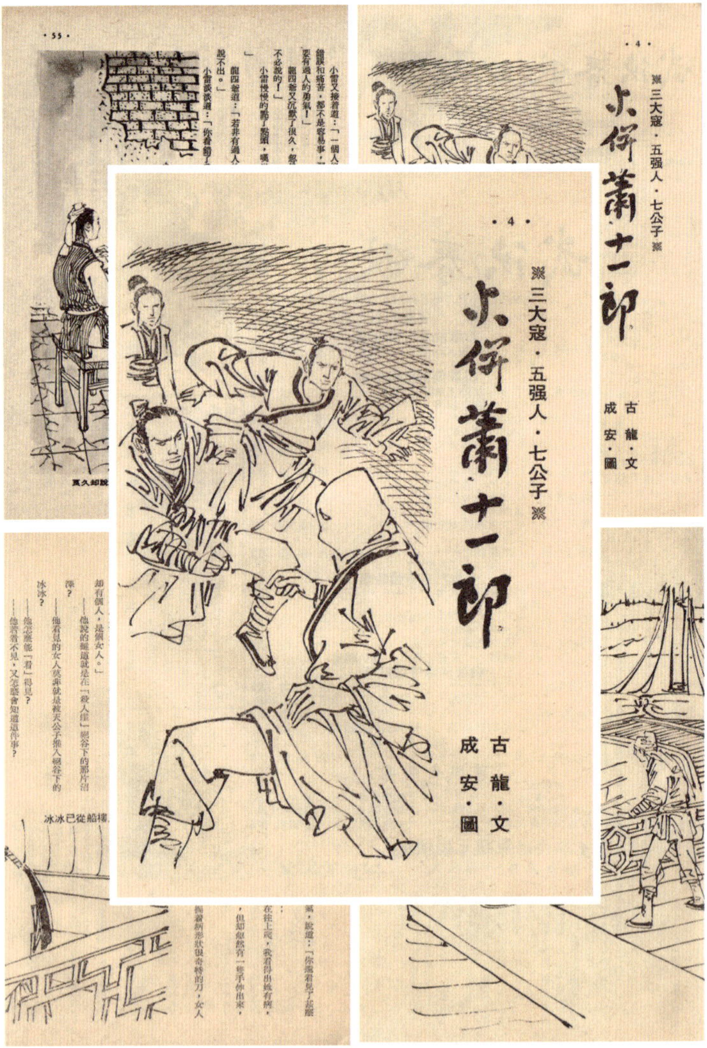

《火并萧十一郎》（1973年3月2日至10月24日）——152至186期。题为“三大寇・五强人・七公子”，插图由崔成安绘制。

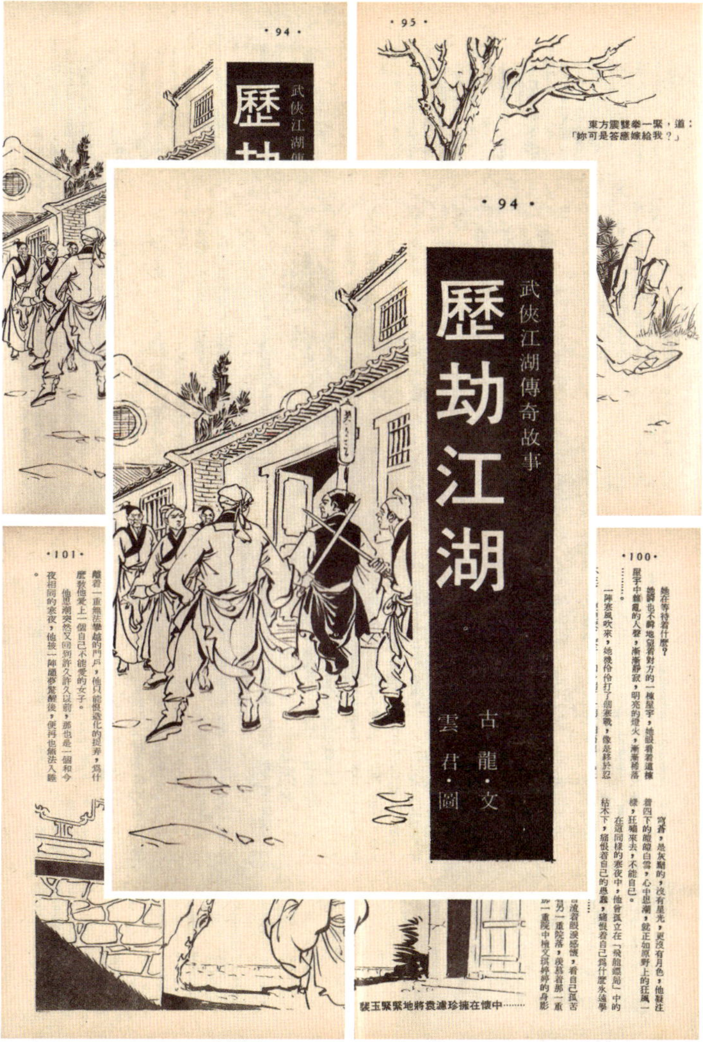

《历劫江湖》（1973年11月14日至1974年10月11日）——189至221期。即《孤星传》，插图由云君绘制。

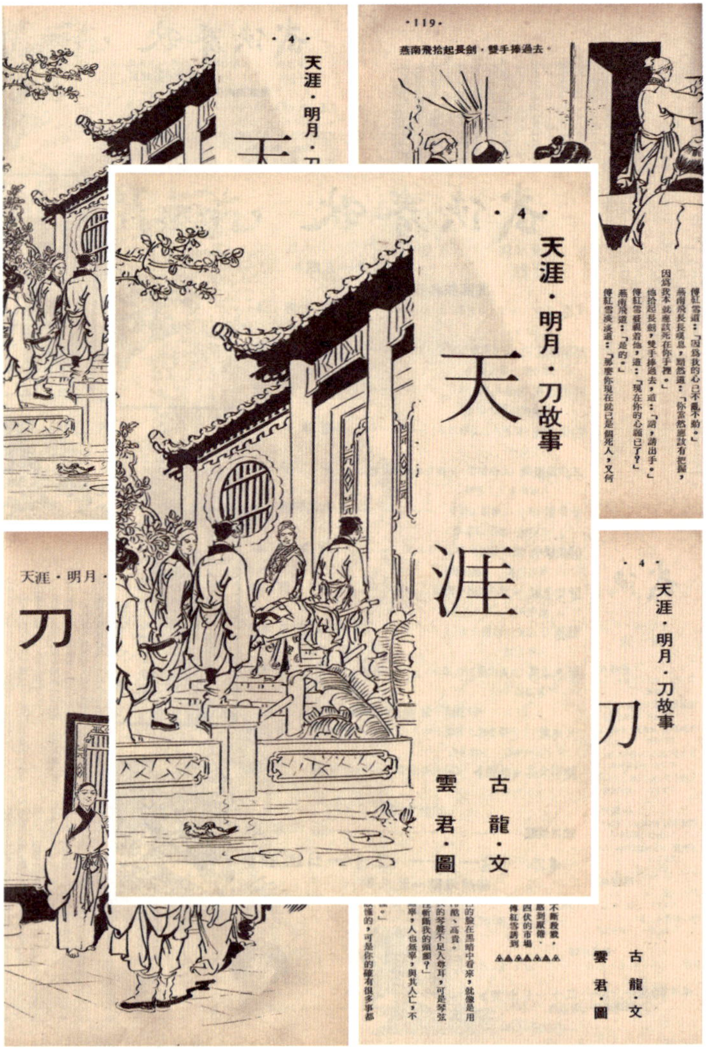

《天涯·明月·刀》（1974年6月1日至1975年1月21日）——208至231期。插图由云君和崔成安绘制。

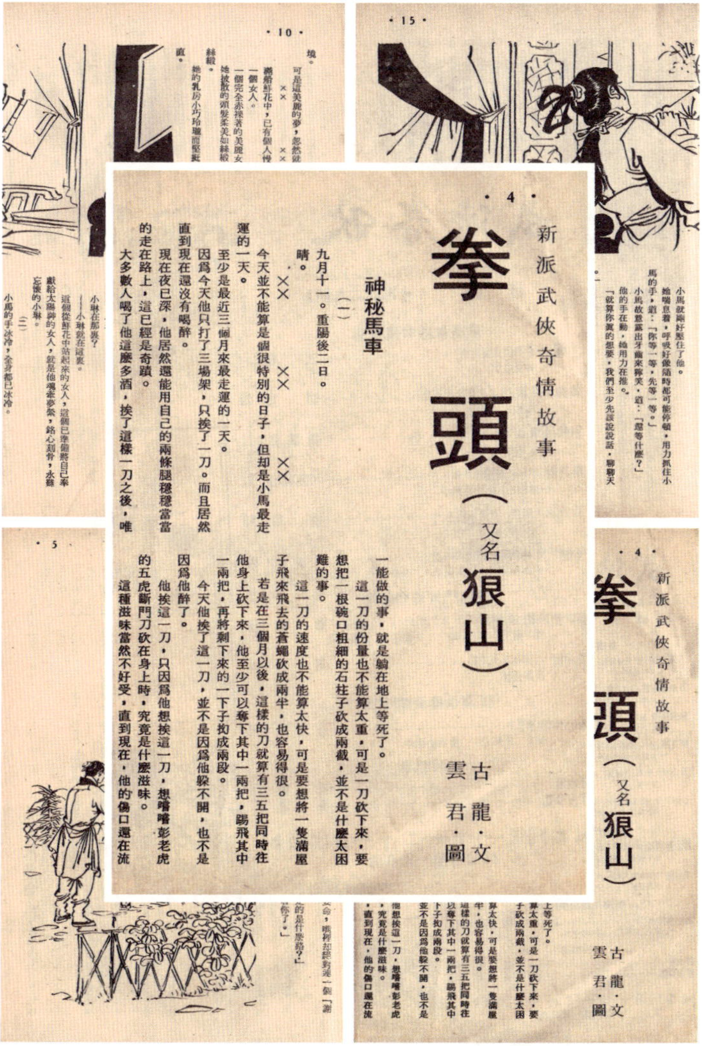

·4·

新派武俠奇情故事

拳頭（又名狼山）

古龍·文　雲君·圖

神秘馬車

（一）

九月十一。重陽後二日。晴。

×× ×× ××

今天並不能算是個很特別的日子，但却是小馬最走運的一天。

至少是最近三個月來最走運的一天。

因爲今天他只打了三場架，只挨了一刀。而且居然直到現在還沒有喝醉。

現在夜已深，他居然還能用自己的兩條腿穩穩當當的走在路上，這已經是奇蹟。

大多數人喝了他這麼多酒，挨了這樣一刀之後，唯一能做的事，就是躺在地上等死了。

這一刀的份量也不能算太重，可是一刀砍下來，要想把一根碗口粗細的石柱子砍成兩截，並不是什麼太困難的事。

這一刀的速度也不能算太快，可是要想將一隻滿屋子飛來飛去的蒼蠅砍成兩半，也容易得很。

若是在三個月以後，這樣的刀就算有三五把同時往他身上砍下來，他至少可以奪下其中一兩把，踢飛其中一兩把，再將剩下來的一下子拗成兩段。

今天他挨了這一刀，並不是因爲他躲不開，也不是因爲他醉了。

他挨這一刀，只因爲他想挨這一刀，想嚐嚐彭老虎的五虎斷門刀砍在身上時，究竟是什麼滋味。

這種滋味當然不好受，直到現在，他的傷口還在流

《拳头》（1975年1月1日至6月11日）——229至245期。副题为“又名狼山”，插图由云君和耀基绘制。

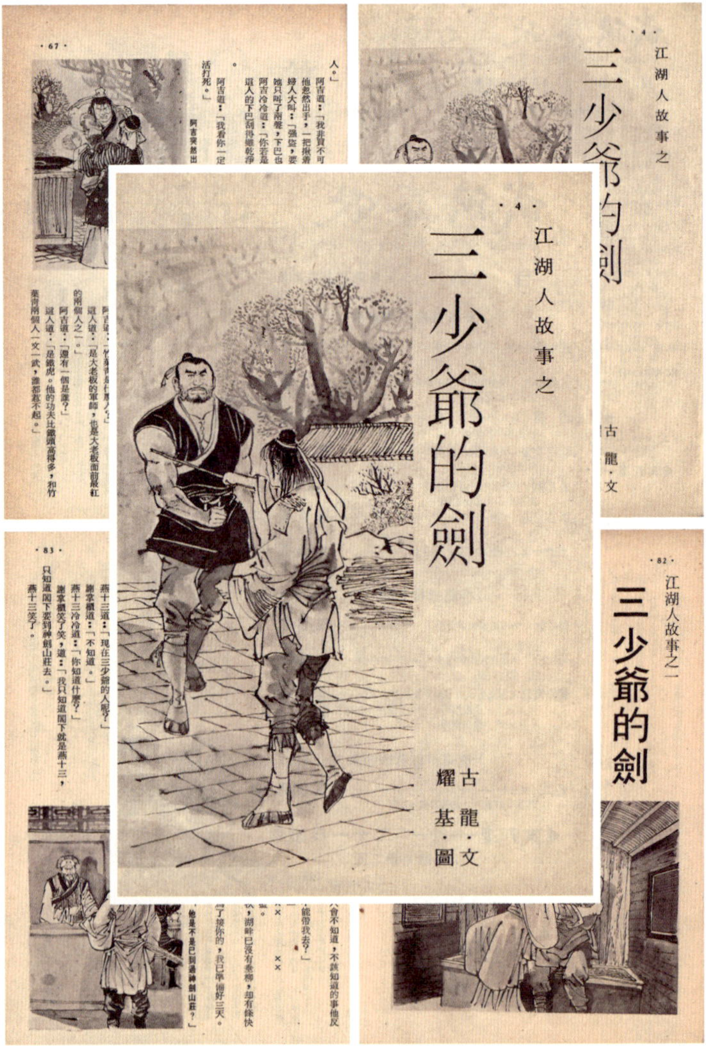

《三少爷的剑》（1975年6月21日至1976年3月21日）——246至273期。插图由耀基绘制。

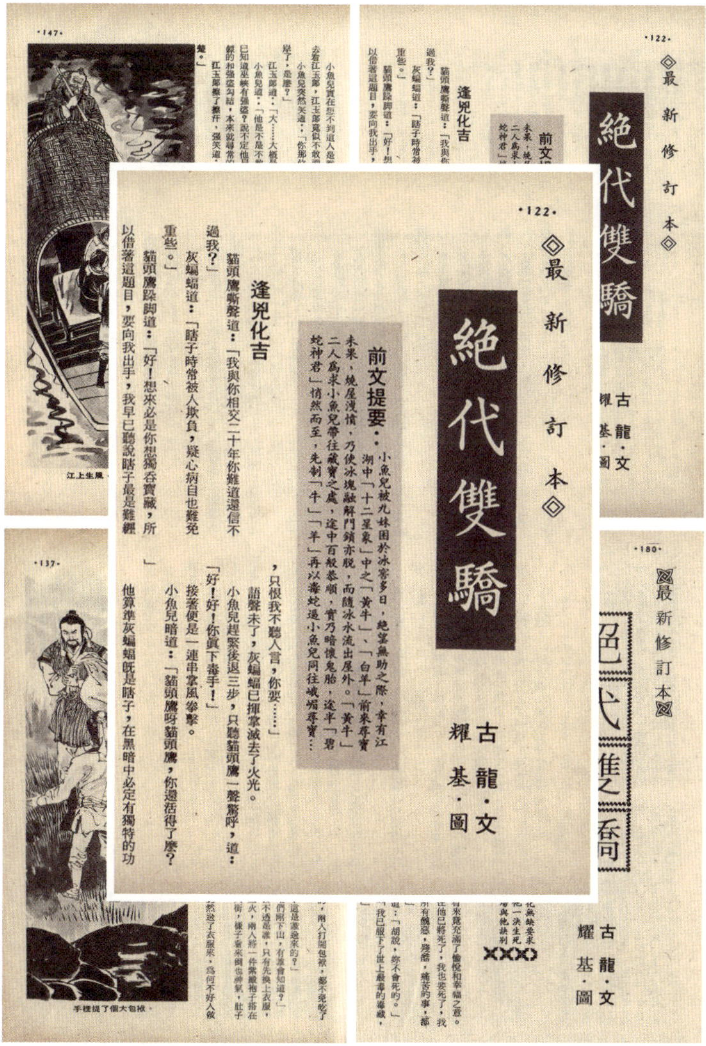

•122•

◇最新修訂本◇

絕代雙驕

古龍·文

耀基·圖

前文提要：小魚兒被九妹困於冰窖多日，絕望無助之際，幸有江湖中「十二星象」中之「黃牛」、「白羊」前來尋寶未果，燒屋洩憤，乃使冰塊融解門鎖亦脫，而隨冰水流出屋外。「黃牛」二人爲求小魚兒帶往藏寶之處，途中百般恭順，實乃暗懷鬼胎，途半「碧蛇神君」悄然而至，先制「牛」「羊」，再以毒蛇逼小魚兒同往峨嵋尋寶……

逢兇化吉

貓頭鷹嘶聲道：「我與你相交二十年你難道還信不過我？」

灰蝙蝠道：「賭子時常被人欺負，疑心病自也難免重些。」

貓頭鷹跺脚道：「好！想來必是你想獨吞寶藏，所以借著這題目，要向我出手，我早已聽說賭子最是難纏，只恨我不聽人言，你要……」

語聲未了，灰蝙蝠已揮掌滅去了火光。

小魚兒趕緊後退三步，只聽貓頭鷹一聲驚呼，道：「好！好！你眞下毒手！」

接著便是一連串掌風拳擊。

小魚兒暗道：「貓頭鷹呀貓頭鷹，你還活得了麼？

他算準灰蝙蝠既是賭子，在黑暗中必定有獨特的功

《绝代双骄》（1976年4月1日至1978年2月1日）——274至339期。题为“最新修订本”，插图由耀基绘制。

《刀神》（1976年6月21日至1978年5月1日）——282至348期。即《圆月弯刀》，插图由耀基绘制。

《剑花·烟雨·江南》（1977年9月21日至12月1日）——327至333期。插图由耀基绘制。

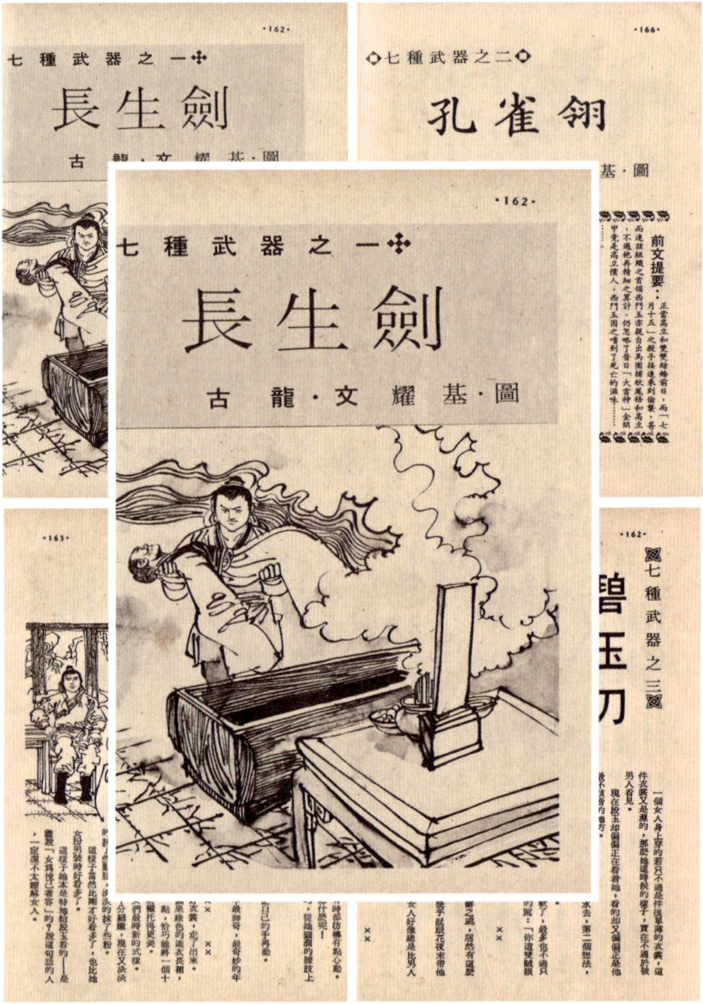

“七种武器”之《长生剑》（1978年2月11日至3月11日），340至343期；《孔雀翎》（1978年3月21日至5月11日），344至349期；《碧玉刀》（1978年5月21日至7月21日），350至356期。插图由耀基和逸飞绘制。

“七种武器”之《离别钩》（1978年8月1日至11月11日），357至365期；《多情环》（1978年8月1日至10月11日），357至362期；《霸王枪》（1978年10月21日至12月11日），363至370期。插图由逸飞和崔成安绘制。

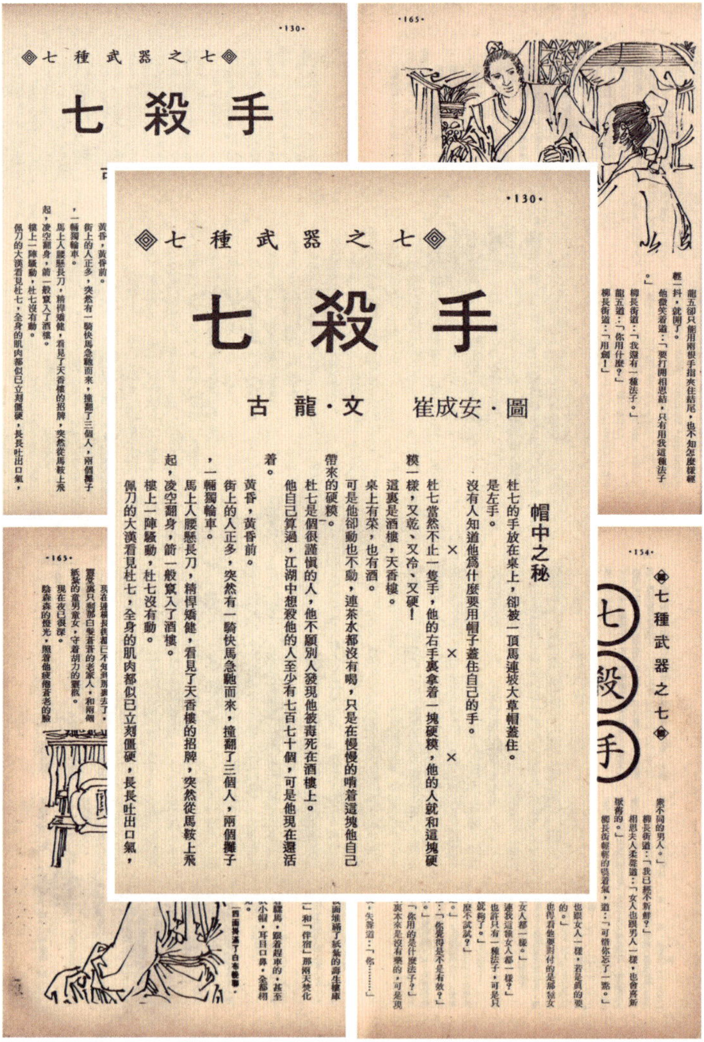
·130·

◈七種武器之七◈

七殺手

古龍·文　崔成安·圖

帽中之秘

杜七的手放在桌上，卻被一頂馬連坡大草帽蓋住。

是左手。

沒有人知道他爲什麼要用帽子蓋住自己的手。

× × ×

杜七當然不止一隻手，他的右手裏拿着一塊硬粿，他的人就和這塊硬粿一樣，又乾、又冷、又硬！

這裏是酒樓，天香樓。

桌上有菜，也有酒。

可是他卻動也不動，連茶水都沒有喝，只是在慢慢的啃着這塊他自己帶來的硬粿。

杜七是個很謹慎的人，他不願別人發現他被毒死在酒樓上。

他自己算過，江湖中想殺他的人至少有七百七十個，可是他現在還活着。

黃昏，黃昏前。

街上的人正多，突然有一騎快馬急馳而來，撞翻了三個人，兩個攤子，一輛獨輪車。

馬上人腰懸長刀，精悍矯健，看見了天香樓的招牌，突然從馬鞍上飛起，凌空翻身，箭一般竄入了酒樓。

樓上一陣騷動，杜七沒有動。

佩刀的大漢看見杜七，全身的肌肉都似已立刻僵硬，長長吐出口氣，

《七杀手》——据郭琏谦考证，首载结束于1973年6月（第169期）。今见1979年2月21日至4月1日（377至381期）二次连载，插图由崔成安绘制。

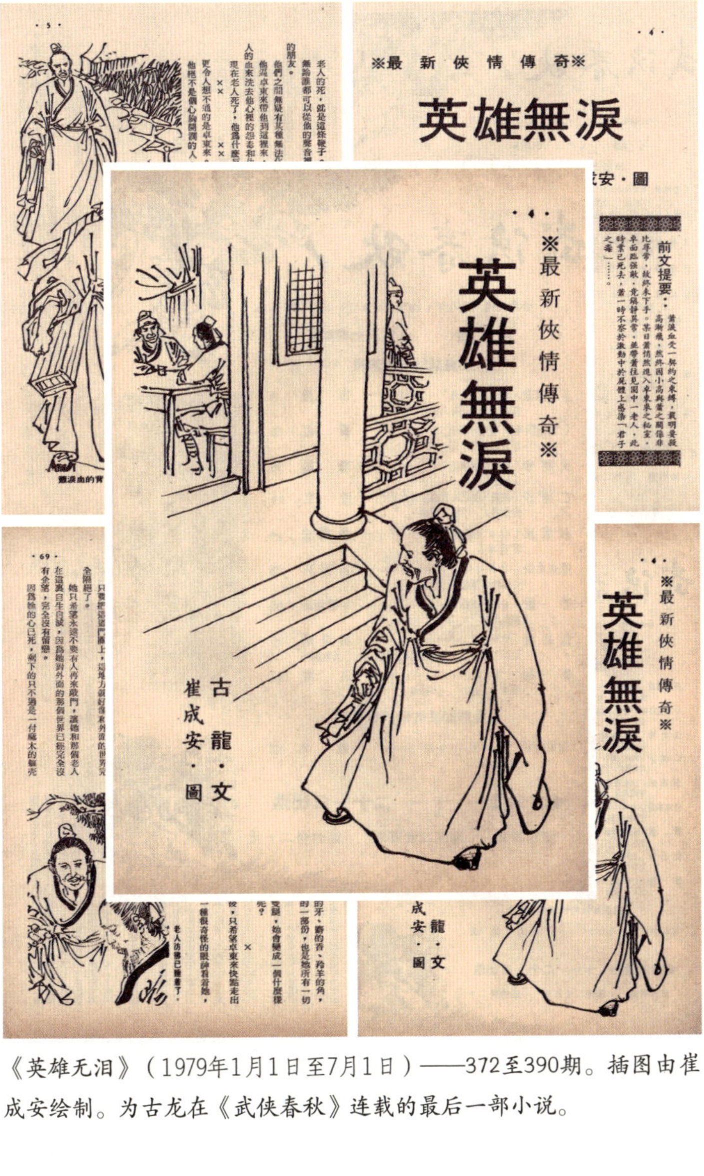

《英雄无泪》（1979年1月1日至7月1日）——372至390期。插图由崔成安绘制。为古龙在《武侠春秋》连载的最后一部小说。

新武侠（旬刊）（香港地区）

《玉劫红颜》，即《名剑风流》。今见第二十期（一九七一年二月二十九日），开始文字为“刹那间俞佩玉只觉天旋地转，几乎连呼吸俱都停止”。

《武侠与历史》（香港地区）

创办于一九六〇年，连载过金庸的《飞狐外传》和《笑傲江湖》，同时也承载着金庸弘扬武侠文学的激情和梦想。从作家组成上看，虽然港台名家的身影也偶有闪现，但更多的作者难见经传。如果没有金、古两位超级巨星压阵，其命运很可能与某些武侠杂志一样，成为掉落于历史角落的碎片，直到被人遗忘。

金庸似乎不甘心只做武侠小说杂志，于是就将“武侠”与“历史”结合起来。其所写的武侠小说也是如此，大部分都有明确的历史背景。

《绝代双骄》——据侠圣《戏说“港古”》：于一九六六年二月四日首载，结束于一九六九年三四月间。又据龚鹏程《司马翎——武侠小说的现代化历程》：“当年古龙就曾跟我讲，他写《绝代双骄》，写到小鱼儿被打落山谷，被很多高手追捕。这时候古龙有事情不能写了，而报社很着急，于是就找倪匡代笔。倪匡……就替古龙

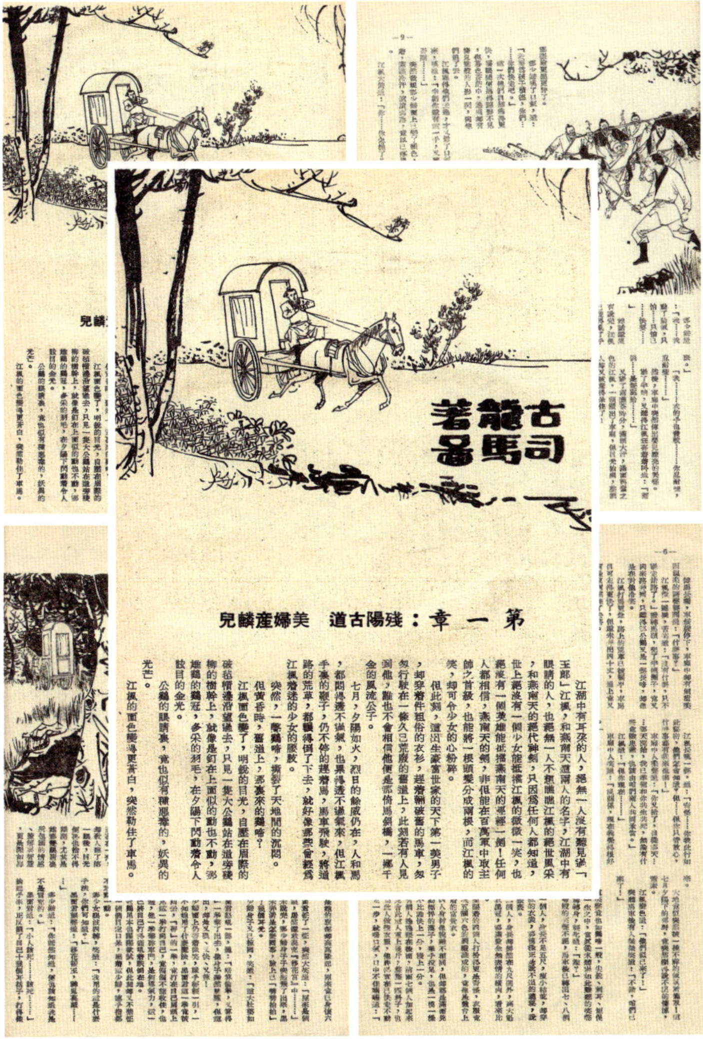
古龍著
司馬畾

第一章：殘陽古道　美婦產麟兒

江湖中有耳朶的人，絕無一人沒有聽見過「玉郎」江楓，和燕南天這兩人的名字，江湖中有眼睛的人，也絕無一人不想瞧瞧江楓的絕世風采，和燕南天的絕代神劍，只因爲任何人都知道，世上絕沒有一個少女能抵擋江楓的微微一笑，也絕沒有一個英雄能抵擋燕南天的「輕輕一劍」！任何人都相信，燕南天的劍，非但能在百萬軍中取主帥之首級，也能將一根頭髮分成兩根，而江楓的笑，却可令少女的心粉碎。

但此刻，這出生豪富世家的天下第一美男子，却穿着件粗俗的衣衫，趕着輛破舊的馬車，匆匆行駛在一條久已荒廢的舊道上，此刻若有人見到他，誰也不會相信他便是那倚馬斜橋，一擲千金的風流公子。

七月，夕陽如火，烈日的餘威仍在，人和馬，都悶得透不過氣，也累得透不過氣來，但江楓手裏的鞭子，仍不停的趕着馬，馬車飛馳，將道路的荒草，都輾得倒了下去，就好像那些曾經爲江楓着迷的少女的腰肢。

突然，一聲鷄啼，撕裂了天地間的沉悶。

但黃昏時，舊道上，那裏來的鷄啼？

江楓面色變了，明銳的目光，自壓在眉際的破舊氈帽邊沿望過去，只見一隻大公鷄站在道旁殘柳的樹幹上，就像是釘在上面似的動也不動，那雄鷄的鷄冠，多采的羽毛，在夕陽下閃動着令人眩目的金光。

公鷄的眼睛裏，竟也似有種惡毒的，妖異的光芒。

江楓的面色變得更蒼白，突然勒住了車馬。

《绝代双骄》首章名为“残阳古道，美妇产麟儿”，与今传桂冠本颇为不同。

代，结果一写，写了十万字。古龙回来以后，不知道故事发展到哪里去了，不知从何写起。于是古龙就说，小鱼儿做了一个‘梦’，这样一来，那十万字就‘没有’了。”

陆小凤系列——今只知刊载了《凤凰东南飞》、《决战前后》和《银钩赌坊》三部。其中第六六六期（一九七三年十月二十五日）连载《决战前后》；第六八八期（一九七四年三月二十八日）连载《银钩赌坊》。又据郭琏谦《古龙武侠小说目录及创作年代商榷》：“第六四四期（一九七三年五月十一日）曾刊有《凤凰东南飞》。”

《当代武坛》（香港地区）

创刊于一九七二年，是《武侠春秋》的姊妹杂志，都是由鹤鸣书业公司发行。尽管其不是专业的武侠杂志，但凭借《武侠春秋》的人脉和资源，陆续推出了古龙、柳残阳、独孤红等名家作品。其中最不可忽视之处，就在于连载了“七种武器”系列中的五部：《长生剑》、《孔雀翎》、《碧玉刀》、《多情环》和《霸王枪》。除《多情环》刊登时间晚于《武侠春秋》结集本外，其余几部皆为首发。

《如来神掌》（漫画）周刊（香港地区）

《陆小凤与西门吹雪》——今见第十一期有连载，文至“一位被逐的王妃，一身梅花般的冰肌玉骨，一段无人可知的往事，一个永难忘怀的旧梦，多么神秘，多么浪漫”。

《楚留香新传》——即《午夜兰花》。今见第五十五期（一九八三年二月二十六日），文至“不管你是怎么死的，不管你死在哪里，也不管你是什么时候死的，你只要一死，他就出现了”。

《当代武坛》，创刊于一九七二年。

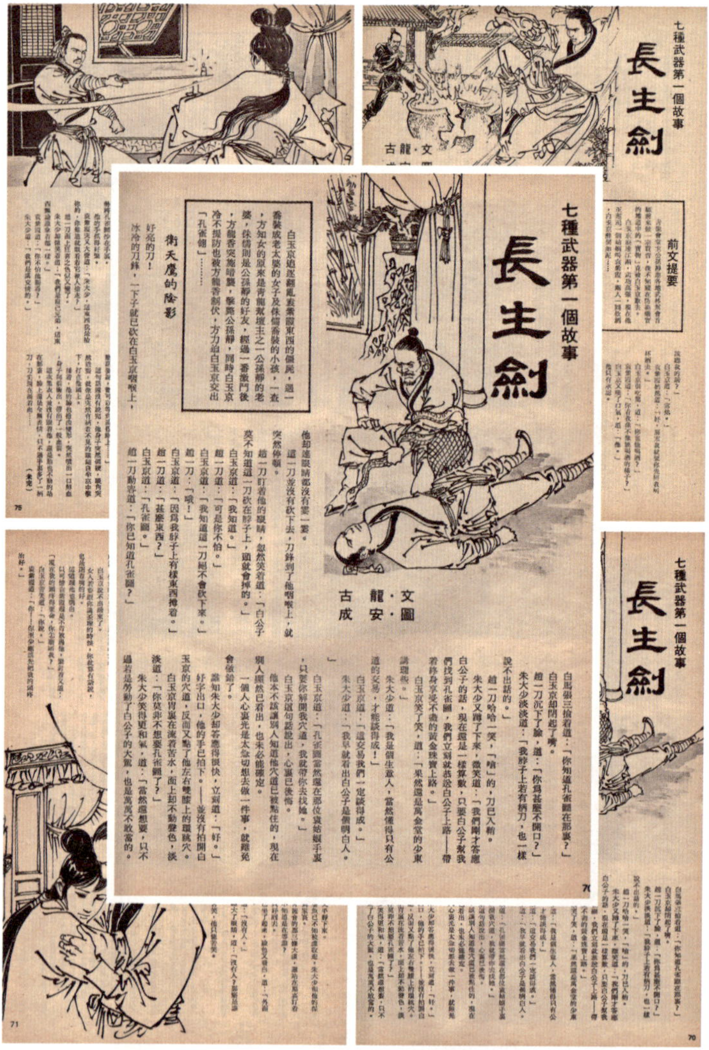

七種武器第一個故事

長生劍

古龍·文
成安·圖

白玉京追蹤翻亂袁紫霞東西的殭屍，遇一黍髮成老太婆的女子及佯備喬裝的小孩，一查，方知女的原來是青龍幫壇主之一公孫靜的老婆，佯備則是公孫靜的好友，經過一番激鬥後，方龍香突施暗襲，擊斃公孫靜，同時白玉京冷不提防也被方龍香制伏，方力迫白玉京交出「孔雀翎」……

衛天鷹的陰影

好亮的刀！

冰冷的刀鋒，一下子就已砍在白玉京咽喉上，

他却連眼睛都沒有眨一眨。

這一刀並沒有砍下去，刀鋒到了他咽喉上，就突然停頓。

趙一刀盯着他的眼睛，忽然笑着道：「白公子莫不知道這一刀砍在脖子上，頭就會掉的。」

白玉京道：「我知道。」

趙一刀道：「可是你不怕。」

白玉京道：「我知道這一刀絕不會砍下來。」

趙一刀：「哦！」

白玉京道：「因爲我脖子上有樣東西擋着。」

趙一刀道：「甚麼東西？」

白玉京道：「孔雀圖。」

趙一刀動容道：「你已知道孔雀圖？」

白馬張三搶着道：「你知道孔雀圖在那裏？」

白玉京却閉起了嘴。

趙一刀沉下了臉，道：「你爲甚麼不開口？」

朱大少淡淡道：「我脖子上若有柄刀，也一樣說不出話的。」

趙一刀哈哈一笑，「嗆」的，刀已入鞘。

朱大少又蹲了下來，微笑道：「我們剛才答應白公子的話，現在還是一樣算數，只要白公子幫我們找到孔雀圖，我們立刻就恭送白公子上路——帶着終身享受不盡的黃金珠寶上路。」

白玉京笑了笑，道：「果然還是萬金堂的少東講理些。」

朱大少道：「我是個生意人，當然懂得只有公道的交易，才能談得成！」

白玉京道：「這交易我們一定談得成。」

朱大少道：「我早就看出白公子是個明白人。」

白玉京道：「孔雀圖當然還在那位袁姑娘手裏，只要你解開我穴道，我就帶你去找她。」

白玉京這句話說出，心裏已後悔。

他本不該讓別人知道他穴道已被點住的，現在別人顯然已看出，也未必能確定。

一個人心裏光是太急切想去做一件事，就難免會做錯了。

誰知朱大少卻答應得很快，立刻道：「好。」

好字出口，他的手已拍下。——並沒有拍開白玉京的穴道，反而又點了他左右雙膝上的環跳穴。

白玉京胃裏在流着苦水，面上卻不動聲色，淡淡道：「你莫非不想要孔雀圖了？」

朱大少笑得更和氣，道：「當然還想要，只不過若是勞動了白公子的大駕，也是萬萬不敢當的。」

70

《长生剑》（1972年6月至10月）——1至6期，题为“七种武器第一个故事”。插图由崔成安绘制。

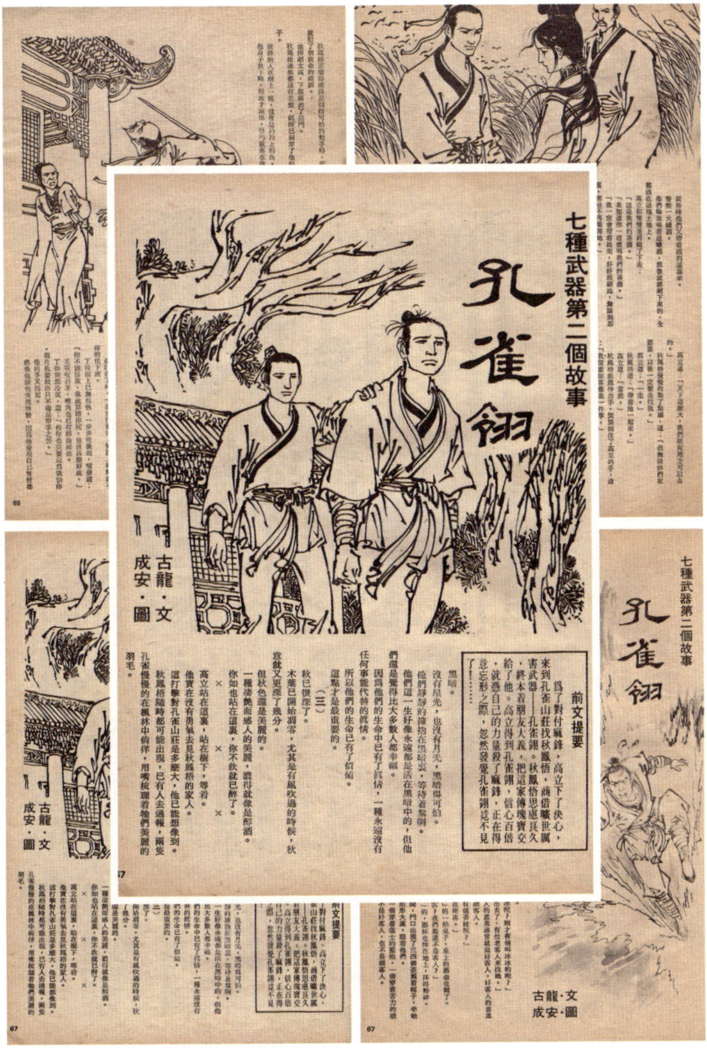

《孔雀翎》（1972年11月至1973年4月）——7至13期。题为“七种武器第二个故事”。插图由崔成安绘制。

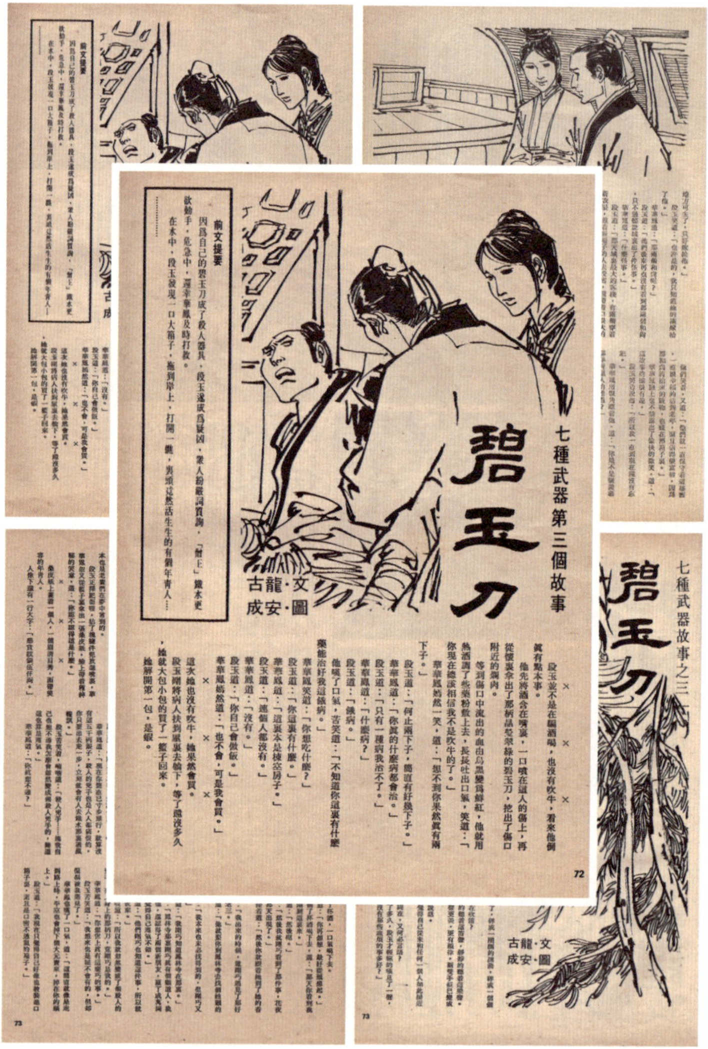
七種武器第三個故事

碧玉刀

古龍・文
成安・圖

前文提要

因爲自己的碧玉刀成了殺人器具，段玉遂成爲疑凶，衆人紛紛嚴詞質詢，「蟹王」鐵水更欲動手，危急中，還幸華華鳳及時打救。

在水中，段玉發現一口大箱子，拖到岸上，打開一瞧，裏頭竟然活生生的有個年青人……

× × ×

段玉並不是在騙酒喝，也沒有吹牛，看來他倒眞有點本事。

他先將酒含在嘴裏，一口噴在這人的傷上，再從懷裏拿出了那柄晶瑩翠綠的碧玉刀，挖出了傷口附近的爛肉。

等到傷口中流出的血由烏黑變爲鮮紅，他就用熱酒調了些藥粉敷上去，長長吐出口氣，笑道：「你現在總該相信我不是吹牛的了。」

華華鳳嫣然一笑，道：「想不到你果然眞有兩下子。」

段玉道：「何止兩下子，簡直有好幾下子。」

華華鳳道：「你眞的什麼病都會治。」

段玉道：「只有一種病我治不了。」

華華鳳道：「什麼病？」

段玉道：「餓病。」

他嘆了口氣，苦笑道：「不知道你這裏有什麼藥能治好我這餓病。」

華華鳳笑道：「你想吃什麼？」

段玉道：「你這裏有什麼。」

華華鳳道：「這裏本是棟空房子。」

段玉道：「連個人都沒有。」

華華鳳道：「沒有。」

段玉道：「你自己會做飯。」

華華鳳嫣然道：「也不會，可是我會買。」

× × ×

這次她也沒有吹牛，她果然會買。

段玉剛將病人扶到屋裏去躺下，等了還沒多久，她就大包小包的買了一籃子回來。

她解開第一包，是蝦。

72

《碧玉刀》（1973年）——14至24期。首载于4或5月，至11月结束。题为“七种武器第三个故事”或“七种武器故事之三”。插图由崔成安绘制。

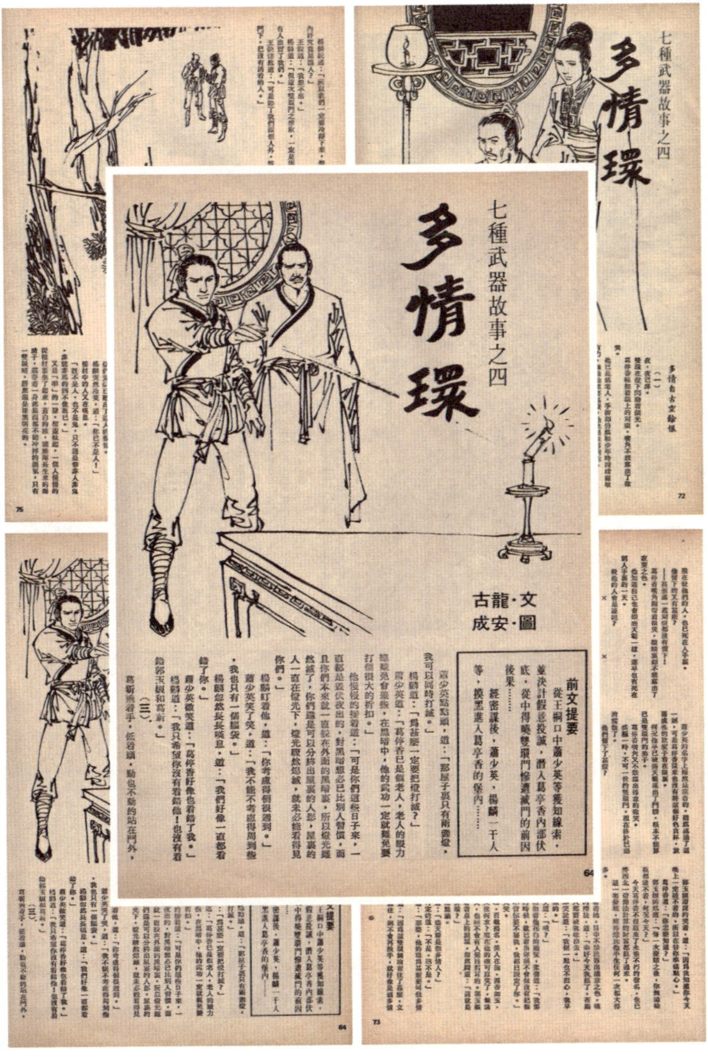

七種武器故事之四

多情環

古龍·文
成安·圖

前文提要

從王桐口中蕭少英等獲知線索，蕭決計假意投誠，潛入葛亭香內部伏底，從中得曉雙環門慘遭滅門的前因後果……

經密謀後，蕭少英，楊麟一干人等，摸黑進入葛亭香的堡內……

蕭少英點點頭，道：「那屋子裏只有兩盞燈，我可以同時打滅。」

楊麟道：「爲甚麼一定要把燈打滅？」

蕭少英道：「葛停香已是個老人，老人的眼力總難免會差些，在黑暗中，他的武功一定就難免要打個很大的折扣。」

他慢慢的接着道：「可是你們這些日子來，一直都是晝伏夜出的，對黑暗想必已比別人習慣，而且你們本來就一直躲在外面的黑暗裏，所以燈光驟然滅了，你們還是可以分辨出屋裏的人影，屋裏的人一直在燈光下，燈光驟然熄滅，就未必能看得見你們。」

楊麟盯着他，道：「你考慮得倒很週到。」

蕭少英笑了笑，道：「我不能不考慮得周到些，我也只有一個腦袋。」

楊麟忽然長長嘆息，道：「我們好像一直都看錯了你。」

蕭少英微笑道：「葛停香好像也看錯了我。」

楊麟道：「我只希望你沒有看錯他！也沒有看錯郭玉娘和葛新。」

（三）

葛新垂着手，低着頭，動也不動的站在門外，

64

《多情环》（1973年至1974年）——25至36期。首载于1973年11月，至1974年6或7月结束，题为“七种武器故事之四”。插图由崔成安绘制。

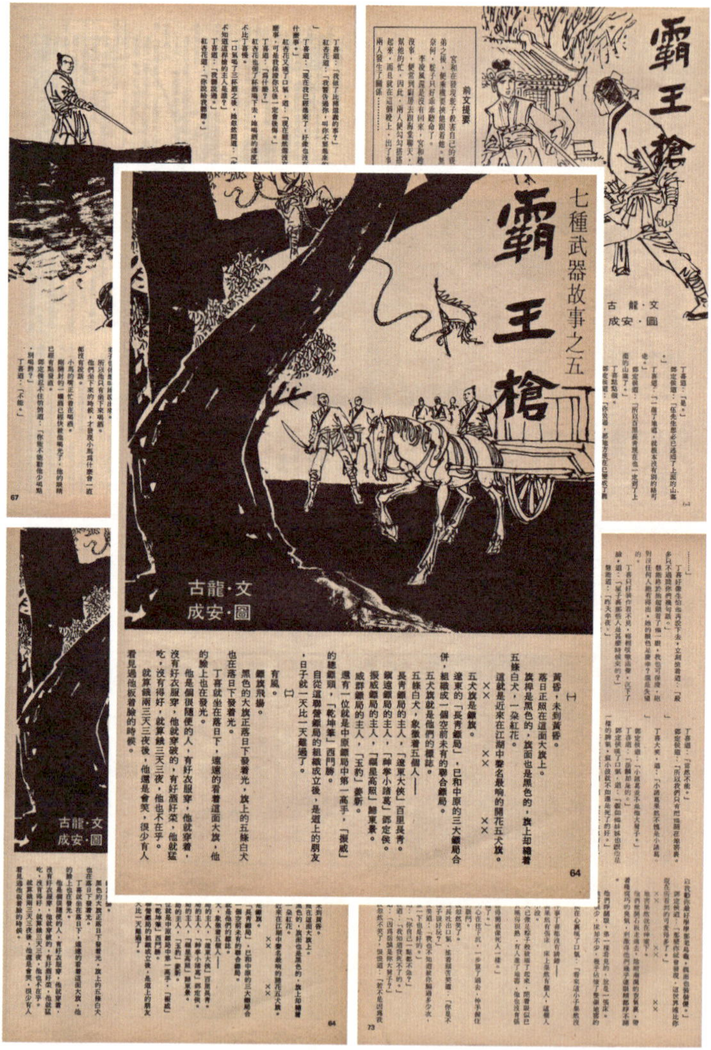

七種武器故事之五

霸王槍

古龍·文

成安·圖

㈠

黃昏，未到黃昏。

落日正照在這面大旗上。

旗桿是黑色的，旗面也是黑色的，旗上卻繡着五條白犬，一朵紅花。

這就是近來在江湖中聲名最響的開花五犬旗。

××　　××　　××

五犬旗是鏢旗。

遼東的「長青鏢局」，已和中原的三大鏢局合併，組織成一個空前未有的聯合鏢局。

五犬旗就是他們的標誌。

五條白犬，象徵着五個人——

長青鏢局的主人，「遼東大俠」百里長青。

鎮遠鏢局的主人，「神拳小諸葛」鄧定侯。

振威鏢局的主人，「福星高照」歸東景。

威群鏢局的主人，「玉豹」姜新。

還有一位就是中原鏢局中第一高手，「振威」的總鏢頭，「乾坤筆」西門勝。

自從這聯營鏢局的組織成立後，是道上的朋友，日子就一天比一天難過了。

㈡

有風。

鏢旗飛揚。

黑色的大旗正落日下發着光，旗上的五條白犬也在落日下發着光。

丁喜就坐在落日下，遠遠的看着這面大旗，他的臉上也在發光。

他是個很隨便的人，有好衣服穿，他就穿着，沒有好衣服穿，他就穿破的，有好酒好菜，他就猛吃，沒有得好，就算餓三天三夜，他也不在乎。

就算餓兩三天三夜後，他還是會笑，很少有人看見過他板着臉的時候。

64

《霸王枪》（1974年7月至1975年11月）——37至57期。题为“七种武器故事之五”。插图由崔成安绘制。

《龙虎门》（漫画）周刊（香港地区）

《楚留香新传》——即《午夜兰花》。今见第三八六期，文至“有一种人只用一根手指就可以把自己悬挂在一个极小的空间里，把自己的肌肉骨骼都缩小到人类所能忍受的极限”。

《武侠菁华》（香港地区）

《飘香剑雨》——第一卷第六期（一九七一年七月十六日），内有古龙《飘香剑雨》完结篇。最后一章（即第十三章），名为“平义功成武林澄清”。

《武侠小说周刊》（香港地区）

一九七八年三月，由黄鹰和友人共同创办。黄鹰亲任主编，并请倪匡担任编辑顾问（可能仅为挂名）。《周刊》的封面设计和内文配图，也大多出自黄鹰（即卢令）之手，包括在第一期就开始连载的《七星龙王》。据同为作家的马云回忆，《武侠小说周刊》最后因为经营不善，终致惨淡收场。

《武侠小说周刊》创刊号。封面图案为一人扬抢跃马，似乎借此向外界展示了黄鹰的办刊雄心。

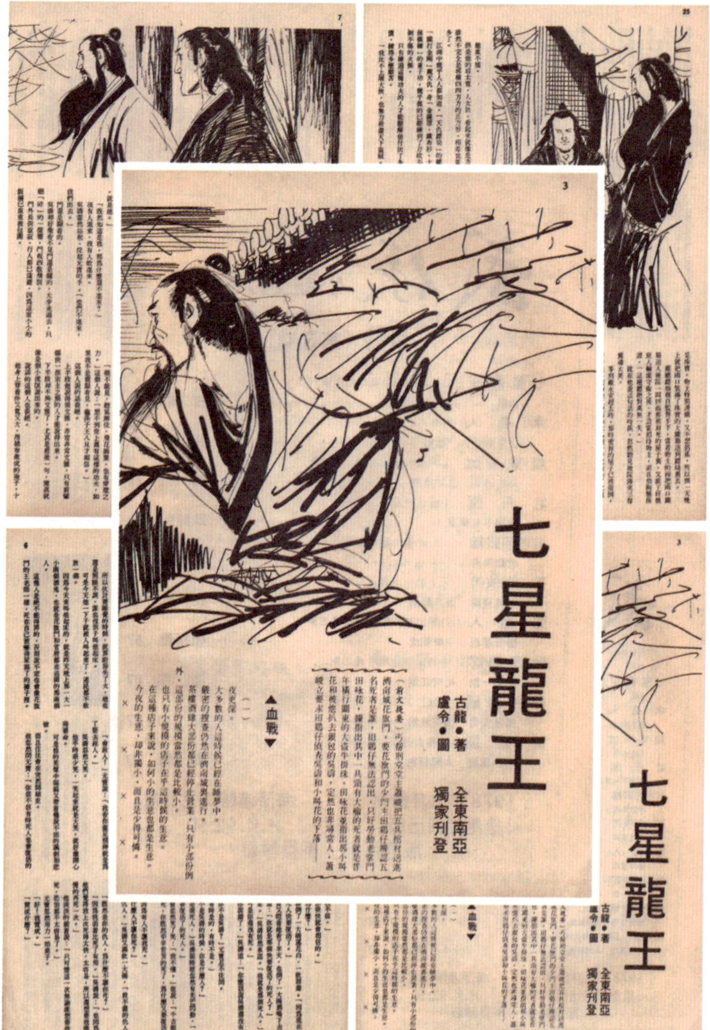

《七星龙王》——创刊号至24期，比今传春秋本多出《血战》一章（第5期）。

《凤舞九天》——26期开始连载，结束期数不明。

《华侨日报》（香港地区）

《武林外史》——《台湾武侠小说发展史》中记载："《武林外史》于一九六六年春先在香港《华侨日报》连载，全书共有四十四章，约一百二十万言。"

《南洋日报》（香港地区）

《残金缺玉》——《台湾武侠小说发展史》中记载："在古龙早期作品中，《残金缺玉》本为第三部。因其先在香港《南洋日报》连载，拖到一九六一年春，方由第一出版社印行。"

《新报》（香港地区）

《陆小凤》——一九七七年一月十九日有连载，文至"她看着花满楼，显得又佩服，又惊异：'我真没看出来，你居然有这么大的本事'"。

《碧血洗银枪》——一九七七年一月二十九日有连载，文至"但是他冲回杂货店时，已筋疲力竭，一进门就已倒下"。

《红尘白刃》——一九六六年一月三十日有连载，文至"万老夫人叹了口气，抓了把桃子，梅子，全都塞在嘴里——在这一路上，她早已又将口袋都装满了"。

《明报》（香港地区）

《名剑风流》——一九六七年至一九六九年。

《陆小凤》——一九七二年九月二十四日至一九七三年二月。

《凤凰东南飞》——一九七三年二月至六月。

《决战前后》——一九七三年六月至十月。

《银钩赌坊》——一九七三年十月至一九七四年三月。

《幽灵山庄》——一九七四年三月至九月。

《隐形的人》——一九七四年九月至一九七五年春季。

《大地飞鹰》——一九七七年二月有连载。

《小说世界》（台湾地区）

《怒剑狂花》——即《情人箭》。第一五六期（一九六三年九月五日）连载至十八回，题为“日出江花红似火，春来池水绿如蓝”。观其文本、插图、版式，完全翻印自《武侠世界》连载。

《时报周刊》（台湾地区）

《新月传奇》——第六十期（一九七九年四月二十二日至二十八日）至八十期（一九七九年九月九日至十五日）。第五十九期刊有《关于楚留香》一文。

《陆小凤与西门吹雪》——第一九七期（一九八一年十二月六日至十二日）至二二五期（一九八二年六月二十日至二十六日）。第一九六期刊有《陆小凤与西门吹雪》一文，共分“剑与剑神”“剑神与剑仙”“剑神之笑”三节，即后世单行本之前言。

《猎鹰》——“大武侠时代”短篇系列之一，第三七四期（一九八五年四月二十八日至五月四日）至三七七期（一九八五年五月十九日至二十五日）。

《群狐》——“大武侠时代”短篇系列之二，第三七八期（一九八五年五月二十六日至六月一日）至三八二期（一九八五年六月二十三日至二十九日）。

《银雕》——“大武侠时代”短篇系列之三，第三八三期（一九八五年六月三十日至七月六日）至三八八期（一九八五年八月四日至十日）。

《大追击》（台湾地区）

《财神与短刀》——第六期（一九八五年七月二十六日）至二十二期（一九八六年三月十二日至四月一日）。据陈舜仪考证，从第十期（一九八五年九月二十日）开始由风中白（萧瑟）接写（第四至十六部）。

《武艺》（台湾地区）

《武艺》为春秋出版社旗下杂志，一九七一年创刊，最初（一至四期）由古龙担任主编，后由塞翁接任。这是在笔者的视野之内，古龙唯一担任过主编的杂志。考虑到古龙一向不受束缚的个性，和他当时在“武林”中如日中天的地位，不排除这是碍于发行人吕秦书的情面，仅仅挂个名字的可能。

尽管《武艺》连载了多部古龙小说，但能称得上“首发”的，只有《桃花传奇》。余下的《绝代双骄》《诸神岛》等作品，都是先有单行本，后在杂志上连载。

《中央日报》（台湾地区）

《剑胆星魂》——即《流星·蝴蝶·剑》。一九八〇年六月一日开始，仅连载二十回，即因版权方桂冠图书有限公司提告侵权终止刊登。序为《写在“剑胆星魂”之前》，内容与《一个作家的成长与转变——我为何改写〈铁血大旗〉》一文多有重复。

早期的《武艺》分台湾发行版和港澳发行版，两者封面图案迥异，连载的内容也有少许不同。此为第六期对比，上图为台湾发行版，下图为港澳发行版。

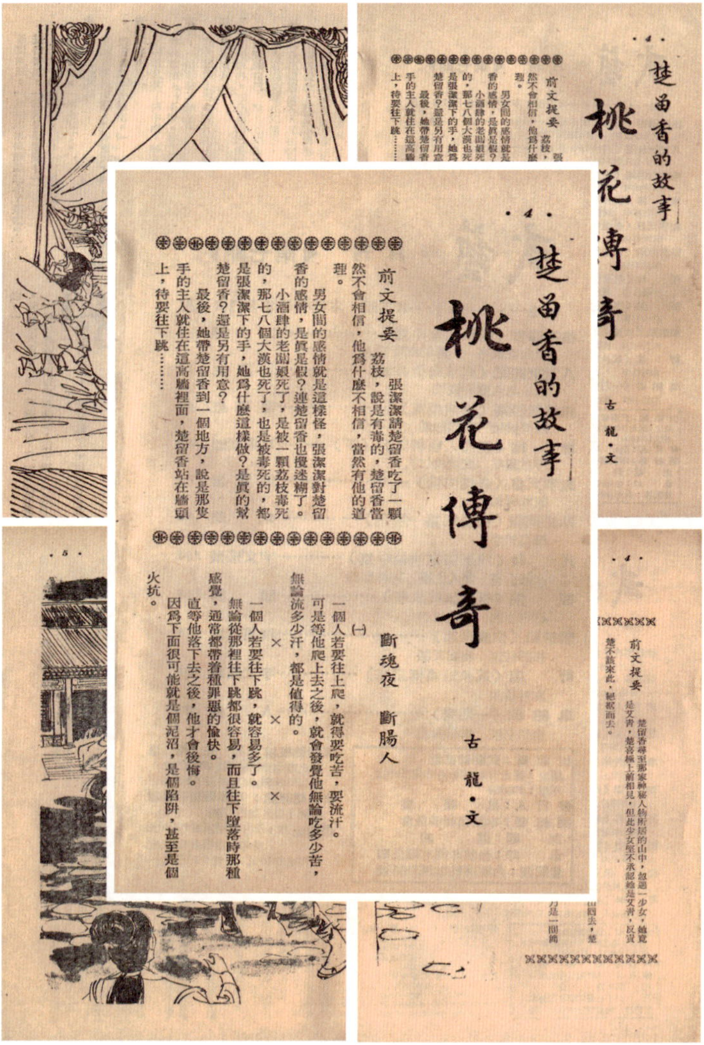
·4·

楚留香的故事

桃花傳奇

古龍·文

前文提要

張潔潔請楚留香吃了一顆荔枝，說是有毒的，楚留香當然不會相信，他爲什麼不相信，當然有他的道理。

男女間的感情就是這樣怪，張潔潔對楚留香的感情，是眞是假？連楚留香也攪迷糊了。

小酒肆的老闆娘死了，是被一顆荔枝毒死的，那七八個大漢也死了，也是被毒死的，都是張潔潔下的手，她爲什麼這樣做？是眞的幫楚留香？還是另有用意？

最後，她帶楚留香到一個地方，說是那隻手的主人就住在這高牆裡面，楚留香站在牆頭上，待要往下跳……

(一)

斷魂夜　斷腸人

一個人若要往上爬，就得要吃苦，要流汗。

可是等他爬上去之後，就會發覺他無論吃多少苦，無論流多少汗，都是值得的。

×　　×　　×

一個人若要往下跳，就容易多了。

無論從那裡往下跳都很容易，而且往下墮落時那種感覺，通常都帶着種罪惡的愉快。

直等他落下去之後，他才會後悔。

因爲下面很可能就是個泥沼，是個陷阱，甚至是個火坑。

《桃花传奇》（1971年5月16日至1972年1月1日）——创刊号至21期。插图由陈海虹和云飞绘制。

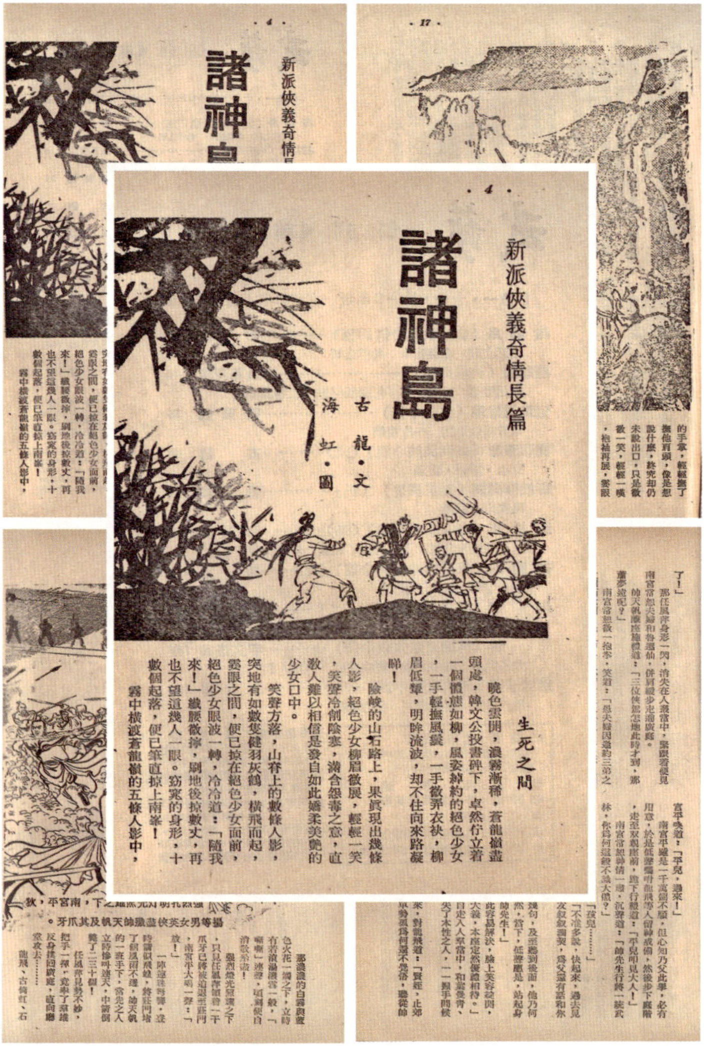

·4·

新派俠義奇情長篇

諸神島

古龍·文
海虹·圖

生死之間

曉色雲開，濃霧漸稀，蒼龍嶺盡頭處，韓文公投書碑下，卓然佇立着一個體態如柳，風姿綽約的絕色少女，一手輕撫風鬟，一手微弄衣袂，柳眉低顰，明眸流波，却不住向來路凝睇！

險峻的山石路上，果真現出幾條人影，絕色少女柳眉微展，輕輕一笑，笑聲冷削陰寒，滿含怨毒之意，直教人難以相信是發自如此嬌柔美艷的少女口中。

笑聲方落，山脊上的數條人影，突地有如數隻健羽灰鶴，橫飛而起，霎眼之間，便已掠在絕色少女面前，絕色少女眼波一轉，冷冷道：「隨我來！」纖腰微擰，刷地後掠數丈，再也不望這幾人一眼。窈窕的身形，十數個起落，便已筆直掠上南峯！

霧中橫渡蒼龍嶺的五條人影中，

《诸神岛》（1972年1月1日至9月20日）——21至45期。插图由陈海虹绘制。

《银钩赌坊》（1974年7月5日至1975年1月25日）——86至101期。插图由力马绘制。

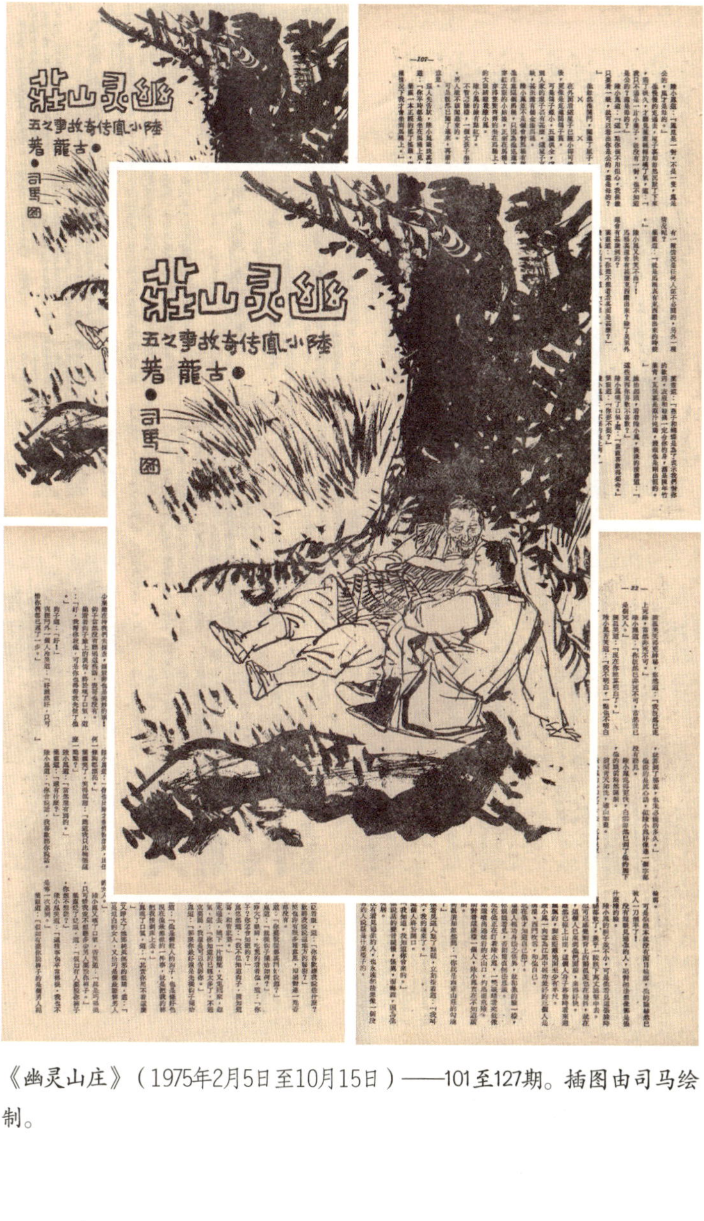

《幽灵山庄》（1975年2月5日至10月15日）——101至127期。插图由司马绘制。

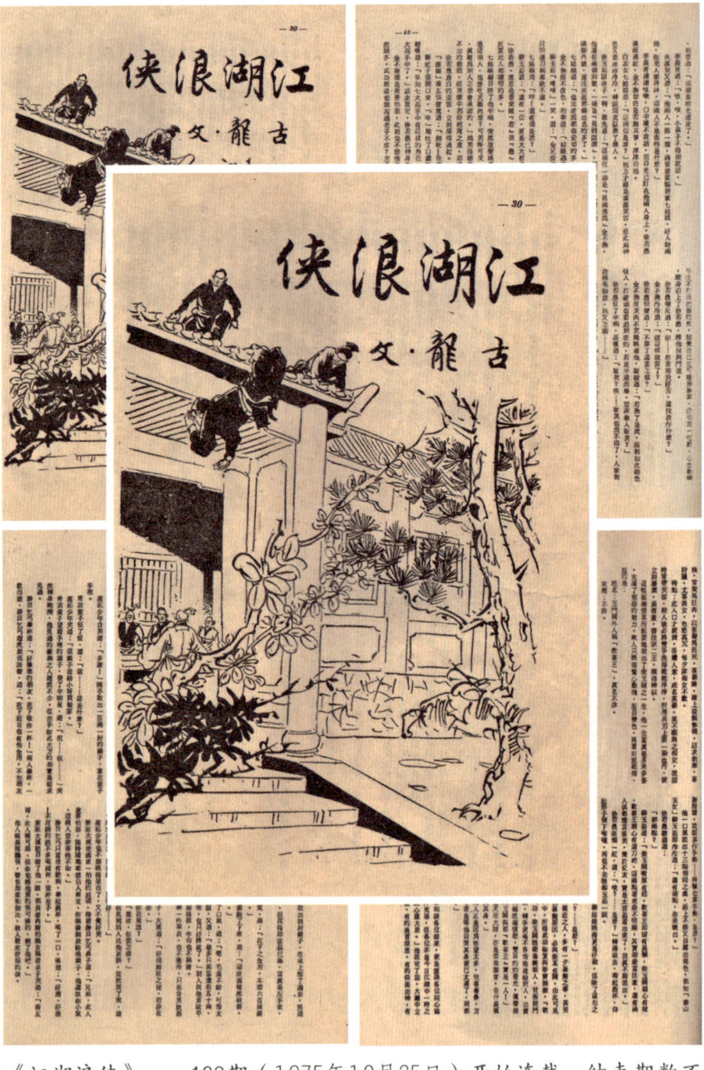

《江湖浪侠》——128期（1975年10月25日）开始连载，结束期数不明。插图由云君绘制。

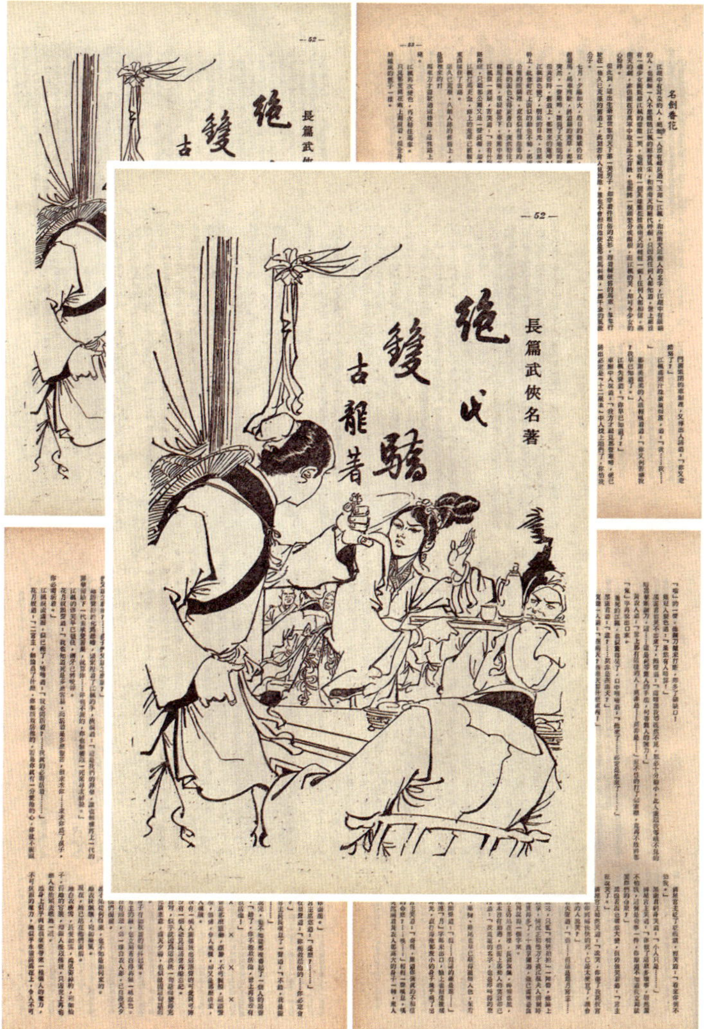

《绝代双骄》——204期（1977年4月7日）开始连载，结束期数不明。插图由云君绘制。

七星龍王

古龍・著
盧令・圖

前文提要：孫濟城的總管「神力鷹王」連根，帶同四名勁裝疾服大漢，護着載有四口棺材的車上走去，敢情是要搬動車上的四口棺材。

連根一令如山，四大漢不敢違抗，可是行至車前，突然吃驚止步，因爲看見車上插有迎風飄展的五面花旗，這花旗顯然代表着一項權威。

連根不信邪，自己前往，却遇上麻煩，吃了「老王先生的鷹爪神功」，把腕骨給扭碎了……

五口棺材

鄭南園鄭大掌櫃微笑道：「大少爺怎麼也弄了一張樣的椅子來？」

「我是學你的。」花旗門的田大少爺說：「我一直想弄一張這樣的椅子。」

「可是我記得大少爺前兩天還龍精虎猛，小店的二十多級樓梯大少爺三腳兩步就跨了上來。」

「我這兩條腿本來就一直很管用，否則我們家老爺子怎麼會叫我田雞仔。」

「那末大少爺爲什麼要坐在這麼樣一張椅子上？」

鄭南園又問。

「因爲我懶，」田雞仔說：「我總覺得把力氣用在走路上實在太可惜。」

鄭南園又大笑，兩個人笑得都很開心。

「大掌櫃難道也是爲了我們這五位貴客而來？」

「貴客？那五位？」

「有我們老爺子給的花旗，就是我們的貴客，不管他死活都一樣。」田雞仔帶着笑問：「大掌櫃能不能讓我把他們帶走？」

《七星龙王》（1978年8月23日至11月29日）——276至290期。文本和插图明显来自《武侠小说周刊》连载，只是版式有所不同。

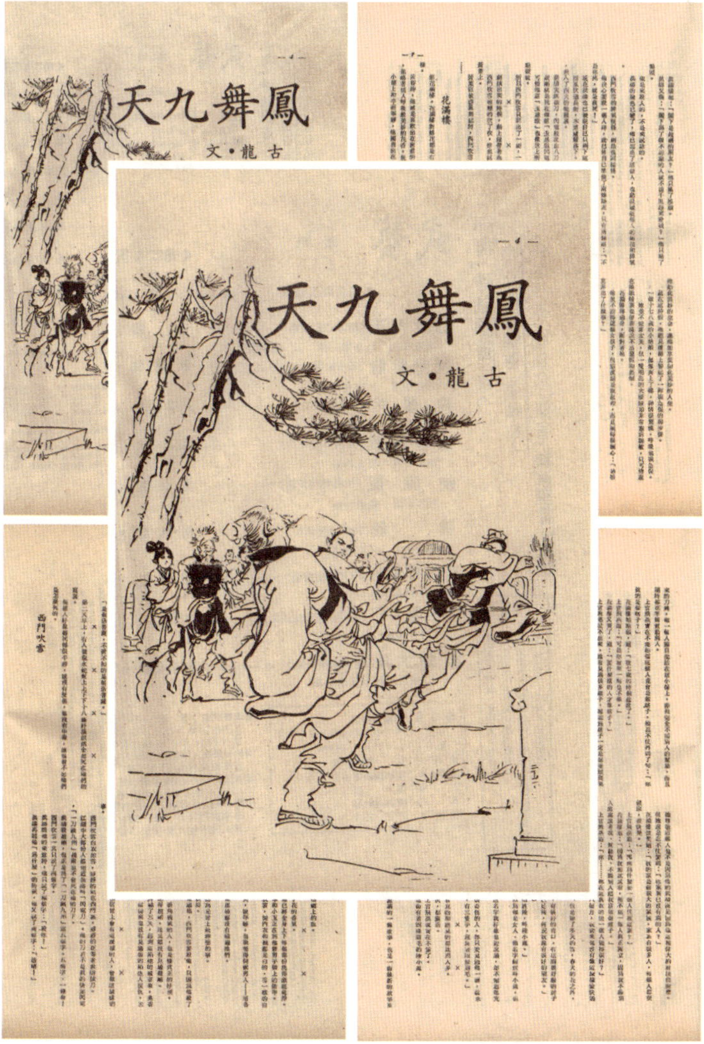

《凤舞九天》（1978年12月20日至1979年7月25日）——293至324期。插图由云君绘制。

《中华日报》（台湾地区）

《铁血大旗》（一九七九年）——《台湾武侠小说发展史》中记载：“一九七九年古龙旧作《大旗英雄传》与《情人箭》，分别在《中华日报》（改名《铁血大旗》）、《大华晚报》（改名《怒剑》）重刊，并为此写了两篇序。”

《自立晚报》（台湾地区）

《彩环曲》——一九六一年十月十六日至一九六二年九月十九日。

《民族晚报》（台湾地区）

《浣花洗剑录》——一九六四年六月至一九六五年七月，未完。

《大华晚报》（台湾地区）

《九月鹰飞》——一九八一年二月十七日至一九八二年一月十五日。

《七杀手》——一九七九年一月三十一日至五月二十八日。

《怒剑》——一九七九年五月二十九日至一九八一年二月十六日。

《中国时报》（台湾地区）

《天涯·明月·刀》——一九七四年四月二十五日至六月八日，未完。

《碧血洗银枪》——一九七六年九月二日至一九七七年二月十七日。

《午夜兰花》——一九八二年九月十六日至一九八三

年三月二十六日。

《联合报》（台湾地区）

《大地飞鹰》——一九七六年十月五日至一九七七年十一月十一日。

《离别钩》——一九七八年六月十六日至九月三日。

《英雄无泪》——一九七八年十月一日至一九七九年四月二十四日。

《飞刀，又见飞刀》——一九八一年二月十四日至五月二十五日。古龙在序言中写道："现在我腕伤犹未愈，还不能不停地写很多字，所以只能由我口述，请人代笔。"据丁情回忆，本书前半部分是由一位职员代为听写，其后则由他接替完成。由于古龙常寄情于酒中，连载稿不等人，以致部分内容由他自行创作，但经古龙默许。

《风铃中的刀声》——一九八一年十月二十二日至一九八二年五月二十一日，未完。

《赌局》——"短刀集"之一，一九八五年三月一日至十六日。

《狼牙》——"短刀集"之二，一九八五年四月七日至二十四日。

《追杀》——"短刀集"之三，一九八五年五月二十九日至六月十五日。

《海神》——"短刀集"之四，一九八五年七月二十日至八月八日。

《民生报》（台湾地区）

《七星龙王》——一九七八年五月二十五日至九月十八日。

《凤舞九天》——一九七八年九月十九日至一九七九年六月十八日。

《上海日报》（台湾地区）

《湘妃剑》——一九六〇年九月二十日至一九六一年二月二十四日，连载十至一二六期。

《公论报》（台湾地区）

《大旗英雄传》——一九六三年五月二十六日至十二月二十日，连载一至一九四期。

《绝代双骄》——一九六六年二月有连载。

《自强日报》（台湾地区）

《绣花大盗》——一九七八年三月一日至一九七九年七月五日，连载五至四五二期。

《南洋商报》［新加坡］

《铁血传奇》——一九六七年五月二十九日至一九六九年十一月九日。

《满天苍雨》——即《白玉老虎》，一九七六年二月三日至一九七七年七月二十二日。

《大漠英雄传》——即《大地飞鹰》，一九七七年十月二十三日至十一月四日，未完。

《英雄无泪》——一九七八年十月十一日至一九七九年五月十二日。

《飞刀，又见飞刀》——一九八一年二月十四日至七月三日。

《剑神一笑》——一九八一年七月四日至八月七日，未完。

《民报》［新加坡］

《怒剑狂花》——一九六三年三月至一九六四年九月二十日。

《红尘白刃》——于鹏《东南亚报纸古龙连载汇总》：“一九六四年九月二十日六九五号开始连载‘六尺青峰震江湖’，到一九六六年三月十五日一〇〇二号（以后图书馆缺报）连载至‘绿色天姬驯神僧’，共连载了一七八期。”

《联合晚报》［新加坡］

《风流楚香帅》——一九八九年一月二日至六月十七日。

《世界日报》［泰国］

《怒剑狂花》——一九六三年二月四日至一九六四年十月八日。

《大旗英烈传》——署名华龙，一九六三年七月十二日开始连载，结束时间不明。

《红尘白刃》——一九六四年十月九日至一九六六年八月八日。

陆小凤系列——一九七二年九月三十日至一九七四年十一月五日，未完（至《幽灵山庄》）。

《白玉老虎》——一九七六年二月十九日至十二月三十一日。

《建国日报》[越南]

《铁胆大侠魂》——一九七〇年十二月至一九七一年十二月十日。

以上就是古龙小说在报刊上的连载情况（多处中国台湾地区报纸连载时间见于中华武侠文学网，东南亚地区报纸连载时间见于顾臻、于鹏合写的《古龙海外别样红》一文），每一份报刊都代表了一段历史。数十段历史聚集到一起，就闪耀出一个武侠盛世。其动人处犹如长沟流月，虽然只是一时的光辉，但却是难得的好景，足以让我们永远挂怀于心。

第三章　新版——百舸争流到如今

随着时代的进步，高科技、新媒体在改变着传统文明的同时，旧版动辄数十册，每每历时数月，甚至数年才能出齐一套的印行方式，明显跟不上读者需求。于是新的书籍样式应运而生，首先在三十六开的基础上加大尺寸，增至二十五开（时有三十二开）。然后是扩充页码，变原本数十页一集，为数百页一册，同时印刷更精美，纸张更优良，携带更方便。这就是被古龙称之为“大厚本”的新版了，他在《一个作家的成长与转变——我为何改写〈铁血大旗〉》一文中说道：

> 我写的大多数小说，都已由只能在租书店流传的小薄本改为勉强可以登堂的大厚本了。其中只有极少数例外，因为我知道小薄本的读者总是比较少一点，能看到的人也不会太多。

这段文字写于一九七九年，乃是指古龙小说在台湾地区的出版情况。尽管早在一九七〇年前后，香港武林出版社和武侠春秋出版社就开始以“新版”形式推出多部古龙小说，前者多以四十开为主，后者多以三十六开为主，故此不能称之为“大厚本”，充其量只能说是“小厚本”。从装帧样式上讲，也应该达不到古龙口中“勉强可以登堂”的程度。

台湾地区最早革命性推出二十五开本古龙小说的，是桂冠图书有限公司。桂冠的前身是华新图书有限公司，成立于二十世纪七十年代，由赖阿胜创办，出版的图书以文、史、哲类为主，先后拿下三座金鼎奖。或许就因为有着这样的背景，桂冠才会对武侠小说开数及装帧样式加以改良。毕竟赖阿胜的眼界和高度，远超当时一些武侠出版社负责人。这样的人一旦决定出版武侠小说，肯定会找最顶尖的作者，古龙无疑是不二人选，许德成撰文称：

> 赖先生于一九七六年十月八日，在陈晓林先生见证下，与古龙签订了十二部作品的合约，并于日后由古龙亲自签署了“著作权转让书”，依法拥有一切完整之著作、出版权益。（《拜访华新/桂冠负责人赖阿胜先生》）

此十二部作品包含：《楚留香传奇》《流星·蝴蝶·剑》《白玉老虎》《多情剑客无情剑》《三少爷的剑》《碧血洗银枪》《绝代双骄》《萧十一郎》《天涯·明月·刀》《陆小凤》《七种武器》《绝不低头》，之后实际出版了前七部，只是由于当时桂冠在经济局还未注册成功，故此从一九七七年一月开始，先以华新的名义出版了前三部。注册成功后，再以桂冠名义出齐七部。

哪怕到了跨世纪后的今天，我们也不得不承认，赖阿胜有着领先于时代的开拓精神。桂冠出版的古龙小说，无论是外观设计，还是行文版式，并未随时间的流逝而褪色。值得一提的是，被称为“古龙御用封面画家”的龙思良，就是在这个时候身影初现，首先和桂冠合作，继而受到古龙赏识，在随后长达八年的时间里，为古龙绘制了近五十部小说的封面。

桂冠以后，真正集古龙作品出版之大成者是汉麟出版社。汉麟成立于一九七二年，主事者为于志宏（笔名于东楼），他同时还是著名的武侠小说作家，写出过《铁剑流星》《短刀行》等作品。胡正群曾经说过，古龙当年在三福公寓写作，息交绝游，“但有三个人是仅有的例外”，其中一人就是于志宏，可见两者的交情非比寻常，这也就是后来汉麟能够取得数十部古龙小说出版权的原因之一。

据林保淳和詹巧燕回忆，汉麟推出新版，“对出版界造成很大的影响，成功地创造出许多出版奇迹。在汉麟最盛之时，没有一家通俗书店没有汉麟的书，不但买书要排队，若是买不到还要领号码牌等候的情形”（《从“枪手”到“名家”——于东楼的武侠之路》）。

汉麟之所以能被称为经典，还在于以后的数十年间，中国港台和内地版的古龙小说，文本也多源于此。可问题也出在这里，尽管其设计精良，影响深远，但文本上的瑕疵却让诸多研究者头痛不已，篡改章节、并行并段、丢词缺句等情况随处可见。更有甚者，如《苍穹神剑》和《飘香剑雨》，相较于原刊本各少了约二十万字和十二万字的内容。这不但影响到阅读，还极大模糊了古龙小说的原貌，为现今的古龙小说研究，造成了原本不必有的障碍。

总体而言，汉麟版古龙小说有功有过，功是大功，过非小过。受其影响，新版大行其道，流行至今，原来许多以印行旧版知名的出版社也顺应潮流，革旧易新。再有个别杂志社将连载版也纷纷结集，以新版形式推出，数十年来乱花渐欲迷人眼。

在台湾，有万象、皇佳、皇鼎、众利、南琪、真善美、春秋以及目前集古龙小说版权于一身的风云时代。在香港则有环球、武侠图书、玉郎以及虽曾得到古龙著作管理发展委员会和真善美出版社授权，但目前合约期已过的天地图书，并有前面提到的武林、武侠春秋，其价值（主要在文本方面）近几年才被研究者发掘出来，早年影响相对有限。

在分述各版之前，还要厘清“出版”与“总经销”、“发行人”的关系。“出版”好理解，“总经销”亦好理解，但需要注意的是，很多总经销者后来亦成为出版者。譬如汉麟和万盛，万盛本来为总经销，后来取代了汉麟，接受了古龙版权，遂改为“万盛出版”字样。而后面提到的春秋和皇鼎亦是一样，最初是春秋出版，皇鼎总经销，随后改为皇鼎出版，总经销则不一而足。如《决战前后》《凤舞九天》，仍为皇鼎总经销。再如《五霸图》（诸葛青云，一九八〇年）、《血鸳盟》（司马翎，一九八〇年），则改为众利总经销。而众利，则先后为南琪、瑞如等出版社总经销。瑞如出版《三少爷的剑》《碧血洗银枪》等书时，在书脊上标的却是总经销者（而非出版社）的名字，实在有悖常理。再说“发行人”，春秋出版社的发行人为吕秦书，随后他又成为皇鼎的发行人。而皇鼎的发行人后来又改为赵震中，赵震中同时又为皇佳出版社的发行人。

于此可见，当年“出版”“总经销”“发行人”三者之间的关系相对复杂，甚至可以说相互掺杂。明白彼此间的关联性，对于文本的传承就能有一个大致的了解。比如说春秋与皇鼎的联系紧密，那么皇鼎的文本就多承自春秋（有些版本封面都是一样）。再比如皇佳之于春秋和皇鼎，众利之于南琪，南琪之于华源，尽皆如此。

汉麟/万盛出版社（台湾地区）

现在很多研究者都将汉麟出版社和万盛出版社并称，原因是汉麟歇业后，将古龙小说版权让渡给万盛，后者在重印前者出版过的作品时，除了版权信息有所调整外，其他装帧样式几近未变。如果单看某些作品的封面，实难分清是汉麟版还是万盛版。但万盛同汉麟相比，缺乏一种严格的行业自律。从一九八〇年开始，在之后的数年间，出版了近二十部挂名古龙的伪作，其中有些是丁情、申碎梅、楚烈等后进所写。

汉麟出版过三十部古龙小说，万盛后来又增补七部，两者合计三十七部。这些小说的封面绝大多数由画家龙思良绘制，其作品结合了中国传统的工笔和水墨重彩，又渗入西方绘画元素，极具震撼力和感染力。若是稍加留意，还会发现有许多名家题字，如黄君璧、陈定山、高逸鸿、台静农、沈苇窗等人，评论家过来人曾感叹：“他（古龙）交游之广，朋友之复杂，简直骇人听闻，而他的朋友

中，竟有这许多位名重士林、望重艺坛的大家，这也是出人意表的。”（《细数武侠小说作者：古龙》）

《楚留香传奇续集》，一九七八年一月，三册。台静农题字。

《萧十一郎》，一九七七年十二月，一册。王王孙题字。

《天涯明明刀》，一九七八年一月，一册。王王孙题字。

《边城浪子》，一九七八年一月，二册。陈继龢题字。

《大人物》，一九七八年十一月，一册。吴平题字。

《九月鹰飞》，一九七八年五月，二册。陈定山题字。

《武林外史》，一九七八年四月，四册。胡昌炽题字。

《圆月弯刀》，一九七八年四月，二册。高逸鸿题字。

《欢乐英雄》，一九七八年五月，二册。于大成题字。

《火并萧十一郎》，一九七八年七月，二册。沈苇窗题字。

《血鹦鹉》，一九七八年九月，二册。凌云超题字。

《剑·花·烟雨江南》，一九七八年十月，一册。王壮为题字。

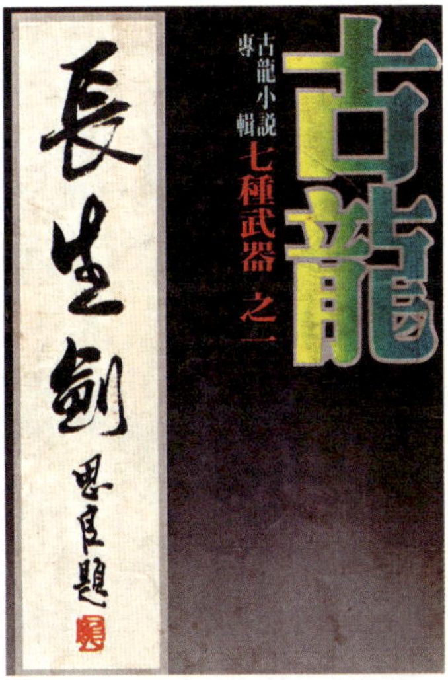

《长生剑》，一九七八年九月，一册。龙思良题字。

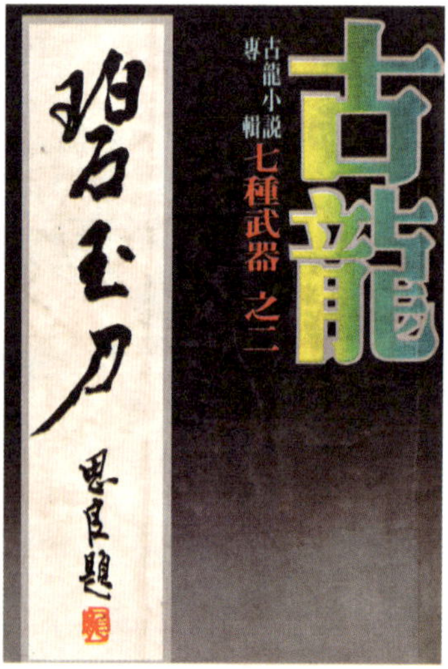

《碧玉刀》，一九七八年九月，一册。龙思良题字。

《浣花洗剑》，一九八〇年一月，三册。胡昌炽题字。

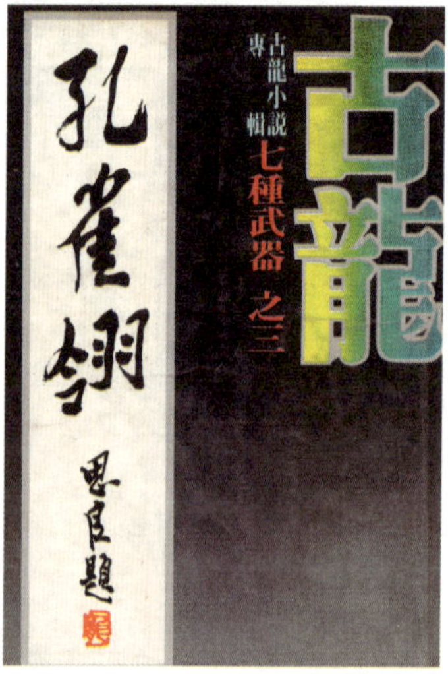

《孔雀翎》，一九七八年九月，一册。龙思良题字。

《多情环》，一九七八年八月，一册。龙思良题字。

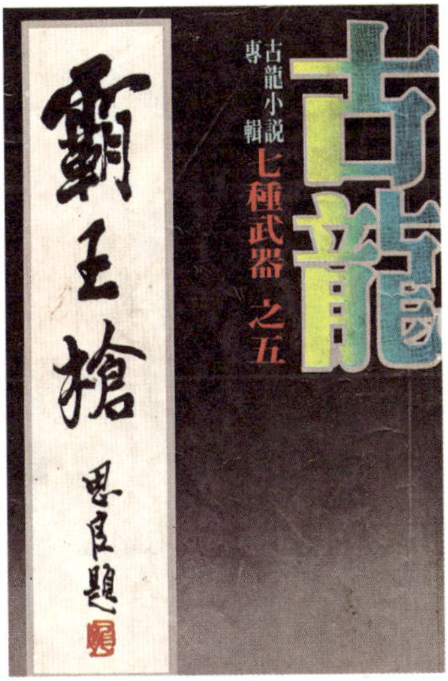

《霸王枪》，一九七八年八月，一册。龙思良题字。

《名剑风流》，一九七八年八月，三册。黄君璧题字。

《七杀手》，一九七九年四月，一册。龙思良题字。

《英雄无泪》，一九七九年五月，一册。陈子和题字。

《月异星邪》，一九七九年七月，一册。龙思良题字。

《铁血大旗》，一九七九年十一月，三册。胡昌炽题字。

《怒剑》，一九七九年十二月，三册。胡昌炽题字。

《新月传奇》，一九八〇年一月，一册。高逸鸿题字。

《飞刀，又见飞刀》，一九八一年七月，一册。万盛。

《飘香剑雨》，一九七九年一月，一册。龙思良题字。

《失魂引》，一九七九年一月，一册。龙思良题字。

《苍穹神剑》，一九七九年三月，一册。龙思良题字。

《游侠录》，一九八〇年三月，一册。胡正群题字。

《残金缺玉》，一九八一年六月，一册。万盛。

《绝不低头》，一九七八年一月，一册。

《剑神一笑》，一九八二年七月，一册。万盛。

《午夜兰花》，一九八三年四月，一册。万盛。

《风铃中的刀声》，一九八四年三月，一册。万盛。

《猎鹰》，一九八五年八月，一册。万盛。

《赌局》，一九八五年十一月，一册。万盛。

在上述作品中，除标有“万盛”字样的，余下都是汉麟出版。内含两大专辑：

> 《萧十一郎》《天涯·明月·刀》《边城浪子》《楚留香传奇续集》《九月鹰飞》《武林外史》《圆月弯刀》《欢乐英雄》《火并萧十一郎》《血鹦鹉》《剑·花·烟雨江南》《大人物》《七种武器》《名剑风流》《七杀手》《英雄无泪》《铁血大旗》《怒剑》《浣花洗剑》《新月传奇》《飞刀，又见飞刀》收入“古龙小说专辑”，排序一至二十一。

《飘香剑雨》《失魂引》《苍穹神剑》《月异星邪》《游侠录》《残金缺玉》，收入“早期作品专辑”，排序一至六。

《绝不低头》《剑神一笑》《午夜兰花》《风铃中的刀声》《猎鹰》《赌局》则是单独出版。

一九八九年一月至一九九一年九月，万盛推出“古龙武侠精品集”（即革新版），共四十四种。剔除《那一剑的风情》《怒剑狂花》《边城刀声》《飞鹰飞莺》《菊花的刺》《风雨双龙剑》《白玉雕龙》《雁翅刀》《手枪》等伪作，余下三十五种真品。真品中含有除《铁血大旗》《怒剑》《浣花洗剑》外汉麟、万盛一脉出版过的所有古龙作品，只是将原来的《楚留香传奇续集》，拆分为《蝙蝠传奇》和《桃花传奇》。

从一九九七年七月开始，万盛推出“古龙经典系列”。据《圆月弯刀》目录页，可知共有四十种。剔除《那一剑的风情》《怒剑狂花》《边城刀声》《菊花的刺》《白玉雕龙》等伪作，余下三十五种真品。真品排序与“革新版”大体一致，只是在册数上有些改变。笔者仅见过其中的十八种，余下部数是否真正出版过，还有待进一步考证。

武林出版社（香港地区）

武林与《武侠世界》杂志一脉相承，同属于环球图书杂志出版社。两者落地为兄弟，《武侠世界》连载完的古龙小说，一般都由武林结集出版。有资料可查的，《武侠世界》至少连载过十六部古龙小说（参见第二章），这还不算二〇〇〇年后重刊的一些作品（如《冷血观音》《长生剑》等）。尽管这些连载版非常珍贵，但却不易收集，这就给了结集本大放异彩的机会。最明显的例子，就是很多收藏者放弃了对连载版的关注，改为搜罗武林本。武林本的尺寸，前后也有变化。在时间点上似可以一九七二年为界，之前出版的《鬼恋侠情》（初版）和《流星·蝴蝶·剑》（初版）为三十六开，之后出版的数十部作品皆为四十开。

在一九七七年前后，武林又重印了在台湾地区出版过的多部古龙作品，结果使得古龙小说版本变得更为驳杂。现今看武林版，让人联想到的已经不仅仅是《武侠世界》，还有若干有待辨析的版本来源。可以说对武林版的研究，非一朝一夕之事，但这并不妨碍我们对已知的版本做出整理。

《多情剑客无情剑》，一九六九年夏至冬季，二册。即今传本的上半部。

《鬼恋侠情》，一九六九年冬季，一册。

《九月鹰飞》，一九七三年秋季，三册。

《金剑残骨令》，一九七三年冬季，二册。

《霸王枪》，一九七五年春季，一册。

《明月刀》，一九七五年夏季，二册。

《狼山》，一九七五年夏季，一册。

《失魂引》，一九七五年春季，一册。

《血鹦鹉》，一九七五年秋季，二册。

《桃花传奇》，一九七六年夏季，一册。

《边城浪子》，一九七六年夏季，二册。（内文为《三少爷的剑》）

《大旗英烈传》，一九七六年夏季再版，四册。

《萧十一郎》，一九七六年秋季，一册。

《傲剑狂龙》，一九七七年春季，二册。

《白玉老虎》，一九七六年冬季，三册。

《火并萧十一郎》，一九七七年春季，二册。

《楚留香》，一九七七年夏季，四册。

《陆小凤》，一九七七年夏至秋季，六册。

《碧血洗银枪》，一九七七年夏季，一册。

《长生剑》，一九七七年秋季，一册。

《孔雀翎》，一九七七年秋季，一册。

《绝代双骄》，一九七六年秋季至一九七七年春季，六册。

《大人物》，一九七七年冬季，二册。

《大地飞鹰》，一九七七年冬季，三册。

《武林外史》，一九七八年春季，六册。

《碧玉刀》，一九七八年春季，一册。

《多情环》，一九七八年春季，一册。

《多情剑客无情剑》，一九七八年夏季，四册。

《流星・蝴蝶・剑》初版为三册（一九七一年夏至冬季），再版为两册（一九七七年春季）。

《七杀手》，一九七九年春季，一册。

《浣花洗剑录》，一九七九年夏季再版，三册。

《蝙蝠传奇》，一九七九年夏季，二册。

《鬼恋侠情》，一九七九年秋季再版，一册。

《剑花·烟雨·江南》，一九七九年秋季，一册。

《名剑风流》，一九七九年冬季，三册。

《玉剑传奇》，一九七九年冬季，一册。

《武林霸主》，一九八〇年春季，二册。

《欢乐英雄》，一九八〇年春季，二册。

《离别钩》，一九八〇年春季，一册。

《诸神岛》，一九八〇年夏季，三册。

《绝不低头》，一九八一年夏季，一册。

武侠春秋出版社（香港地区）

在《武侠春秋》杂志上连载的作品，结集成单行本，就是武侠春秋版。这种情况犹如《武侠世界》杂志之于武林出版社，都属一花开两叶式的存在。武侠春秋版最受研究者重视之处，就在于其精良的文本。相较于连载版，极少有篡改之处，此外在断章分节方面，处理的也较为合理。

在后述作品中，只有陆小凤系列未在杂志上连载，直接出版的单行本。除《陆小凤》、《凤凰东南飞》和《决战前后》三部外，又将《银钩赌坊》拆分为《银钩赌坊》和《冰国奇谭》，将《幽灵山庄》拆分为《幽灵山庄》和《武当之战》，将《隐形的人》拆分为《隐形的人》和《女王蜂》（未完）。其中《女王蜂》的出现，曾在收藏界引起轩然大波，因为武功本中的大部分佚文，是据此翻印。

《铁胆大侠魂》，一九七〇年十二月，三册。

《风云第一刀》，一九七二年，四册。

《欢乐英雄》，一九七二年三月，三册。

《萧十一郎》，一九七〇年七月至十二月，三册。

《风流盗帅》，一九七二年四月，一册。

《大漠风云》，一九七二年四月，一册。

《画眉鸟》，一九七二年六月，一册。

《蝙蝠传奇》，一九七七年七月第三版，二册。

《火并萧十一郎》，一九七四年一月，二册。

《长生剑》，一九七七年五月第三版，一册。

《大人物》，一九七一年九月至十二月，三册。

《孔雀翎》，一九七三年四月，一册。

《碧玉刀》，一九七三年八月，一册。

《多情环》，一九七三年八月，一册。

《霸王枪》，一九七五年四月，一册。

《拳头》，一九七五年四月，一册。

《七杀手》，一九七三年八月，一册。

《冰国奇谭》，一九七四年十二月，一册。

《剑·花·烟雨江南》，一九七三年六月，一册。

《陆小凤》，一九七三年六月，一册。

《凤凰东南飞》，一九七三年十月，一册。

《决战前后》，一九七五年一月再版，一册。

《银钩赌坊》，一九七四年，一册。

《幽灵山庄》，一九七五年一月，一册。

《女王蜂》，一九七五年二月，一册。

《武当之战》，一九七五年二月，一册。

《隐形的人》，一九七五年二月，一册。

《绝不低头》，一九七三年六月，一册。

《天涯·明月·刀》，一九七五年四月，二册。

《刀神》，一九七八年二月，二册。

《英雄无泪》，一九七九年五月，一册。

玉郎出版社（香港地区）

为香港漫画界“教父”黄玉郎创办，出版过四部署名古龙的小说，其中《那一剑的风情》实为丁情所写，余下三部总题“大武侠时代”系列，计有《赌局·狼牙·追杀》（一九八五年十月，一册）、《紫烟·群狐》（一九八五年十二月，一册）和《银雕·海神》（一九八五年十二月，一册）。其中《银雕·海神》最为特殊，曾经佚失二十余年，在《紫烟·群狐》书末，有故事介绍：

> 近年在江湖各大门派帮会组织中，有一个非常秘密的代号——银雕。他从来不愿意让别人看到他的真面目。银雕正是程小青入刑堂后，最大的一个目标。但根据一份刑堂的档案记载中，银雕竟是一个死了十七年的死人。而程小青为何会对这么样的一个死人感兴趣呢？为什么要把他当作自己在任职后的第一个目标？最后还引来卜鹰、程小青、白狄、金碎心、韩浪等高手去围捕他。究竟他的武功高到什么程度呢？他又能否力敌众高手的围捕呢？

此外还出版过古龙的第一本散文集：《不是集》。前有墨宝十四幅，后收各类文字四十七篇。

《三少爷的剑》，一九七六年六月，二册。

《紫烟·群狐》，一九八五年十二月，一册。

《那一剑的风情》，署名古龙，实为丁情所写 。

《赌局·狼牙·追杀》，一九八五年十月，一册。

《银雕·海神》有着一个开放式结尾。“银雕”先生在众高手合围之下，消失无踪，留下了很大的续写空间。

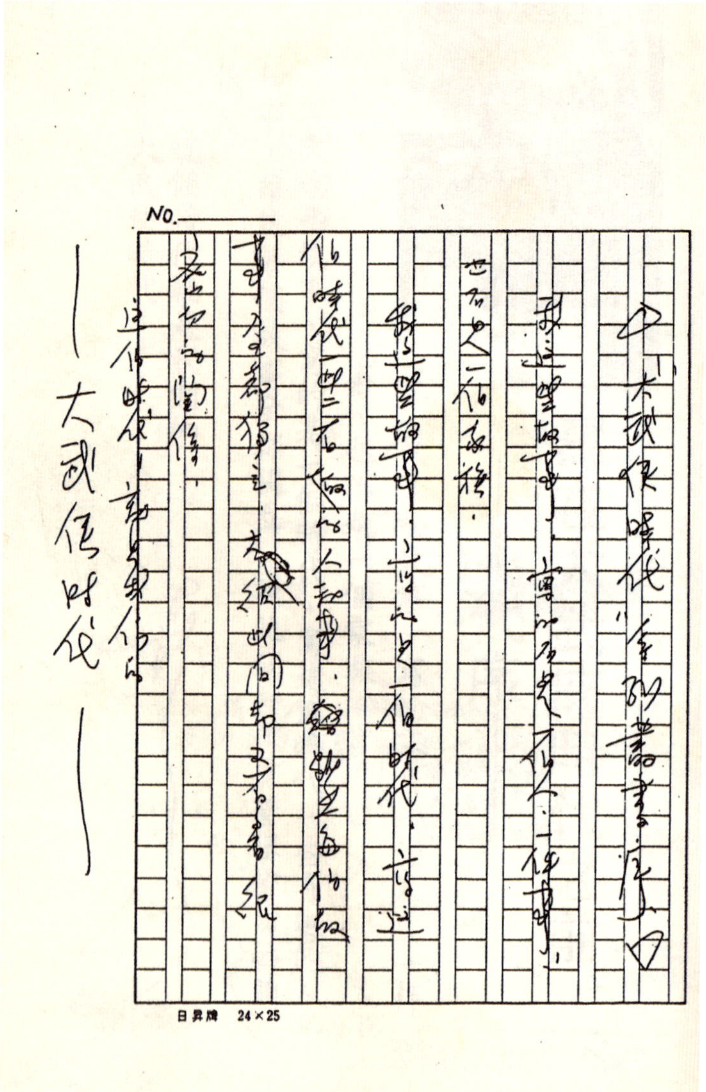

古龙为“大武侠时代”系列丛书写的序言，见于《赌局·狼牙·追杀》。

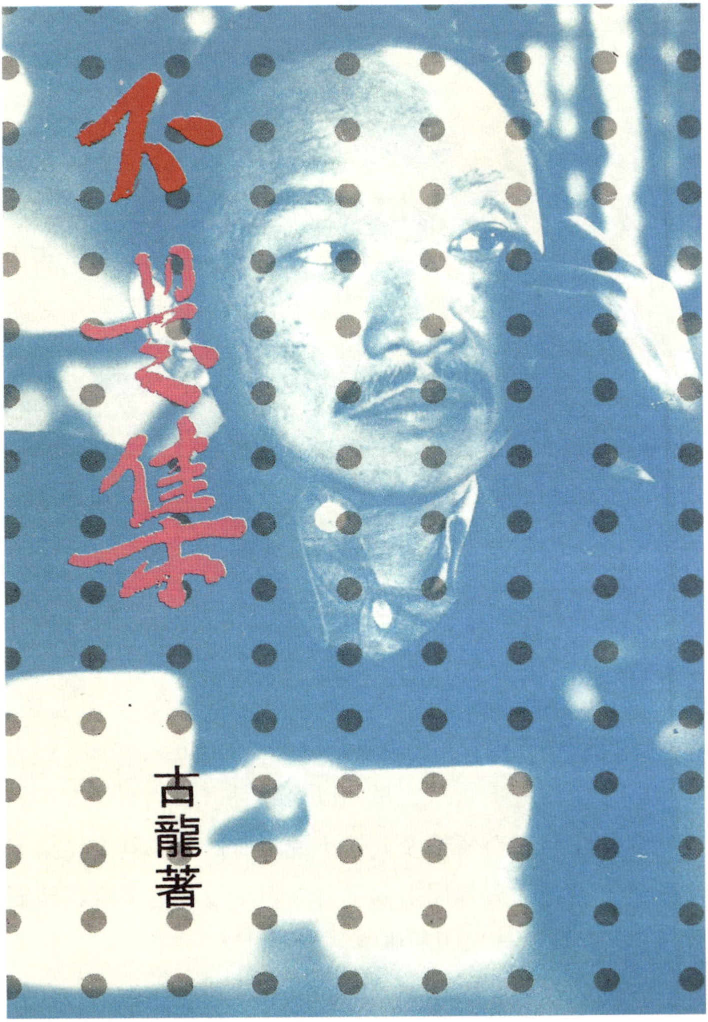

《不是集》——一九八五年十月出版，前有古龙手写的《序言》，虽只短短数十字，但却非常珍贵。

《七星龙王》，一九七八年十一月，一册。

武侠图书杂志出版社（香港地区）

出版和发行情况类似于环球图书杂志出版社，许多名家作品都是先在自家旗下的武侠小说周刊杂志连载，再由出版社结集出版。之所以能在古龙小说出版史留下一笔，就是因为它首发了《七星龙王》，从而引起众多研究者的关注。

《七星龙王》出版于一九七八年十一月，一册。少有的双栏排版，并且删掉了连载版中的《血战》一章。

天地图书有限公司（香港地区）

成立于一九七六年，早期以出版时事评论与西方思想读物为主，后期对言情及武侠小说有所倚重。其中《梁羽生全集》更成为天地图书的主打品牌，设计之典雅，印刷之精良，可称武侠出版的典范。

一九九七年至一九九九年，推出“古龙作品集”，依序为：

《多情剑客无情剑》、《九月鹰飞》、《天涯·明月·刀》、《边城浪子》、《飞刀，又见飞刀》、《风铃中的刀声》、《欢乐英雄》、《绝代双骄》、《名剑风流》、《武林外史》、《流星·蝴蝶·剑》、《三少爷的剑》、《白玉老虎》、《剑·花·烟雨江南》、《大地飞鹰》、《英雄无泪》、《长生剑》、《孔雀翎》、《碧玉刀》、《霸王枪》、《多情环》、《离别钩》、《拳头》、《大人物》、《七杀手》、《绝不低头》、《圆月弯刀》、《碧血洗银枪》、《七星龙王》、《猎鹰赌局》、《血鹦鹉》、《萧十一郎》、《火并萧十一郎》、《楚留香传奇之血海飘香》、《楚留香传奇之大沙漠》、《楚留香传奇之画眉鸟》、《借尸还魂》、《蝙蝠传奇》、《桃花传奇》、《新月传奇》、《午夜兰花》、《陆小凤系列》（《陆小凤传奇》《绣花大盗》《决战前后》《银钩赌坊》《幽灵山庄》《凤舞九天》《剑神一笑》）、《大旗英雄传》、《浣花洗剑录》、《情人箭》、《湘妃剑》、《孤星传》、《彩环曲》、《护花铃》、《失魂引》、《游侠录》、《剑客行》、《苍穹神剑》、《月异星邪》、《残金缺玉》。

天地图书有限公司出版。

共计六十一种，一百三十四册。未出版的有《剑毒梅香》、《剑气书香》、《飘香剑雨》、《神君别传》和《财神与短刀》。

真善美出版社（台湾地区）

一九八〇年七月，推出《情人箭》（三册）、《浣花洗剑录》（三册）、《大旗英雄传》（三册），封面皆由著名漫画家陈海虹绘制。

真善美出版社出版。

一九九五年推出“古龙精品系列”，计有《楚留香传奇》（三册，四月）、《孤星传》（两册，五月）、《大旗英雄传》（四册，五月）、《浣花洗剑录》（四册，六月）、《湘妃剑》（两册，七月）、《情人箭》（四册，七月）。

《情人箭》，今见前三册，二〇〇二年六月至七月出版，未完。

二〇〇一年至二〇〇二年，推出“真善美武侠世界”，计有《楚留香传奇》（六册，二〇〇一年十二月）、《浣花洗剑录》（六册，二〇〇二年三月）、《孤星传》（三册，二〇〇二年四月）、《湘妃剑》（三册，二〇〇二年五月），另有《情人箭》，似未出齐全套。封面皆由李志清绘制。李志清的画风逸美有余，厚重不足，太过漫画式的人物造型，与古龙作品中流露出的高远意境略不相容。

其中《楚留香传奇》出版权曾被桂冠承接。而《大旗英雄传》《情人箭》《浣花洗剑录》三部，在一九七九年至一九八〇年被汉麟以“修订版”的名义出版（分别更名《铁血大旗》《怒剑》《浣花洗剑》），引发版权官司，几经协商，后者不得再版。

南琪出版社（台湾地区）

剔除《飘泊英雄传》《双流神剑》《无情剑客断魂剑》《名流剑客没羽箭》《江湖奇谭》《风雨夜谭》等伪作，余下六部真品：《大地飞鹰》（一九七八年一月，二册）、《愤怒的小马》（一九七八年八月，二册）、《剑毒梅香》（一九七八年九月，二册）、《金剑残骨令》（一九七九年一月，二册）、《风云男儿》（一九七九年一月，二册）、《剑客行》（一九七九年十二月，二册）。其中《大地飞鹰》《愤怒的小马》《剑毒梅香》，由画坛巨匠张大千题字，可谓给足了古龙面子。二人的交情，似可再往前追溯，古龙在

大地飛鷹
古龍著
下集

憤怒的小馬
古龍著

劍毒梅香
古龍著
下集

金劍殘骨令
古龍著
下集

風雲男兒
古龍著
上集

劍客行
古龍著
下集

南琪出版社出版。

一九七六年发表的《白玉老虎》中，将里面最重要的帮派，就命名为“大风堂”——此是张大千的寓所，也是其后来画派的名字。

华新/桂冠出版社（台湾地区）

华新是桂冠的前身，两者共出版过七部古龙小说。前者率先印行《楚留香传奇》（一九七七年一月三十一日，三册，台静农题字）、《白玉老虎》（一九七七年三月二十日，三册，庄严题字）和《流星·蝴蝶·剑》（一九七七年三月二十日，二册，陈定山题字）。后者接续出版《三少爷的剑》（一九七七年八月十五日，二册，王壮为题字）、《绝代双骄》（一九七七年八月十五日，四册，王壮为题字）、《多情剑客无情剑》（一九七七年九月三十日，三册，李超哉题字）和《碧血洗银枪》（一九七九年三月三十一日，一册）。桂冠还再版过华新印行的三部，版式未做任何改变。

此外华新还有精装本问世，各书版权页均有显示：《楚留香传奇》“平装二〇〇元，精装二九〇元”；《流星·蝴蝶·剑》“平装一五〇元，精装二二〇元”；《白玉老虎》“平装二〇〇元，精装三〇〇元”。笔者见过前两种，虽然印刷工艺有所提升，但因未采用龙思良为平装本所绘制的封面人物，故失色不少。

楚留香傳奇
古龍小說專輯①
第一部
血海飄香
白玉老虎
古龍小說專輯②
第一部
流星蝴蝶劍
古龍小說專輯③
下集
絕代雙驕
古龍小說專輯⑤
第一部
多情劍客無情劍
古龍小說專輯⑥
第一部
碧血洗銀鎗
古龍小說專輯⑦

华新/桂冠出版社出版。

《三少爷的剑》是以“桂冠”之名出版的第一部古龙小说。

春秋出版社（台湾地区）

先后推出《护花铃》（一九七八年六月，二册，陈继龢题字）、《彩环曲》（一九七八年九月，一册，陈继

《离别钩》，春秋出版，前有代序《不唱悲歌》。

龢题字）、《离别钩》（一九七八年十月，一册，龙思良题字）、《七星龙王》（一九七八年十二月，一册，高逸鸿题字）和“陆小凤”系列（含《陆小凤传奇》、《绣花大盗》、《银钩赌坊》、《决战前后》、《幽灵山庄》和《凤舞九天》，一九七八年十二月至一九七九年七月，各一册，龙良思题字）。其中《离别钩》《七星龙王》和“陆小凤”系列，收入“宝龙系列古龙特辑”，排序一至八。

一九八九年十月，推出“古龙名著集”（袖珍本）。计有《七星龙王》（二册）、《离别钩》（一册）、《陆小凤传奇》（二册）、《绣花大盗·决战前后》（三册）、《银钩赌坊》（二册）、《幽灵山庄》（二册）、《凤舞九天》（二册）、《彩环曲》（二册）、《护花铃》（四册）。封面采用统一的云天图案，弱化了武侠气息，略显乏味。

“陆小凤”系列，一九七八年十二月至一九七九年七月，各一册。

万象图书股份有限公司（台湾地区）

一九九一年推出“现代武林”系列。剔除伪作《飘香剑雨》续集，余下八部真品：《楚留香传奇》（五册）、《白玉老虎》（四册）、《流星·蝴蝶·剑》（三册）、《三少爷的剑》（三册）、《绝代双骄》（八册）、《多情剑客无情剑》（五册）、《碧血洗银枪》（两册）、《飘香剑雨》（三册）。

一九九二年推出“小武林”系列（袖珍本）。剔除伪作《江湖奇谭》，余下十一部真品：《楚留香传奇》（五册）、《白玉老虎》（四册）、《流星·蝴蝶·剑》（三册）、《三少爷的剑》（三册）、《绝代双骄》（八册）、《多情剑客无情剑》（五册）、《碧血洗银枪》（两册）、《大地飞鹰》（四册）、《剑客行》（四册）、《剑毒梅香》（四册）、《金剑残骨令》（三册）。

一九九五年推出“古龙藏珍集”。剔除伪作《剑玄录》《剑玄录续集》《江湖奇谭》《名流剑客没羽箭》《飘香剑雨续集》，余下十部真品：《愤怒的小马》（两册）、《大地飞鹰》（五册）、《剑毒梅香》（五册）、《金剑残骨令》（四册）、《剑客行》（五册）、《飘香剑雨》（四册）、《七星龙王》（三册）、《离别钩》（一册）、《彩环曲》（三册）、《护花铃》（六册）。

“现代武林”系列，一九九一年。

“小武林”系列，一九九二年。

“古龙藏珍集”系列，一九九五年。

风云时代出版社（台湾地区）

成立于一九八七年，早期以出版文、史、哲类书籍为主，“后因两岸互动僵滞，市场情势变化，改以推广‘类型文学’如武侠文学、科幻小说、奇幻文学、动物文学等为大宗”（据风云时代官网）。在武侠小说方面，先后出版过梁羽生、古龙、温瑞安、卧龙生、高庸、于东楼、黄鹰、上官鼎等人的作品。其中最引人注目的，非“古龙作品新编全集”（三十二开本）和“古龙精品集”（二十五开本）莫属。

一九九七年至二〇〇五年，推出“古龙作品新编全集”。几乎包含了古龙的所有作品（《银雕》《剑气书香》等佚作除外）。共分十二大系列——武侠经典、小李飞刀、楚留香传奇、楚留香新传、陆小凤传奇、萧十一郎、七种武器、中期名作、早期名作、江湖人、另类侠情、古龙作品补遗。其中补遗部分含《黑雁》《那一剑的风情》《怒剑狂花》《边城刀声》《菊花的刺》《白玉雕龙》《枪手·手枪》《飞莺·飞鹰》《吸血蛾》《剑玄录》《剑玄录续集》，皆为伪作。楚留香传奇系列含《血海飘香》《大沙漠》《画眉鸟》三部，中期名作系列含《大旗英雄传》《浣花洗剑录》《情人箭》《湘妃剑》《孤星传》五部，著作权皆为台湾真善美所有。风云时代在之后推出的“古龙精品集”，因与真善美协商未果，不再收录。

二〇〇六年至二〇一六年，推出“古龙精品集”。目前已经印行的有：

《多情剑客无情剑》、《三少爷的剑》、《绝代

“古龙作品新编全集”，一九九七年至二〇〇五年。

“古龙精品集”，二〇〇六年至二〇一六年。

双骄》、《流星·蝴蝶·剑》、《白玉老虎》、《武林外史》、《名剑风流》、《陆小凤系列》、《楚留香新传》、《七种武器》、《边城浪子》、《天涯·明月·刀》（附《飞刀，又见飞刀》）、《萧十一郎》（附《剑·花·烟雨江南》）、《火并萧十一郎》、《剑毒梅香》（附《神君别传》）、《欢乐英雄》、《大人物》、《彩环曲》、《九月鹰飞》、《圆月弯刀》、《大地飞鹰》、《风铃中的刀声》、《英雄无泪》、《护花铃》、《绝不低头》、《碧血洗银枪》、《七星龙王》、《血鹦鹉》、《吸血蛾》。

共计二十九种。将黄鹰写的《吸血蛾》收入其中，明显是不妥当的，也有悖于“精品集”这块招牌。既称“精品”，总该先厘清真伪，然后在此基础上优中选优。

除此之外，台湾皇鼎、皇佳、久博、文天、裕泰、瑞如、黎明文化等出版社都曾印行过古龙小说。它们没有在台首发的古龙作品（单行本），版权皆从其他出版社继承过来（不排除有盗印现象）。因此从研究价值上说，与前述真善美、春秋等版本相去甚远。其中皇鼎略有影响，“陆小凤”系列、《护花铃》、《彩环曲》等书，封面及内文版式与春秋本一般无二（册数或有不同），在此不必详述。

行文至此，可见新版自诞生以来，广被接受的程度。尽管从文字的角度讲，新版的内容未必能够胜过旧版和连载版，但从印刷上看，其赏心悦目的程度，较之前两者是有过之而无不及，而且它的册数不多，既符合时代的审美，亦能融入越来越忙碌的现代人生活。

总之，新版是“与时俱进”的结果，它不但淘汰了旧版，而且其覆盖面更为广泛。古龙小说能够风行华人世界，新版在其中所起的作用，可用“厥功至伟”四字形容之。

第四章　翻印版——在无意于佳中传承经典

古龙，无疑是新派武侠的金字招牌。他的小说，有着非常广泛的阅读群体，当盗版商认为有利可图时，翻印版也就应运而生。甚至可以说，翻印版的出现，完完全全是利益驱使的结果。但有趣的是，其中有些在翻印时所宗的版本，是非常难得，甚至可以说是异常珍贵的。盗版商虽然进行的是不法行为，可他们却在无意中让经典得以保存下来。

有些翻印版所标的出版社虽为“华新”“桂冠”“万盛”“汉麟”“春秋”“真善美”，但并非真是指台湾地区的这几家出版社，实为香港地区商家冒名盗印。台湾桂冠图书有限公司负责人赖阿胜曾为此专作澄清，其从未在香港设立分公司，亦未授权任何机构以“华新”或“桂冠”之名出版古龙小说。这些翻印版最大的特点就是多为三十二开本（早期有少许三十六开本）。另有武功、毅力、快泽、寿山、中原等大小二十几家出版社，翻印过古龙绝大多数作品。

据笔者多年观察，发现在上述出版社中，只有快泽、寿山翻印过古龙晚期作品《猎鹰》和《赌局》，而《赌局》是万盛在一九八五年十一月出版。因此可以推断，武功等绝大多数出版社翻印古龙作品的截止时间应在一九八五年十一月以前（后期再版的不算）。至于起始于何时，因为其版权页或不注明时间，或为所依据版本的出版时间，因此无从考证。但大多数翻印版不可能早于桂冠和汉麟改革武侠小说开数的一九七七年。有少许以旧版为底本的版本，可能会提前数年出现。

很多出版社在翻印真品的同时，还夹带一些伪作。有的原版就是以古龙之名推出，如《剑玄录》《情人看刀》《菊花的刺》等，但大多数为出版方刻意改头换面，将别家之作品，一并安到古龙名下，公然欺骗消费者。限于篇幅，本章只探究真品，不对伪作展开讨论。

一、武功出版社（香港地区）

据《七星龙王》封底目录，武功出版过六十五种古龙小说，剔除伪作二十一种，余下真品四十四种。加上笔者亲见十一种，共计五十五种：

《苍穹神剑》（一册/六册）、《剑毒梅香》（二册/三册）、《湘妃剑》（三册）、《金剑残骨令》（二册）、《孤星传》（二册）、《游侠录》（一册）、《月异星邪》（一册）、《剑客行》（二册）、《失魂引》（一册）、《彩环曲》（一册）、《诸神岛》（三册/五册）、《怒剑狂花》（三册）、《大旗英雄传》（四册）、《浣花洗剑录》（三册）、《武林外史》（四册）、《绝代双骄》（四册）、《名剑风流》（三册）、

《楚留香正集》（三册）、《楚留香续集》（三册）、《桃花传奇》（二册）、《新月传奇》（一册）、《午夜兰花》（一册）、《多情剑客无情剑》（三册）、《萧十一郎》（三册，黄底封面／三册，汉麟版封面）、《欢乐英雄》（二册）、《游侠江湖》（三册）、《流星·蝴蝶·剑》（三册／五册）、《大人物》（三册，黄底封面／三册，汉麟版封面）、《边城浪子》（四册）、《七种武器》（五册）、《愤怒的小马》（一册）、《陆小凤》（六册／七册／八册）、《火并萧十一郎》（三册）、《火并十一郎》（四册）、《剑·花·烟雨江南》（一册）、《九月鹰飞》（二册）、《七杀手》（一册）、《天涯·明月·刀》（一册）、《血鹦鹉》（二册）、《三少爷的剑》（二册）、《白玉老虎》（三册）、《圆月弯刀》（二册）、《碧血洗银枪》（一册／二册）、《大地飞鹰》（三册）、《七星龙王》（二册）、《英雄无泪》（一册）、《飞刀，又见飞刀》（一册）、《风铃中的刀声》（二册）

《欢乐英雄》和《游侠江湖》，《湘妃剑》和《金剑残骨令》都是同书异名。未见出版的作品有《神君别传》、《剑气书香》、《飘香剑雨》、《绝不低头》、《残金缺玉》、《财神与短刀》和“大武侠时代”系列。

在所列的书目中，较稀缺的版本有：

《桃花传奇》、《流星·蝴蝶·剑》、《萧十一郎》、《大人物》、《诸神岛》（五册）——据春秋旧版。其中《桃花传奇》插图源自《武艺》连载版。

《火并十一郎》、《火并萧十一郎》——据南琪旧版。

《英雄无泪》、《欢乐英雄》、《游侠江湖》、《边城浪子》——据武侠春秋版，其中游侠江湖回目有更改。

《苍穹神剑》（六册）——据第一图书/四维旧版。

此外《陆小凤》翻印情况较复杂。原为六册本，有黄

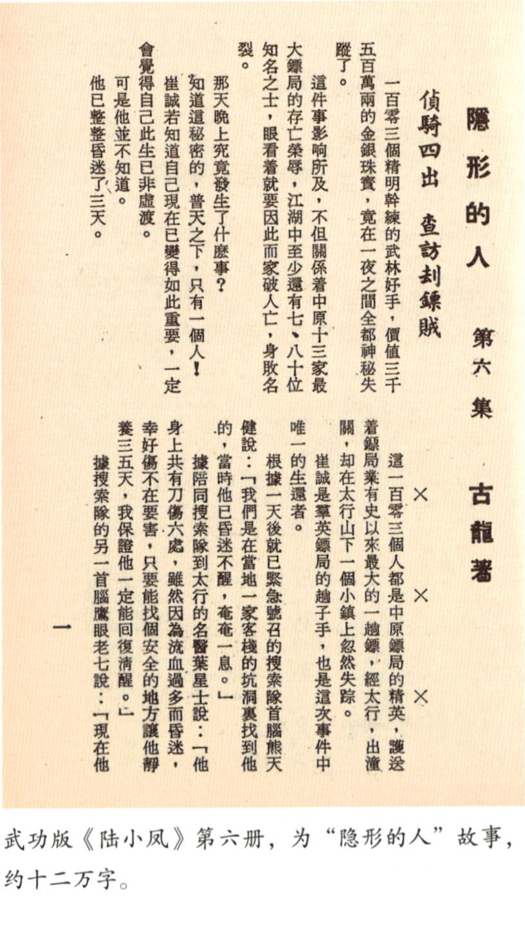

隱形的人 第六集 古龍著

偵騎四出 查訪刦鏢賊

一百零三個精明幹練的武林好手，價值三千五百萬兩的金銀珠寶，竟在一夜之間全都神秘失蹤了。

這件事影响所及，不但關係着中原十三家最大鏢局的存亡榮辱，江湖中至少還有七、八十位知名之士，眼看着就要因此而家破人亡，身敗名裂。

那天晚上究竟發生了什麼事？

知道這秘密的，普天之下，只有一個人！

崔誠若知道自己現在已變得如此重要，一定會覺得自己此生已非虛渡。

可是他並不知道。

他已整整昏迷了三天。

× × ×

這一百零三個人都是中原鏢局的精英，護送着鏢局業有史以來最大的一趟鏢，經太行，出潼關，却在太行山下一個小鎮上忽然失踪。

崔誠是羣英鏢局的趟子手，也是這次事件中唯一的生還者。

根據一天後就已緊急號召的搜索隊首腦熊天健說：「我們是在當地一家客棧的坑洞裏找到他的，當時他已昏迷不醒，奄奄一息。」

據陪同搜索隊到太行的名醫葉星士說：「他身上共有刀傷六處，雖然因為流血過多而昏迷，幸好傷不在要害，只要能找個安全的地方讓他靜養三五天，我保證他一定能回復清醒。」

據搜索隊的另一首腦鷹眼老七說：「現在他

一

武功版《陆小凤》第六册，为“隐形的人”故事，约十二万字。

脊和绿脊两种版本（据武侠研究者罗军生考证，黄脊版出现时间较早）。前五册及第六册的前二七六页源自《武侠与历史》连载，皆为双栏排版，第六册二七七至三〇〇页源自武侠春秋版《女王蜂》中的部分内容。之后补为七册本和八册本，第七册源自春秋版《凤舞九天》的二五三至三九六页，第八册源自万盛版《剑神一笑》。

“隐形的人”故事插图，源自《明报》连载。

二、“华新”出版社（香港地区）

“华新”最为特殊之处，就是它似专为翻印古龙小说而生。除了古龙，颇有目无余子之姿，就算翻印别家之作品，也多会署上古龙的名字。据《血鹦鹉》封底目录，“华新”出版过三十种古龙小说，剔除伪作四种，余下真品二十六种。加上笔者亲见三十三种，共计五十九种：

《苍穹神剑》（一册）、《剑毒梅香》（五册，线描封面/五册，彩图封面）、《残金缺玉》（一册）、《湘妃剑》（二册）、《杀手神剑》（二册）、《孤星传》（三册）、《游侠录》（二册）、《飘香剑雨》（六册，含续集）、《月异星邪》（一册）、《夺命青蚨镖》（五册，即《无情碧剑》）、《失魂引》（一册）、《彩环曲》（一册）、《护花铃》（二册，春秋版封面/二册，彩图封面）、《情人箭》（六册）、《铁血大旗》（三册）、《浣花洗剑录》（六册）、《武林外史》（四册）、《绝代双骄》（四册）、《名剑风流》（三册，线描封面/三册，彩图封面）、《楚留香传奇》（三册）、《铁血传奇》（三册）、《蝙蝠传奇》（三册，线描封面/三册，彩图封面）、《新月传奇》（一册）、《桃花传奇》（一册）、《午夜兰花》（一册）、《多情剑客无情剑》（三册）、《铁胆大侠魂》（二册）、《萧十一郎》（一册）、《欢乐英雄》（二册）、《流星·蝴蝶·剑》（二册）、《大人物》（二册）、《风云第一刀》（二册）、《边城浪子》（二册）、《七种武器》（五册，线描封面/五册，彩图封面）、《离别钩》（一册）、《愤怒的小马》（一册）、《陆小凤》（六册/七册）、《凤舞九天》（一册）、《绝不低头》（一册）、《火并萧十一郎》（二册）、《剑·花·烟雨江南》（一册）、《七杀手》（一册，含《剑·花·烟雨江南》）、《九月鹰飞》（二册）、《天涯·明月·刀》（一册/二册）、《血鹦鹉》（二册）、《三少爷的剑》（二册）、《白玉老虎》（三册）、《圆月弯刀》（二册）、《碧血洗银枪》（一册）、《英雄无泪》（一册）、《飞刀，又见飞刀》（一册）、《风铃中的刀声》（二册）。

其中《楚留香传奇》和《铁血传奇》、《湘妃剑》和《杀手神剑》、《边城浪子》和《风云第一刀》都是同书异名。未见出版的作品有《剑气书香》、《神君别传》、《大地飞鹰》、《七星龙王》、《财神与短刀》和“大武侠时代”系列。

同武功一样，“华新”所宗多为台湾二十五开本，有些采用了原版封面，如《护花铃》《失魂引》《铁血大旗》。但有些却做了一些处理，将原来的彩图，改成了线描，如《萧十一郎》、《欢乐英雄》、《天涯·明月·刀》（一册），虽然韵味有所改变，但艺术感还是很强的。

在所列的书目中，较稀缺的版本有：

《剑毒梅香》——据国华/清华旧版。

《游侠录》——据海光旧版。

《飘香剑雨》——据华源旧版。

《夺命青蚨镖》——据明祥旧版。

《桃花传奇》——据春秋旧版。

《浣花洗剑录》——据真善美旧版。有并页。

《天涯·明月·刀》（二册）——据武侠春秋版。

《七种武器》——前四册多据武侠春秋版，第五册据春秋版。

此外还有《陆小凤》，分六册本和七册本。六册本据武侠春秋版，后有部分“隐形的人”佚文（少于武功版）。七册本前几部据武侠春秋版，最后一部“凤舞九天”故事据春秋版。两种版本都存在增行并页、更改回目的情况，如第一部原版每页十七行，共三五五页，“华新”版每页却为十九行，减至三一七页。回目依次为“最漂亮的老板娘”“第一富人”“主持公道”“剑出人亡”“远山传歌声”“虚情假意”“师门一脉”“强仇大强”“死得太离奇”“魂断离恨天”“第一聪明人”“尾声”，原版的回目却为“四条眉毛的人”“丹凤公主”“大金鹏王”“盛宴”“悲歌”“珠光剑气”“市井七侠”“峨眉四秀”“飞燕去来”“迷楼谜楼”“第六根足趾”“尾声”。但改后的回目也并非没有来历，多是简化自武功版。如“第一富人”之于“第一富人，木屋非等闲”，“主持公道”之于“主持公道，概允申援手”，“远山传歌声”之于“以耳代目，远山传歌声”，其渊源是显而易见的。

三、“桂冠”出版社（香港地区）

据《墨玉夫人》目录页，“桂冠”出版过八十二种古龙小说，因为很多作品都被改了名字，故此较易造成误判。笔者根据以往所见，挑出真品三十九种。外加亲见十二种，共计五十一种：

《苍穹神剑》（二册）、《剑毒梅香》（二册）、《河洛一剑》（二册）、《金剑残骨令》（二册）、《孤星传》（二册）、《游侠录》（二册）、《飘香剑雨》（一册）、《月异星邪》（二册）、《失魂引》（一册）、《天武风云》（一册，即《彩环曲》）、《丹凤神龙》（二册，即《护花铃》）、《怒剑狂花》（三册）、《巾帼枭雄》（四册）、《大旗英烈传》（四册）、《铁血大旗门》（四册）、《一剑镇神州》（四册，线描封面/四册，彩图封面）、《江湖的故事》（四册，即《武林外史》）、《绝代双骄》（四册）、《名剑恨》（三册）、《墨玉夫人》（三册）、《楚留香传奇正集》（三册）、《楚留香传奇续集》（三册）、《风流楚香帅》（六册）、《多情剑客无情剑》（三册）、《萧十一郎》（一册）、《英雄不寂寞》（二册，即《欢乐英雄》）、《流星·蝴蝶·剑》（二册）、《大人物》（一册）、《边城浪子》（二册/三册，汉麟版封面/三册，线描封面）、《七种武器》（五册）、《神拳小马》（一册）、《离别钩》（一册）、《陆小凤》（六册）、《凤舞九天》（一册）、《铁胆柔情》（二册，即《火并萧十一郎》）、《剑·花·烟雨江南》（一册）、《金刀情侠》（三册，即《九月鹰飞》）、《七杀手》（一册）、《傅红雪》（一册，即《天涯·明月·刀》）、《十万神魔十万血》（二册，即《血鹦鹉》）、《三少爷的剑》（二册）、《白玉老虎》（三册）、《圆月弯刀》（二册）、《刀神》（二册）、《神剑魔刀》（二册）、《碧血洗银枪》（一册）、《李将军》（一册，即《七星龙王》）、《英雄无泪》（一册）。

其中《风流楚香帅》分为《天枫十四郎》《石观音》《神水宫主》《蝙蝠公子》《续蝙蝠公子》《桃花洁洁》六部。《剑毒梅香》和《河洛一剑》，《名剑恨》和《墨玉夫人》（即《名剑风流》），《怒剑狂花》和《巾帼枭雄》（即《情人箭》），《大旗英烈传》和《铁血大旗门》，《圆月弯刀》、《刀神》和《神剑魔刀》都是同书异名。

在所列的书目中，较稀缺的版本有：

《巾帼枭雄》、《一剑镇神州》、《铁血大旗门》——据武林旧版

《金刀情侠》——据武林版。

《边城浪子》（三册，线描封面）——据武侠春秋版。

四、毅力出版社（澳门地区）

毅力出版社的地址，早期写的是“澳门飞良绍街十号”，后期补充为“澳门飞良绍街十号六楼”。街道楼号可能是假，所在地（澳门）也未必是真。更多翻印作品见于香港，书后亦是以港币标价。

毅力翻印的作品数量虽没华新和武功多，但有些早期版本“成色”却很不错。综合《绝代双骄》和《夺命青蚨镖》封底目录，加上笔者亲见，可得十九部真品：

《剑毒梅香》（五册）、《湘妃剑》（三册）、《孤星传》（三册）、《游侠录》（二册）、《飘香剑雨》（三册）、《月异星邪》（二册）、《无情碧剑》（四册）、《夺命青蚨镖》（五册）、《情人箭》（六册）、《大旗英雄传》（五册）、《浣花洗剑录》（六册）、《武林外史》（六册）、《绝代双骄》（七册）、《名剑风流》（五册）、《铁血传奇》（六册）、《魔剑侠情》（四册）、《多情剑客无情剑》（四册）、《狼山》（二册）、《剑客》（五册，即《三少爷的剑》）。

《无情碧剑》和《夺命青蚨镖》，《魔剑侠情》和《多情剑客无情剑》，都是同书异名。此外《天禅杖》曾被龚鹏程视为古龙真品，实为柳残阳所写的《血烟劫》。

在所列的书目中，较稀缺的版本有：

《剑毒梅香》——据国华/清华旧版。

《夺命青蚨镖》——即《无情碧剑》，据明祥旧版。

《飘香剑雨》——据华源旧版。

《铁血传奇》、《孤星传》、《浣花洗剑录》——据真善美旧版。

《武林外史》、《绝代双骄》——据春秋旧版。

《剑客》——据南琪旧版。

《多情剑客无情剑》、《剑魔侠情》——上半部内文据武林两册版，下半部内文据武侠春秋版，回目有更改，分章也较混乱。

《绝代双骄》、《武林外史》、《浣花洗剑录》、《魔剑侠情》和《多情剑客无情剑》都存在“增行减页”的情况，以《绝代双骄》为例，第一册前五页，实际上包含旧版八页的内容。原因就是毅力版每页十九行，旧版是十四行，增行的结果，就是将春秋版原本五三六三页的内容，并至二六六四页中。

后期毅力还翻印过挂名古龙的多部作品，十之八九都是伪作，略过不谈。

五、中原/“春秋”/精武/武侠出版社（香港地区）

近几年来，中原、“春秋”、精武、武侠这四个出版社所翻印的作品，相继在拍卖市场上崛起。他们多以武侠春秋版和武林版为底本，虽然有些书名作了更改，内页却几乎完整地保留了原版面貌。

在中原版《双环门》封底，有名为“古龙精心杰作”的整页广告，内含十九种作品。令人意外的是其中只有《大力神鹰》和《冰国神童》两种是以中原之名出版，余下皆被“春秋”、精武和武侠三个出版社瓜分：

> 《三少爷的剑》（“春秋”）、《楚留香》（精武）、《大沙漠》（精武）、《画眉鸟》（精武）、《多情剑客无情剑》（精武）、《血染武当山》（精武）、《大力神鹰》（中原）、《冰国神童》（中原）、《武林群英》（精武）、《长生剑》（“春秋”）、《勾魂玉手》（精武）、《欢乐英雄》（精武）、《镇远镖局》（“春秋”）、《红巾侠侣》（精武）、《燃烧的大江》（精武）、《江

湖风云》（武侠）、《陆小凤》（精武）、《七星绝命剑》（精武）、《狼山风云》（精武）。

从此可以看出，中原、“春秋”、精武、武侠这四个所谓的出版社同宗同源，很可能是由一个盗版集团统一操控。或者简单点说，既然都为盗版，在印行的时候是可以随意更换出版社名字的，而这些社名十有八九也是凭空杜撰出的。

此外又见《红尘白刃》（四册）、《大旗英雄烈》（四册）和《擎天一剑》（三册）。其中《红尘白刃》和《大旗英雄烈》据武林旧版，且保留了原版插图。《擎天一剑》内容和“大美”版《怒剑狂花》一模一样，都是《苍穹神剑》的内容。许多回目是从旧版脱胎而成，但明显作过更改。所据底本至今不明，但文本大体与旧版相同，只是将“天阴教”改为“天阴派”，“教主”改为“派主”。

在中原版《擎天一剑》书后，还有一份增补版的广告书目：

《欢乐英雄》（三册）、《武林群英》（二册）、《江湖风云》（二册）、《翻江龙》（二册）、《红巾侠侣》（二册）、《铁胆剑客》（二册）、《风云第一刀》（三册）、《七星绝命剑》（二册）、《剑·花·烟雨·江南》（一册）、《多情剑客无情剑》（一册）、《武林奇案》（一册）、《三少爷的剑》（二册，江湖人物故事）、《楚留香》（三册，楚留香故事）、《勾魂玉手》（一册，楚留香故事）、《燃烧的大江》（二册，楚留香故事）、《陆小凤》（一册，陆小凤故事）、《镇远镖局》（一册，陆小凤故事）、《凤凰东南飞》（一册，陆小凤故事）、《血染武当山》（一册，陆小凤故事）、《大力神鹰》（一册，陆小凤故事）、《冰国神童》（一册，陆小凤故事）、《江湖浪子》（一册，陆小凤故事）、《两雄相遇》（一册，陆小凤故事）、《幽灵山庄》（一册，陆小凤故事）、《长生剑》（一册，七种武器）、《孔雀翎》（一册，七种武器）、《碧玉刀》（一册，七种武器）、《中原四镖局》（一册，七种武器）、《狼山风云》（一册，七种武器）、《双环门》（一册，七种武器）、《七杀手》（一册，七种武器）、《萧十一郎》（二册）、《火并萧十一郎》（二册）、《绝不低头》（一册，时装斗智拳击）、《七剑三鞭》（二册）、《铁胆大侠魂》（二册）、《绝代双骄》（四册）。

将前述的十九种扩展为三十六种，但是没有再提“春秋”、精武、武侠三个出版社。其翻印情况如下：

《欢乐英雄》、《剑·花·烟雨·江南》、《红巾侠侣》（即《大人物》）、《风云第一刀》、《楚留香》、《绝不低头》、“七种武器”故事和“陆小凤”故事——据武侠春秋版。

《铁胆剑客》（即《血鹦鹉》）、《七剑三鞭》（即《金剑残骨令》）和《翻江龙》（即傲剑狂龙）——据武林版。

“陆小凤”故事中的《血染武当山》《大力神鹰》《冰国神童》《江湖浪子》《两雄相遇》，对应的原版书名是《武当之战》《女王蜂》《冰国奇谭》《银钩赌坊》《决战前后》。《镇远镖局》和《凤凰东南飞》其实是同书异名，等于是重复出版。“七种武器”故事中的《中原四镖局》《狼山风云》《双环门》，对应的原版书名是《霸王枪》《拳头》《多情环》。《七星绝命剑》（即《吸血蛾》）实为黄鹰所写，可视为伪作。

六、快泽有限公司/寿山出版社（香港地区/台湾地区）

据诸多翻印本显示，快泽有限公司地址在“香港德辅道西四四四号香港工业大厦”，寿山出版社地址在“台北市仁爱路三段十五号”。看似风马牛不相及，但却很可能是一个盗版集团的两块招牌，因为他们所翻印的古龙小说，在装帧和版式上几乎是一模一样。如果不看版权页信息，很难分辨出某部作品到底是哪个出版社出版的。

据《大人物》封底目录，快泽出版过五十种古龙小说，剔除伪作五种，余四十五种真品：

《大人物》（二册）、《边城浪子》（四册）、《圆月弯刀》（三册）、《九月鹰飞》（三册）、《欢乐英雄》（三册）、《陆小凤传奇》（七册）、《流星·蝴蝶·剑》（三册）、《七星龙王》（二册）、《天涯·明月·刀》（二册）、《萧十一郎》（二册）、《火并萧十一郎》（三册）、《绝代双骄》（五册）、《白玉老虎》（四册）、《楚留香传奇》（四册）、《楚留香传奇之蝙蝠传奇》（三册）、《楚留香传奇之桃花传奇》（一册）、《武林外史》（六册）、《离别钩》（一册）、《血鹦鹉》（三册）、《新月传奇》（一册）、《剑神一笑》（一册）、

《风铃中的刀声》（二册）、《英雄无泪》（二册）、《孔雀翎》（一册）、《飞刀，又见飞刀》（一册）、碧玉刀（一册）、《长生剑》（一册）、《七杀手》（一册）、《霸王枪》（一册）、《剑·花·烟雨江南》（一册）、《碧血洗银枪》（一册）、《彩环曲》（二册）、《大旗英雄传》（四册）、《三少爷的剑》（二册）、《护花铃》（四册）、《多情环》（一册）、《赌局》（一册）、《午夜兰花》（一册）、《名剑风流》（四册）、《猎鹰》（一册）、《多情剑客无情剑》（五册）、《苍穹神剑》（一册）、《失魂引》（一册）、《绝不低头》（一册）、《浣花洗剑录》（四册）。

笔者见过其中的二十余种，皆翻印自台湾二十五开本。虽说没有什么惊喜，但其偏好反映原版面貌，基本不作任何更改的作风，还是颇能给人几分好感。这种翻印过古龙大量作品，但在文本及排式上没有“篡改”劣迹的出版社，在盗版市场里是绝对少有的。

此外还有少量翻印本来自于“万盛”、“汉麟”、“真善美”、时新、文武创作社、澳门武艺等出版社。每个出版社少则一二部，多则十余部，版本来源也较复杂，如《火并萧十一郎》（时新）据南琪旧版，有并页；《火并》和《七大神剑》（武艺）据南琪旧版；《侠名留香》（文武创作社）据春秋旧版；《金刀情侠》（武丛）据武林版；《剑·花·烟雨江南》（武侠书店）据武侠春秋版……

综合来看，已知的翻印本逾三百种（包括同一出版社，不同时期印行的同一部作品，取封面或册数不同者），如果能够收齐，可谓“壮观无比”。至于发行的册数，无据可考，唯有用“海量”二字形容之。似乎没有哪一位武侠小说作家，被翻印的作品种类如此之多，这是市场需求所致，同时也再次证明了古龙小说的超强影响力。

笔者根据近十年的所见所得，遴选出各版书影，辅以文字说明，以期通过直观展示的方式，呈现翻印版的百态千姿。

从这些书影可以看出，在那个版权相对不被重视的年代，盗版商为我们留下了诸多宝贵财富。就因为翻印版所依据的底本纷杂，才为现今的研究者增添了无穷乐趣。这就如同深山挖宝，只要努力，总不至于空手而归。

《苍穹神剑》，武功出版社，六册。第一图书/四维（旧版）。含正阳《十二长虹》。

《剑毒梅香》，武功出版社，二册。南琪（新版）。

《游侠录》，武功出版社，一册。汉麟（新版）。

《剑客行》，武功出版社，三册。南琪（新版）。

《诸神岛》，武功出版社，五册。春秋（旧版）。即《护花铃》。

《诸神岛》，武功出版社，三册。春秋（新版）。即《护花铃》。

《大人物》，武功出版社，三册。春秋（旧版）。

《怒剑狂花》，武功出版社，三册。汉麟（新版）。即《怒剑》。

《大旗英雄传》，武功出版社，三册。真善美（新版）。

《浣花洗剑录》，武功出版社，三册。真善美（新版）。

《绝代双骄》，武功出版社，四册。桂冠（新版）。

《名剑风流》，武功出版社，三册。汉麟（新版）。

《楚留香传奇》（正集），武功出版社，三册。华新（新版）。

《萧十一郎》，武功出版社，三册。春秋（旧版）。

《楚留香传奇》（续集），武功出版社，三册。汉麟（新版）/春秋（旧版）。前两册据汉麟版，第三册据春秋版《侠名留香》。

《陆小凤》，武功出版社，八册。《武侠与历史》（连载版）/武侠春秋（新版）/春秋（新版）/万盛（新版）。

《萧十一郎》，武功出版社，三册。春秋（旧版）。

《欢乐英雄》，武功出版社，三册。武侠春秋（新版）。

《游侠江湖》，武功出版社，三册。武侠春秋（新版）。即《欢乐英雄》，回目有改动。

《流星·蝴蝶·剑》，武功出版社，五册。春秋（旧版）。

《流星·蝴蝶·剑》，武功出版社，二册。华新（新版）。

《大人物》，武功出版社，三册。春秋（旧版）。

《桃花传奇》，武功出版社，二册。春秋（旧版）。插图据《武艺》连载版。

《边城浪子》，武功出版社，三册。武侠春秋（新版）。即《风云第一刀》。

《七种武器》，武功出版社，五册。汉麟（新版）。

《火并十一郎》，武功出版社，四册。南琪（旧版）。即《火并》。

《火并萧十一郎》，武功出版社，三册。南琪（旧版）。即《火并》。

《九月鹰飞》，武功出版社，二册。汉麟（新版）。

《血鹦鹉》，武功出版社，二册。汉麟（新版）。

《愤怒的小马》，武功出版社，一册。南琪（新版）。

《三少爷的剑》，武功出版社，二册。桂冠（新版）。

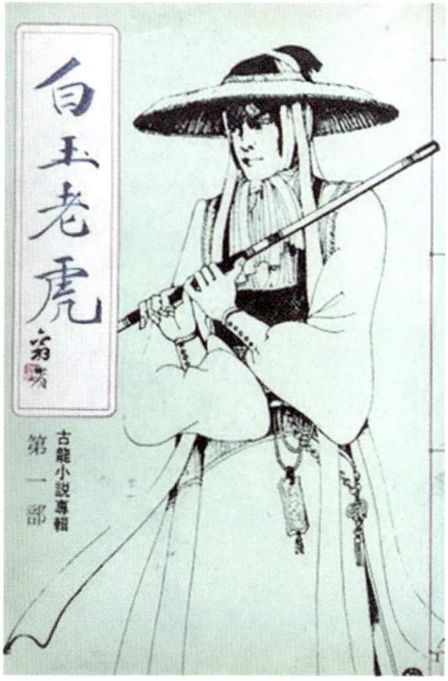

《白玉老虎》，武功出版社，三册。华新（新版）。

《英雄无泪》，武功出版社，一册。武侠春秋（新版）。

《碧血洗银枪》，武功出版社，二册。瑞如（新版）。

《大地飞鹰》，武功出版社，三册。南琪（新版）。

《七星龙王》，武功出版社，二册。春秋（新版）。

《飞刀，又见飞刀》，武功出版社，一册。万盛（新版）。

《风铃中的刀声》，武功出版社，二册。万盛（新版）。

《午夜兰花》，武功出版社，一册。万盛（新版）。

《夺命青蚨镖》，“华新”出版社，五册。明祥（旧版）。即《无情碧剑》。

《剑毒梅香》，“华新”出版社，五册。国华/清华（旧版）。

《残金缺玉》，“华新”出版社，一册。汉麟（新版）。

《湘妃剑》，“华新”出版社，二册。真善美（新版）。

《杀手神剑》，“华新”出版社，二册。武林（新版）。即《金剑残骨令》。

《孤星传》，“华新”出版社，三册。真善美（旧版）。

《游侠录》，“华新”出版社，二册。海光（旧版）。

《飘香剑雨》，“华新”出版社，六册。华源（旧版）。含《飘香剑雨》续集。

《月异星邪》，“华新”出版社，一册。汉麟（新版）。

《失魂引》，“华新”出版社，一册。汉麟（新版）。

《彩环曲》，“华新”出版社，一册。春秋（新版）。

《护花铃》，“华新”出版社，二册。春秋（新版）。

《护花铃》，“华新”出版社，二册。春秋（新版）。

《铁血大旗》，“华新”出版社，三册。汉麟（新版）。

《浣花洗剑录》，“华新”出版社，六册。真善美（旧版）。有并页。

《武林外史》，“华新”出版社，四册。汉麟（新版）。

《名剑风流》，“华新”出版社，三册。汉麟（新版）。

《铁血传奇》，“华新”出版社，三册。华新（新版）。即《楚留香传奇》正集。

《楚留香传奇》，“华新”出版社，三册。华新（新版）。

《萧十一郎》，“华新”出版社，一册。汉麟（新版）。

《多情剑客无情剑》，“华新”出版社，三册。桂冠（新版）。

《铁胆大侠魂》，“华新”出版社，二册。桂冠（新版）。据《多情剑客无情剑》后半部。

《蝙蝠传奇》，“华新”出版社，三册。武林/武侠春秋（新版）。《鬼恋侠情》据武林，《蝙蝠传奇》据武侠春秋。

《蝙蝠传奇》，“华新”出版社，三册。武林/武侠春秋（新版）。《鬼恋侠情》据武林，《蝙蝠传奇》据武侠春秋。

《欢乐英雄》，“华新”出版社，二册。汉麟（新版）。

《流星·蝴蝶·剑》，“华新”出版社，二册。华新（新版）。

《七种武器》，“华新”出版社，五册。武侠春秋/春秋（新版）。《离别钩》据春秋，其余多据武侠春秋，有改动。

《七种武器》，“华新”出版社，五册。武侠春秋/春秋（新版）。《离别钩》据春秋，其余多据武侠春秋，有改动。

《陆小凤》，“华新”出版社，七册。武侠春秋/春秋（新版）。《凤舞九天》据春秋，其余多据武侠春秋，有改动。

《陆小凤》，“华新”出版社，六册。武侠春秋（新版）。多据武侠春秋，有改动。存部分《女王蜂》佚文。

《绝不低头》，“华新”出版社，一册。汉麟（新版）。

《火并萧十一郎》，“华新”出版社，二册。汉麟（新版）。

《边城浪子》，“华新”出版社，二册。汉麟（新版）。

《风云第一刀》，“华新”出版社，二册。汉麟（新版）。即《边城浪子》。

《大人物》，“华新”出版社，一册。武侠春秋（新版）。

《大人物》，“华新”出版社，一册。武侠春秋（新版）。

《桃花传奇》，“华新”出版社，一册。春秋（旧版）。即《侠名留香》第三部。

《剑·花·烟雨江南》，“华新”出版社，一册。武侠春秋（新版）。后附《七杀手》。

《天涯·明月·刀》，“华新”出版社，一册。汉麟（新版）。

《天涯·明月·刀》，“华新”出版社，二册。武侠春秋（新版）。

《血鹦鹉》，“华新”出版社，二册。汉麟（新版）。

《神剑山庄》，“华新”出版社，二册。桂冠（新版）。即《三少爷的剑》。

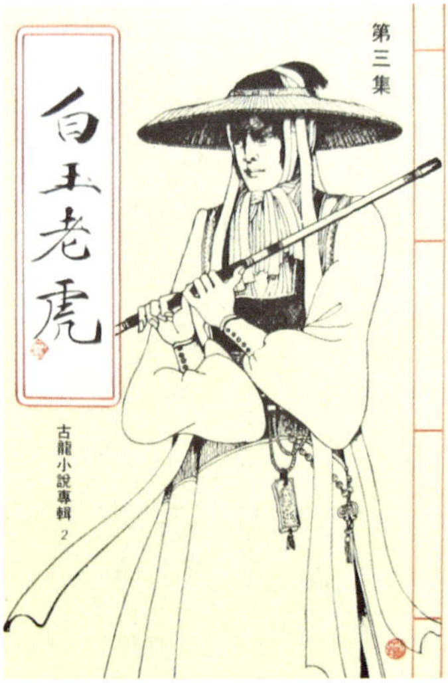

《白玉老虎》，“华新”出版社，三册。华新（新版）。

《圆月弯刀》，“华新”出版社，二册。汉麟（新版）。

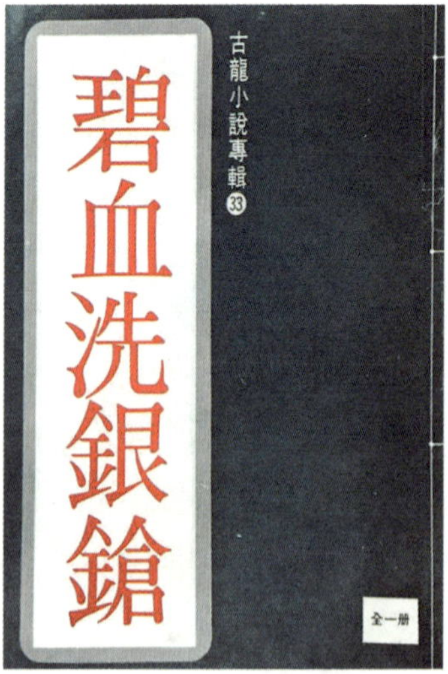

《碧血洗银枪》，“华新”出版社，一册。桂冠（新版）。

《新月传奇》，“华新”出版社，一册。汉麟（新版）。

《英雄无泪》，“华新”出版社，一册。汉麟（新版）。

《风铃中的刀声》，“华新”出版社，二册。万盛（新版）。

《风铃中的刀声》，“华新”出版社，二册。万盛（新版）。

《天武风云》，“桂冠”出版社，一册。春秋（新版）。即《彩环曲》。

《大旗英烈传》，“桂冠”出版社，四册。武林（旧版）。

《铁血大旗门》，“桂冠”出版社，四册。武林（旧版）。即《大旗英烈传》。

《情人箭》，“桂冠”出版社，四册。武林（旧版）。即《怒剑狂花》。

《浣花洗剑录》，“桂冠”出版社，四册。武林（旧版）。即《红尘白刃》。

《江湖的故事》，“桂冠”出版社，四册。汉麟（新版）。即《武林外史》。

《绝代双骄》，“桂冠”出版社，四册。桂冠（新版）。

《边城浪子》，“桂冠”出版社，三册。汉麟（新版）。

《金刀情侠》，“桂冠”出版社，三册。武林（新版）。即《九月鹰飞》。

《神拳小马》，“桂冠”出版社，一册。南琪（新版）。即《愤怒的小马》。

《刀神》，“桂冠”出版社，二册。汉麟（新版）。即《圆月弯刀》。

《神剑魔刀》，“桂冠”出版社，二册。汉麟（新版）。即《圆月弯刀》。

《离别钩》，“桂冠”出版社，一册。春秋（新版）。

《墨玉夫人》，“桂冠”出版社，三册。汉麟（新版）。即《名剑风流》。

《风流楚香帅》，“桂冠”出版社，六册。华新/汉麟（新版）。即《楚留香传奇》正、续集。

《楚留香传奇》（续集），“桂冠”出版社，三册。汉麟（新版）/春秋（旧版）。前两册据汉麟版，第三册据春秋版《侠名留香》。

《萧十一郎》——“桂冠”出版社，一册。汉麟（新版）。

《英雄不寂寞》，“桂冠”出版社，二册。汉麟（新版）。即《欢乐英雄》。

《大人物》，“桂冠”出版社，一册。汉麟（新版）。

《铁胆柔情》，“桂冠”出版社，二册。汉麟（新版）。

《剑客》，毅力出版社，五册。南琪（旧版）。即《三少爷的剑》。

《湘妃剑》，毅力出版社，三册。真善美（旧版）。

《飘香剑雨》，毅力出版社，三册。华源（旧版）。

《夺命青蚨镖》，毅力出版社，五册。明祥（旧版）。即《无情碧剑》。

《浣花洗剑录》，毅力出版社，六册。真善美（旧版），有并页。

《绝代双骄》，毅力出版社，七册。春秋（旧版），有并页。

《魔剑侠情》，毅力出版社，四册。武林/武侠春秋（新版），上半部据武林两册版，下半部据武侠春秋版，有更改。

《大力神鹰》，中原出版社，一册。武侠春秋（新版）。即《女王蜂》。

《擎天一剑》，中原出版社，三册。存疑。即《苍穹神剑》。内容与旧版相近，有插图。

《红尘白刃》，中原出版社，四册。武林（旧版）。

《风云第一刀》，中原出版社，三册。武侠春秋（新版）。

《孔雀翎》，中原出版社，一册。武侠春秋（新版）。

《绝不低头》，中原出版社，一册。武侠春秋（新版）。

《碧玉刀》，中原出版社，一册。武侠春秋（新版）。

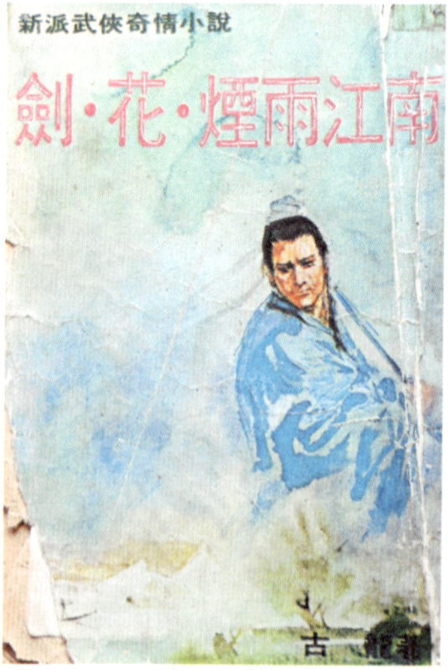

《剑·花·烟雨江南》，中原出版社，一册。武侠春秋（新版）。

《江湖浪子》，中原出版社，一册。武侠春秋（新版）。即《银钩赌坊》。

《冰国神童》，中原出版社，一册。武侠春秋（新版）。即《冰国奇谭》。

《双环门》，中原出版社，一册。武侠春秋（新版）。即《多情环》。

《七杀手》，中原出版社，一册。武侠春秋（新版）。

《中原四镖局》，中原出版社，一册。武侠春秋（新版）。即《拳头》。

《欢乐英雄》，“春秋”出版社，三册。武侠春秋（新版）。

《长生剑》，“春秋”出版社，一册。武侠春秋（新版）。

《镇远镖局》，“春秋”出版社，一册。武侠春秋（新版）。即《凤凰东南飞》。

《七剑三鞭》，精武出版社，二册。武林（新版）。即《金剑残骨令》。

《楚留香》，精武出版社，一册。武侠春秋（新版）。

《萧十一郎》，精武出版社，二册。武侠春秋（新版）。有改动。

《狼山风云》，精武出版社，一册。武侠春秋（新版）。即《拳头》。

《红巾侠侣》，精武出版社，二册。武侠春秋（新版）。即《大人物》。

《陆小凤》，精武出版社，一册。武侠春秋（新版）。

《凤凰东南飞》，精武出版社，一册。武侠春秋（新版）。

《血染武当山》，精武出版社，一册。武侠春秋（新版）。即《武当之战》。

《铁胆剑客》，精武出版社，二册。武林（新版）。即《血鹦鹉》。

《傲剑狂龙》，武侠出版社，二册。武林（新版）。

《碧血洗银枪》，“汉麟”出版社，一册。桂冠（新版）。

《剑气书香》，春秋书店，三册。真善美（旧版）。

《买卖人头》，大南出版社，二册。武侠春秋（新版）。即《蝙蝠传奇》。

《英雄本色》，大南出版社，二册。武侠春秋（新版）。即《大人物》。

《怒剑狂花》，“大美”出版社，三册。存疑。即《苍穹神剑》，署名“秦红”。内容与旧版相近，有插图。

《风云浪子第一刀》，国际文化事业公司，四册。武侠春秋（新版）。无后记。

《圆月弯刀》，“汉麟”出版社，二册。汉麟（新版）。

《蝙蝠传奇》，“南琪”出版社，二册。武侠春秋（新版）。

《火并萧十一郎》，时新出版社，二册。南琪（旧版）。即《火并》，有并页。

《刀神》，时新出版社，二册。武侠春秋（新版）。即《圆月弯刀》。

《陆小凤传奇》，“四维”出版社，七册。春秋（新版）。

《七星龙王》，“四维”出版社，二册。春秋（新版）。

《萧郎剑侠》，武艺出版社，三册。春秋（旧版）。即《萧十一郎》。

《七大神剑》，武艺出版社，四册。南琪（旧版）。即《武林七灵》。

《火并》，武艺出版社，四册。南琪（旧版）。

《金刀情侠》，武丛出版社，三册。武林（新版）。即《九月鹰飞》。

《剑·花·烟雨江南》，武侠书店，一册。武侠春秋（新版）。

《武林霸主》，文武创作社，四册。南琪（旧版），即《风云男儿》。

《楚留香》，文武创作社，六册。春秋（旧版），即《侠名留香》。

《剑气书香》，行宇出版社，二册。真善美（旧版）。

《欢乐群英》，学文书店，二册。汉麟（新版）。即《欢乐英雄》。

《狼山》，新新出版社/新生出版社，二册。武侠春秋（新版）。即《拳头》，有改动。

《多情剑客无情剑》，一鸣出版社，二册。武林（新版）。今传本上半部。

《孤星传》，“真善美”出版社，三册。真善美（旧版）。

《情人箭》，“真善美”出版社，六册。真善美（旧版）。无后记。

《大旗英雄传》，“真善美”出版社，五册。武林（旧版）。即《大旗英烈传》。

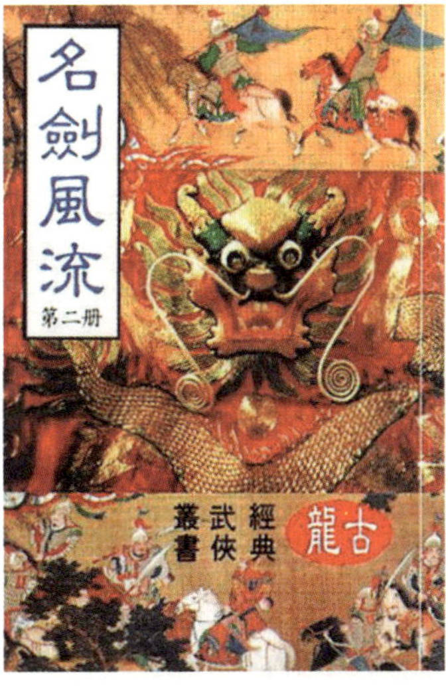

《名剑风流》，快泽有限公司，四册。汉麟（新版）。

《浣花洗剑录》，快泽有限公司，四册。汉麟（新版）。即《浣花洗剑》。

《武林外史》，快泽有限公司，六册。汉麟（新版）。

《绝代双骄》，快泽有限公司，五册。桂冠（新版）。

《边城浪子》，快泽有限公司，四册。汉麟（新版）。

《陆小凤传奇》，快泽有限公司，七册。春秋（新版）。

《天涯·明月·刀》，快泽有限公司，二册。汉麟（新版）。

《三少爷的剑》，快泽有限公司，二册。桂冠（新版）。

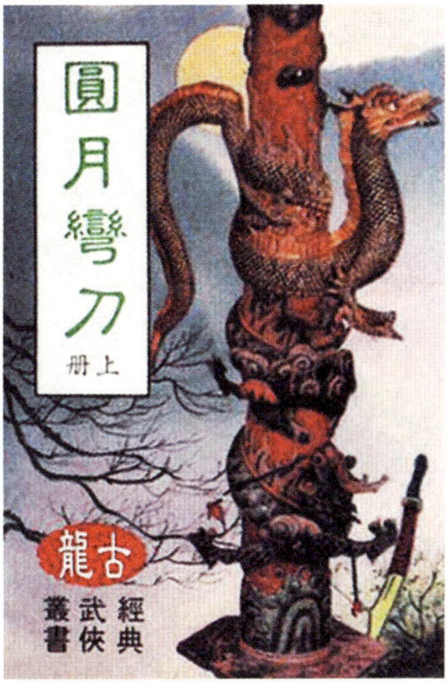

《圆月弯刀》，快泽有限公司，三册。汉麟（新版）。

《碧血洗银枪》，快泽有限公司，一册。桂冠（新版）。

《七星龙王》，快泽有限公司，二册。春秋（新版）。

《剑神一笑》，快泽有限公司，一册。万盛（新版）。

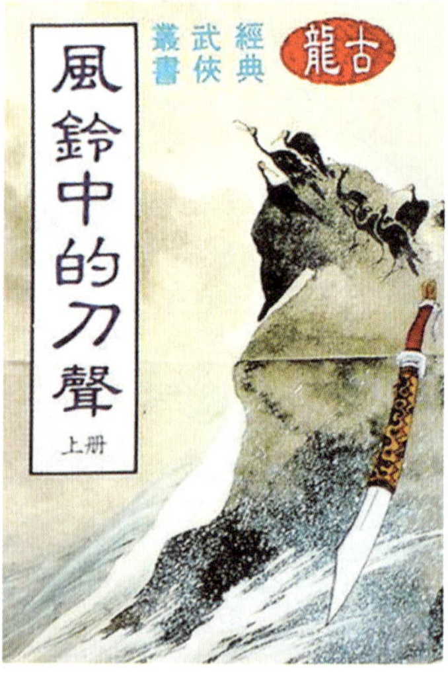

《风铃中的刀声》，快泽有限公司，二册。万盛（新版）。

《英雄无泪》，快泽有限公司，二册。汉麟（新版）。

《新月传奇》，快泽有限公司，一册。汉麟（新版）。

附一：古龙武侠小说的内地之旅

小引

笔者之所以要对内地出版的古龙小说作简要回顾，既出于对武侠的热爱，又出于撰写本书的需要，因为内地版是研究古龙小说版本必不可缺的一环，在这个拥有十数亿人口的市场，武侠小说的发行量之多，流传范围之广，阅读人数之众，几乎没有哪种文学类型可以媲美。古龙是其中的重中之重，完全可以通过对他小说版本的研究，领略数十年来武侠小说在内地的兴盛与衰落。从这方面来看，本篇又不单是研究古龙小说版本的，同时还在向当年的武侠盛世致敬。

二十年后始知觉

抛开民国的那一波浪潮不谈，最近一次的“武侠热”是在二十世纪五六十年代，兴起于中国港台地区，作品真正被批量引渡到内地却是八十年代的事情。之所以相隔二十余年，有着较深层次的历史原因，当梁羽生、金庸先后崛起于香江，双剑纵横，拉开新派武侠大幕时，内地的人民还在为如何解决自己的温饱发愁。之后古龙步入江湖，从籍籍无名到光芒万丈，只用了不到十年时间。在这个时间段，内地先是“大跃进”，后是“文化大革命”，耗费了无数人的热血、青春和生命。伴随着改革开放，古龙的创作已经进入衰困期，他的作品最初是以盗版的形式进入内地，真正形成规模，并被万千读者认可时，这一代“武林霸主”已经驾鹤西去。

当年的古龙小说到底有多热，只有亲身经历过那个时期的人才会知道。和港台地区一样，内地广大城乡地区也有租书店，多到难以统计的地步（在二十世纪九十年代初期达到顶峰），从最繁华的都市，到最偏远的乡镇，都能看到它的身影。可以说有人群的地方，就可能有租书店；有租书店的地方，就一定有古龙小说，有古龙小说的地方，就会有他的忠实读者，前人说“有井水处皆能歌柳词”，古龙的小说也大抵如此。

据笔者不完全统计，单是二十世纪八十年代后期和九十年代前期，印行过武侠小说的出版社，就达两百家以上。出版社看重的是读者需求，读者喜欢看武侠，他们就一波一波引进，先是金庸、梁羽生等港派先驱，后是古龙、卧龙生、陈青云等台湾名家，再到超新派的温瑞安。这其中最引人关注的，无疑就是金庸和古龙两个人。

一九八八年初，华文出版社推出港澳台小说名家系列，在总序中对金庸和古龙如此评价：

在台港澳地区，最有影响的新武侠小说作家是金庸和古龙。金庸的小说集三十年代以来各派武侠小说之长，并吸收了现代西洋文学的写作技巧，惊人的想象，丰富的传统文化素养使他的小说魅力无穷。古龙起步于金庸之后，却比金庸影响更大，至今已经出版了《孤星传》《圆月弯刀》《流星、蝴蝶》（即《流星·蝴蝶·剑》——笔者注）《多情剑客无情剑》等八十多部，其中不少已被搬上银幕，或拍成系列电视剧，他的小说开创了台港武侠小说的新局。

这基本上算是持平之论，也代表了当时内地出版社对于金庸和古龙的大体看法。随着古龙的影响日益加大，有关两者写作水平孰高孰低的争论此起彼伏，哪怕到了数十年后的今天，还是没能得出一个让辩论双方都能信服的结论。或许，没有答案才是最好的答案，金庸和古龙，正如泰山和北斗，既相互守望，又各擅胜场，不应有强弱之分，高下之别。

笔者翻阅资料，未见古龙与内地的出版社有过任何往来，这与他英年早逝有着莫大关系。在他生前，内地的《著作权法》还没有推出，极少有出版社愿意向港台武侠小说作者支付稿酬，大热如金庸，在一九九四年之前，也只卖出一部作品的版权。这也就是许多出版社在印行古龙作品时，喜欢含糊其词的原因。

海南人民出版社印行的《河洛一剑》（即《剑毒梅香》，一九八八年五月），曾有这样的声明：

我们所采用的版本是桂冠图书有限公司出版的海外版，在此谨向原出版单位致谢。作者的稿酬，一俟与作者的亲属取得联系，即行支付。

等待作者的亲属来领稿酬，显然是出版社的权宜之举。他们不会不知道，当时的两岸关系极为复杂，古龙亲属能够看到这部书的机会亦是十分渺茫。就算看到，有无精力和途径索要稿酬也很难说。换言之，这段声明虽然动听，但实质上也就等于一纸空文。

笔者又注意到，在声明的最前面有一个极为重要的信息，就是《河洛一剑》所依据的底本，源自"香港桂冠图书有限公司出版的海外版"，这为我们了解内地版古龙小说的文本来源，提供了一定助力，不管是盗版还是正版，在印行作品时总要依据一个版本（原刊多会依照作者的手稿排印），找到这个源头，对古龙小说的源流发展至关重要。

但海南人民出版社还是弄错了两个问题，第一个是桂冠的社址在台湾，而非香港，也就是说它是台湾的公司，市面上出现的多种所谓的桂冠海外版，全为盗版翻印（详见本书第四章）。第二个是台湾桂冠从未出版过《剑毒梅香》，故此出版社实是谢错了对象，应该找到此书的真正出版者——台湾南琪出版社表白才对。

笔者随后又对比了大量港台版，发现内地版所依据的文本，多为汉麟、万盛、华新、桂冠、春秋等台湾新版。但有些时候由于获取途径存在问题，会以香港的翻印本（如伪桂冠、伪华新、伪汉麟、伪武功等）为参照，这实为无可奈何的变通之举。幸好翻印本在很大程度上保留了台版原貌，故此与直接取自汉麟、万盛等版区别不大。其中也偶有依据旧版的，如农村读物出版社印行的《一剑镇神州》（一九八八年七月），文本就来源于香港武林版，但这种情况并不多见，记录于此，聊备一格。由于内地在翻印时要将繁体字改成简体字，竖排改为横排，其间校对及排版多有疏漏，加之印刷质量平平，因此被一些研究者和收藏者所忽视。它最大的作用，主要在于传播和阅读，数以亿计的人，就是通过它们了解并喜欢上古龙小说，从这点来说，又是功不可没的。

盗版迷局：伪作与真品

在改革开放的前些年，放眼所及，多是一些没有经过作者和相关著作权人授权的盗版。其中固然有真品，同时还掺杂许多伪作，据温瑞安回忆：

> 中国大陆翻版、偷印、伪作问题，架床叠瓦（叠床架屋——笔者注），一时三刻，别说个人力量解决不了，就算文化界、出版社连手，也杜绝不了，就是政府有计划严打法办，只怕也只能收一时之效，非要有长时间久远性政策和法例，并与民间配合不可。（《〈少年四大名捕〉十六年风雨沉浮录》）

从这段话中我们既可以知道当年武侠小说盗版有多猖獗，

又能想象要缓解和制止这种现象有多困难。对于古龙小说而言，这种状况尤其突出，甚至完全可称之为“重灾区”。

在诸多伪作中，还不乏其他名家作品，单是龙乘风和黄鹰的作品就有数十种，还有如王度庐、郑证因、卧龙生、陈青云、司马紫烟、武陵樵子、慕容美、温瑞安等人的作品，再加上许多来源待考的版本，总的数量肯定可以称为洋洋大观了。

有的出版社在行张冠李戴之余，还会写些文字，进一步误导读者。比如黄河出版社印行的《怪侠神刀》（即《边城刀声》，实为丁情所写），居然还附有一则启事，称此书为“古龙先生遗作”。或许还有一种可能，出版社并不知道它是伪作，而是翻印自署名古龙的台湾万盛版。若真如此，虽可减去少许“罪责”，但一样摆脱不掉误导读者的事实，一样不能成为其一边发声明一边出盗版书的借口。

如果说黄河出版社以“假”作“真”，是人云亦云的结果，那么太白文艺出版社在推出“沈胜衣传奇”系列时，居然“代”古龙拟了篇序言，文末甚至还有古龙的书法落款，就甚为“令人发指”了。现在大家都知道此系列为黄鹰所写，但在当年，许多内地读者并不知道有黄鹰这样的一位作家，更不知道“沈胜衣”还曾拍过数部影视剧。加之“代”序里还糅杂了若干古龙在别处发表的文字，故此欺骗性非常大，在导致无数读者上当受骗的同时，书的销路得以大幅提升。

回看诸多伪作，完全可以说忧多于喜。虽然由于这些伪作的存在，让更多人知道了古龙的名字，但对古龙造成的负面影响，也是巨大的。同时还给内地的武侠研究，造成了很大困扰，在花山文艺出版社印行的《中国武侠小说辞典》中，置于古龙名下的伪作达十余种。漓江出版社印行的《武侠小说鉴赏大典》中，亦将《百灵城奇侠》《长干行》《白玉雕龙》《快刀浪子》《剑气满天花满楼》等书放到古龙条目下，在介绍《长干行》时，评论者称："此书只能代表古龙先生武侠小说创作的一般水平，结构松散、枝蔓过多，显得有些杂乱无章。主人公高战属于那种形象高、言行正统、没有弱点的武侠小说卡通模式。"这是何其冤哉，所谓树欲静而风不止，不外如是吧。

与伪作混杂上市的，当然还有古龙真品。数十年来，"翻版、偷印"的真品有多少种版本，很难做出确切的统计，但以笔者闻见，多达三百余种。每种少则几千，多则几万的印刷数量，对推广古龙小说起到了非常重要的作用。其中"楚留香"系列堪称热门，先后由十余家出版社出版，这既是因为小说本身散发的无穷魅力，也要归功于影视剧的推波助澜。

较早出现的古龙小说，有开明文艺出版社《同命鸳鸯》（署名金庸，实为《蝙蝠传奇》和《桃花传奇》，一九八四年四月）、北方文艺出版社《萧十一郎》（一九八六年七月）、民族文艺出版社《边城浪子》（署名金庸，一九八七年三月）、江苏人民出版社《绝代双骄》（一九八七年六月）、河北人民出版社《失魂引》（一九八七年十二月）。总的来看，截止到一九八七年，市面上能看到的古龙小说并不多，个别还以金庸之名招摇过市。

笔者在查阅资料的过程中，居然发现同在一九八七年，西藏人民出版社还印行过一套《古龙作品集》，总计十大册，内含五十七部作品，以笔者对古龙小说版本的了解，这时的内地不大可能出版如此齐备的古龙作品集，它极似从一九九五年印行的珠海出版社《古龙作品集》脱胎而来。无论是所收的作品，还是分类的方式，两者相似点非常之多。故此笔者推测此作品集应在二十世纪九十年代后期印行，只是出于某些利益考虑，出版社刻意将版权信息中的出版时间提前了。

从一九八八年开始，进入古龙小说出版的大热期，北京是首都，占尽天时、地利、人和，出版社的数量为全国之最，其中以作家出版社、宝文堂、人民文学出版社较为知名。其余的出版社散布在各省市，东至上海（学林出版社），西至新疆（新疆人民出版社、新疆大学出版社），南至海南（海南人民出版社），北至黑龙江（北方文艺出版社、黑龙江人民出版社），截止到九十年代中期，总计达八十余家，可谓风起云涌，盛极一时。其间或许也存在一些子虚乌有的“出版社”，比如印行《情声动武林》的“武功出版社”，其社名明显是源自香港武功出版社，小说的文本，也是按照香港武功版《陆小凤》排印的。类似的“李鬼”，还有所谓的华新出版有限公司、桂冠图书有限公司，限于篇幅，就不赘言了。

正版：是耶非耶谁能知

一九九一年六月，内地的《著作权法》正式实施，共七章五十六条，里面详尽阐述了著作权的定义及对侵权者的罚则。它似一把尚方宝剑悬于出版社的头上，对规范武侠出版市场，保护知识产权，起到了积极的作用。

但对于古龙小说而言，如何辨析正版，却又是个颇为棘手的问题。因为有些出版社虽然打着“版权所有，翻印必究”的招牌，实则行的是瞒天过海之举。

在九十年代前期，宁夏人民出版社推出的数种“校订本”，在醒目的位置标明“受台湾版权权利人委托首次在大陆隆重推出”，其中《白玉老虎》《大地飞鹰》声称已经过桂冠图书股份有限公司正式授权，看似言之凿凿，煞有其事，可据桂冠负责人赖阿胜证实，该社并未授权给宁夏人民出版社出版任何一部古龙小说。

再如花城出版社推出的《七星龙王》《欢乐英雄》《楚留香传奇》等书，也都印有“古龙著作版权代理人授权”字样，但从另一部挂名古龙的《情人看刀》来看，这些书真正经过授权的可能性极低，因为《情人看刀》本身就是伪作，又何来出版社所说的“（代理人）授权花城出版社独家出版”一说？

尽管如此，我们却不能因噎废食，还是要肯定正版的存在，肯定那些力图通过合法途径印行古龙小说的出版社。没有这些出版社的努力，古龙小说在内地的正版化至少还需要一段时间，其版权拥有者的合法权益就可能被无休止地损害下去。

以下罗列的出版社，都以正版的名义推出过古龙小说，授权方为古龙亲友及合法出版过古龙小说的台湾出版社，具有一定的说服力，但是否完全符合《著作权法》，就要酌情而定。比如珠海出版社和太白文艺出版社出版的古龙作品集，其中有数部小说的版权归属难以厘清，授受的情况也引起过相关人士的质疑，由此还派生出几场著名的官司。

笔者并非法律界人士，亦无意剖析是非对错，只能凭借个人的微薄之力，用尊重事实的态度来记录当年古龙小说在内地的出版情况，如有不周之处，还请各方担待一二。

《中国故事》杂志社

一九八五年创刊，社址位于湖北省武汉市。在一九九二年第一期和第六期分别刊登了《猎鹰》和《赌局》，这是已知最早取得授权的古龙小说版本，插图一部分来自万盛，另一部分由出版社找人绘制。在《猎鹰》正文之后，有“编后主编谈”，道明了授权经过：

> 去年秋天，于先生受古龙夫人的委托，和王总经理来上海，将古龙先生最后的两部遗著《猎鹰》和《赌局》在大陆的出版权交我办理，于先生还嘱咐道：这两本书是大陆尚未出过的古龙小说“真品”，字字珠玉，

可谓绝笔，一定要出好，发好。

长期以来，《中国故事》一直致力于发表一些既具有中国气派，又能广受读者喜爱的厚重之作，希望通过努力种植出梧桐树，不断引得凤凰来，在这两部书正式成套出版前，我们全文发表了《猎鹰》，正是对这种希望的实践和尝试，同时也不负海峡对面朋友的重托。

“于先生”就是原汉麟出版社负责人于志宏，“王总经理”就是万盛出版社的负责人王达明。远在一九八五年，万盛就已经得到授权，在台湾出版过《猎鹰》和《赌局》。于志宏所说的“古龙夫人”应指于秀玲女士，曾伴随古龙多年，直至其病逝。

中国文联出版社

中国文联出版社隶属中国文联，成立于一九八三年。出版过的古龙小说虽然不多，但有两部非常知名。一部是《大地飞鹰》（一九九二年九月），封面显示书名题字人为张大千，为此还引起过一些读者的怀疑，猜测是集字或者借用。实际上此题字来源于台湾南琪版《大地飞鹰》（一九七八年一月），古龙一生写出七十余部作品，先后有数十位名家为其题写书名，张大千只是其中之一，对此不必大惊小怪。

还有一部《猎鹰·赌局》（一九九二年十二月），内附多张插图，并注明“本书插图由台湾万盛出版有限公司提供”，封面上的广告语为“十大武侠小说家之首古龙先生绝笔”，底本显然也来自万盛版，含《猎鹰》《群狐》《赌局》《狼牙》《追杀》《海神》六部，后面附有林清玄的评论，对内地想要进一步了解古龙的读者起到了较大影响，关于古龙的很多段子，也因此流传开来。

学林出版社

学林是推广武侠小说的大家。着力点不单在武侠小说，还有评论专著，如曹正文的《武侠世界的怪才——古龙小说艺术谈》（一九九五年）、罗立群的《开创新派的宗师：梁羽生小说艺术谈》（一九九六年），叶洪生的《论剑》（一九九七年）和《蜀山剑侠传探秘》（二〇〇二年）等书。

一九九四年二月，推出由胡正群主编、周清霖策划的“台湾新派武侠小说精品大展”，共收入《风云第一刀》（实为《多情剑客无情剑》）、《四大名捕会京师》（温瑞安）、《玉钩斜》（司马翎）、《王者之剑》（易容）、《烛影摇红》（慕容美）五部作品。胡正群写的名为《神州剑气升海上——简述港台武侠小说的兴起、沿革与出版》总序，追本溯源，历数台港霸主，可以与叶洪生为“九大门派代表作”所写的总序并称武侠评论史上的双璧，其中“古龙之前无新派”的提法可谓振聋发聩，并为覃贤茂激赏，在其所撰的《古龙传》中加以发挥，将古龙在武侠小说史上的地位推到极致。

江苏文艺出版社

一九九四年四月，江苏文艺和台湾万盛共同推出“台湾武侠小说九大门派代表作”。由叶洪生主编，总序名为《独钓寒江雪》，开列出九大门派，每派选出一名代表和一部作品，加以评论和推荐。

该系列在计划出版时为“十大门派”，后因无法取得授权，只能舍上官鼎《沉沙谷》而成“九大”。此事叶洪生并不知晓，直到数年后，他在《台湾武侠小说发展史》中还引以为恨，惋惜之余，对出版社的校对也颇有微词，称其“严重失职，错漏百出，以致造成了一些负面影响”。

《萧十一郎》作为“新派”掌门古龙的代表作入选，前附叶洪生的压卷之作《当代武侠变奏曲——论古龙“新派”范本〈萧十一郎〉》，许多读者就是因为看到这篇评论，才开始喜欢上这部小说。

一九九六年，胡正群又为江苏文艺主编“台港武侠名家精品集成”，可以看作是学林版“台湾新派武侠小说精品大展”的延续，除收入“精品大展”原有的五部作品（含前述的《风云第一刀》）外，又增加了《女帝奇英传》（梁羽生）、《新仙鹤神针》（卧龙生）、《纸刀》（高庸）、《枭中雄》（柳残阳）、《快刀浪子》（龙乘风）、《碧血黄金》（于东楼），总计十一部。

据武侠研究者诸葛慕云说，《新民晚报》对此曾予以关注，报道称计划出版百部左右，可惜的是没能坚持，中途夭折。

珠海出版社

珠海出版社成立于一九九三年，位于广东省珠海经济特区。以出版《古龙作品集》而被大众所知，后又推出系列国外推理小说，也获得了一定的成功。二〇一一年，因为出版违禁书籍被新闻出版总署查处，并吊销出版社牌照。

据该社原总编罗立群回忆，他一九九二年就想“编辑出版一套完整的、兼具阅读和收藏价值的《古龙作品集》”，后来在于志宏帮助下，“总算取得了古龙武侠作品的大部分（出版）权利”。

一九九五年三月，由罗立群策划主编，珠海出版社印行的《古龙作品集》正式推向市场，从日后的影响及销售情况看，可以说出版社是在正确的时间，选择了正确的人，做了正确的事情。许多七八十年代生人都是看着这套书成长起来，影响既深且远。书后所附的古龙年表，现在看来确有颇多问题，但在当时却如一盏明灯，让绝大多数读者知道了古龙有哪些真品，这些真品大致的创作时间，其积极意义，是非常值得肯定的。

在罗立群所写的序中，称此作品集共分十卷，但实际出版的时候，划分并不明显。读者只知道“小李飞刀”系列是从第三十四册开始，之前的三十三册该如何分卷，根本没有明示。再有就是里面居然还有“七杀手”系列，内含《七杀手》《七星龙王》《英雄无泪》《碧血洗银枪》《剑花·烟雨·江南》《猎鹰·赌局》《大人物》和《绝不低头》，笔者实在想不出这么归纳有什么意义，而且还很容易形成误导，让人错以为《七星龙王》《英雄无泪》等作品和《七杀手》还有关联。再有将《风铃中的刀声》划入“小李飞刀”系列，也是非常不合理的，“拉郎配”的结果，只能是徒增困扰。

一九九八年，《古龙作品集》再版，在之前的基础上另加《续补古龙作品集》，共计八种，分别是《剑毒梅香》、《边城刀声》、《白玉雕龙》、《怒剑狂花》、《那一剑的风情》、《剑气严霜》、《菊花的刺》和《铁剑红颜》。之所以称为“续补”，罗立群在序中作了如下解释：

> 古龙成名以后……大量的伪作充斥市场，严重地损害了古龙的声誉和读者的利益。这次编辑出版的《续补古龙作品集》，绝不是上面所说的伪作，它们与古龙本人有着十分密切的关系。其中有的作品是古龙创作了绝大部分，而由别人完成一小部分的；有的作品是古龙完成了前半部分，后半部分是别人代写的；也有的作品是古龙只写了其中一小部分，而大部分是别人创作的；还有的作品是古龙拟好了故事梗概和书名，或只写了一个开头章节，后面的内容全由别人代笔完成的。总之，续补作品既与古龙有密切关系，又不是古龙独立完成之作，而是由别人代笔续补的作品。

罗立群解释的可谓明白，但个中语句却经不起推敲。《那一剑的风情》和《怒剑狂花》与古龙是有关系不假，但实际的写作人却是丁情。古龙在其中所起的作用，类似于“导师”，哪有导师指导弟子完成作业后，将研究成果据为己有的道理。虽然罗立群在序中也提到是由丁情所写，可为何珠海出版社在印行的时候标的作者却是古龙？如此行径，太过乌龙。再如《剑气严霜》《铁剑红颜》这些与古龙原本风马牛不相及的著作，一旦都挂了古龙的招牌，由此引起的种种非议，会让这位已经故去的大师情何以堪。出版社或许因此增加一些收入，但对古龙对原作者对读者而言，难免会造成多重伤害。

到了二〇〇五年八月，又推出“绘图珍藏版”。此次是按古龙写作时间排序，第一部为《苍穹神剑》，最后一部为《风铃中的刀声》（《猎鹰·赌局》附于第四十九册《剑花·烟雨·江南》之后），并将原来收入“补遗”的《剑毒梅香》正式放入作品集中。共计六十六册，里面配有多幅插图，以作映衬正文之用。虽然在推广的时候是打着“纪念古龙逝世二十周年”旗号，但由于此时“武侠热”已经消退，加之太白文艺出版社在数年前就已通过《新版古龙全集》瓜分市场，因此反响平平，难为读者所重。

太白文艺出版社

成立于一九九三年，位于陕西省西安市。从二十世纪九十年代中期到二十一世纪初期，先后出版过《柳残阳作品集》（一九九五年）、《卧龙生真品全集》（一九九七年）、《萧逸作品集》（一九九八年）、《云中岳作品集》（二〇〇四年），虽然不能说每套都有大的影响，但总体而言，为推动武侠出版市场的繁荣，还是功不可没的。

二〇〇一年十月，太白文艺出版社推出《新版古龙全集》。其时网络玄幻盛行，“大陆新武侠”开始崛起，很多“新生代”读者被吸引过去。还有一部分人经过当年的“古龙热”，经过珠海出版社《古龙作品集》的洗礼，已经丧失再去购买其他版本的动力。出版社可能也明白其中的道理，故此只印行了五千套，相较珠海初版的两万套，实不可同日而语。但两者所取底本大致相同，多是以中国台湾二十世纪七八十年代流行的二十五开新版为参照。

二〇〇九年，推出精装版《新版古龙全集》。同老版相比，在设计装帧上有所进步，或许就因为这个原因，它在同珠海版的市场份额竞争中，才会略微胜出，因为当时市面上只有太白文艺出版社和珠海出版社两种古龙作品集，非彼即此，由不得读者再“挑三拣四”。

当代世界出版社

成立于一九九三年，以出版社会科学类图书为主。二〇〇九年推出《古龙真品集》，内含《孤星传》《湘妃剑》《情人箭》《大旗英雄传》《浣花洗剑录》《楚留香传奇》等六部作品，为“真善美授权典藏本”，封面人物由李志清绘制，底色为出版社所加。后有宋德令撰写的《真善美重出江湖》一文，并附《〈古龙真品集〉六部作品首次出版年表》。

读客图书有限公司

成立于二〇〇六年，位于上海市普陀区光复西路，以出版畅销类书籍著称。曾有媒体报道："为了签下古龙作品，读客董事长华楠专程飞到台湾，与古龙长子郑小龙为代表的古龙著作管理发展委员会洽谈，商讨古龙作品再出版事宜。读客的诚意以及独特的产品营销理念，打动了郑小龙。"

二〇一三年四月至九月，读客图书推出"古龙文集"，共七十二册，由河南文艺出版社出版。分为"小李飞刀系列""楚留香系列""陆小凤系列""七种武器系列""经典代表作""江湖名篇"六辑，其中前四辑又合称"四大巅峰系列"。因为授权方是古龙著作管理发展委员会，故此整套文集不含真善美持有版权的七部小说。

朗声图书有限公司

成立于二〇〇三年，位于广州市江南西路，是目前较成功的武侠文学版权运营商。先后出版过《金庸作品集》和《梁羽生作品集》，在读者中有着良好的认知度和美誉度。二〇一三年五月至七月，推出"古龙精品集"，由真善美出版社授权，中山大学出版社出版。含《楚留香传奇》《大旗英雄传》《情人箭》《孤星传》《浣花洗剑录》《剑气书香》等七部，其中《剑气书香》为大陆首次出现的单行本，文本来自真善美旧版，尤其珍贵。

朗声图书和读客图书的出现，标志着大陆的武侠出版市场，已经由原本的以出版社为核心，转变为版权运营商和出版社并行主导。通常是由版权运营商与著作版权管理方签订合约，然后由知名度较高的出版社出版。版权运营商在推广作品的同时，还会加大自身品牌宣传，故此“古龙精品集”和“古龙文集”虽然是由中山大学出版社和河南文艺出版社出版，但有些读者还是习惯性地称为“朗声版”和“读客版”。

综上所述，内地的“古龙热”是依靠盗版衍生开来，其间又有大量冒名、挂名伪作出现，就是这些真真假假的作品引发了一波又一波的阅读高潮。随着《著作权法》的实施，一些得到授权的版本开始零零散散地出现，及至珠海出版社出版了多达五十九册的《古龙作品集》，在大力推行的过程中，导致曾经印行过古龙小说的数十家出版社纷纷离场。尽管二十世纪之初太白文艺出版社重新崛起，兼有当代世界出版社旁敲侧击，无奈时过境迁，未能再现阅读热潮。但武侠小说不会就此沉沦，近些年读客图书和朗声图书频增亮色，最终效果如何，不妨拭目以待。

古龙小说这一趟内地之旅，可谓一波三折，不仅让笔者发出“滚滚长江东逝水，浪花淘尽英雄”之慨叹。时也，运也，命也，在此过程中的得与失，非三言两语可以道尽。

附二：古龙武侠小说出版年份及部数梳理

1.《苍穹神剑》

一九六〇年由第一图书出版社出版，十四册。第八至十四册由正阳代笔，并另撰续集《十二长虹》。一九七九年三月由汉麟出版社出版，一册。原刊四十一万字，汉麟删减为二十一万字，结尾亦做更改。

2.《剑毒梅香》

一九六〇年六月至七月，由国华出版社出版、清华书社印行第一至四册，十二月改由清华出版社出版第五册，至第十五册署名上官鼎。并由上官鼎另撰续集《长干行》。

3.《残金缺玉》

一九六〇年在香港《南洋日报》连载，未完。同年由第一图书出版社出版第一至四集，之后出版情况不明。一九八一年六月由万盛出版社出版，一册。

4.《剑气书香》

一九六〇年十月至一九六三年四月由真善美出版社出版，八册，从第二册起署名陈非。二〇〇六年在《今古传奇·武侠版》连载，未完。二〇一三年七月，由中山大学出版社出版，一册。

5.《湘妃剑》

一九六〇年九月二十日至一九六一年二月二十四日在《上海日报》连载，未完。一九六〇年十月至一九六三年七月由真善美出版社出版，十五册。一九七四年十月改名《金剑残骨令》，由南琪出版社出版，十六册。

6.《孤星传》

一九六〇年十月至一九六三年一月由真善美出版社出版，十五册。一九七三年十一月改名《历劫江湖》，至一九七四年十月在《武侠春秋》连载（一八九至二二一期）。一九七四年二月至十月改名《风云男儿》，由南琪出版社出版，十五册。

7.《游侠录》

一九六〇年十一月至十二月由海光出版社出版，八册。

8.《飘香剑雨》

一九六一年一月至二月由中庸出版社出版，华源出版社印行第一至六册；三月至四月由华源出版社出版第七至九册，之后出版情况不明。一九六五年七月至八月华源出版社再版，十二册。一九七九年一月由汉麟出版社出版，一册。原刊三十二万字，汉麟删减为二十七万字，结尾亦做更改。

9.《月异星邪》

一九六〇年在《香港新闻》夜报连载。一九六一年七月由四维出版社出版、第一图书出版社印行第七册，十二月第一图书出版社出版第十册。

10.《神君别传》

一九六一年二月至五月由华源出版社出版，三册。二〇〇九年由风云时代出版社出版（附于《剑梅毒香》之后），共三册。

11.《剑客行》

一九六一年七月八日，有报纸刊登《武侠天下》创刊号广告，称“创刊号已于今日出版”，内有《剑客行》连载。一九六三年至一九六四年八月改名《无情碧剑》，由明祥出版社出版，二十一册。

12.《失魂引》

一九六一年十月至十二月由明祥出版社出版，九册。一九七五年夏至秋季在《武侠世界》连载（八一六至八二六期）。

13.《彩环曲》

一九六一年十月十六日至一九六二年九月十八日在《自立晚报》连载。一九六二年由春秋出版社出版，十一册。

14.《护花铃》

一九六二年十月至十二月由春秋出版社出版第一至十三册，之后出版情况不明。一九七四年改名《诸神岛》，由春秋出版社再版，二十一册。一九七二年一月一日至九月二十日在《武艺》连载（二十一至四十五期）。秦红称由高庸续写完成。

15.《情人箭》

一九六三年二月四日至一九六四年十月八日在

泰国《世界日报》连载，名为《怒剑狂花》，未完。一九六三年四月至一九六四年八月由真善美出版社出版，二十六册。一九七九年十二月改名《怒剑》，由汉麟出版社推出修订版，三册。

16.《大旗英雄传》

一九六三年五月二十六日至十二月二十日在《公论报》连载，未完。一九六三年九月至一九六五年十月由真善美出版社出版，三十册。一九七九年十一月改名《铁血大旗》，由汉麟出版社推出修订版，三册。

17.《浣花洗剑录》

一九六四年六月至一九六五年七月在《民族晚报》连载，未完。一九六四年十月至一九六六年五月由真善美出版社出版，三十册。一九八〇年一月改名《浣花洗剑》，由汉麟出版社推出修订版，三册。

18.《武林外史》

一九六五年二月至一九六七年二月由春秋出版社出版第七至四十四册。一九七五年十月改名《江湖浪侠》，至一九七六年在《武艺》连载。

19.《绝代双骄》

一九六六年二月至一九六九年初在《武侠与历史》连载。一九六六年九月至一九六九年二月由春秋出版社出版，六十四册。

20.《名剑风流》

一九六七年至一九六九年在《明报》连载。一九六七年六月至一九六八年八月由春秋出版社出版第一至三十四册。全套四十册，据传由乔奇代写结尾，未见实证。

21.《血海飘香》

《楚留香传奇故事》之一。与《大沙漠》《画眉鸟》合刊，收入真善美出版社出版的《铁血传奇》。全套三十三册，一九六七年至一九六八年出版，本部为第一至九册（一至二十七章）。一九六七年五月二十九日改名《海上传奇血海飘香》，至十一月十一日在新加坡《南洋商报》连载。

22.《大沙漠》

《楚留香传奇故事》之二。与《血海飘香》《画眉鸟》合刊，收入真善美出版社出版的《铁血传奇》。全套三十三册，一九六七年至一九六八年出版，本部为第十至二十一册（二十八至六十三章）。一九六七年十一月十一日至一九六八年六月二十九日在新加坡《南洋商报》连载。

23.《画眉鸟》

《楚留香传奇故事》之三。与《血海飘香》《大沙漠》合刊，收入真善美出版社出版的《铁血传奇》。全套三十三册，一九六七年至一九六八年出版，本部为第二十二至三十三册（六十四至九十九章）。一九六八年六月二十九日至一九六九年三月二十三日在新加坡《南洋商报》连载。

24.《多情剑客无情剑》

上部《多情剑客无情剑》，一九六九年在《武侠世界》连载，至“剑无情！人却多情！”结束（四八八至五三七期）。一九六九年夏至冬季由武林出版社出版，两册。下部《铁胆大侠魂》，一九七〇年三月五日至一九七一年二月十日在《武侠春秋》连载（五至四十五期）。一九七〇年十二月由武侠春秋出版社出版，三册。其间由春秋出版社出版合集，总名《多情剑客无情剑》，共三十四册。第一至十三册（一九六九年五月至十月）为上部内容，第十三至三十四册（一九六九年十月至一九七一年二月）为下部内容。

25.《借尸还魂》

《楚留香传奇故事》之四。一九六九年三月二十四日至十一月三日在新加坡《南洋商报》连载。后与《蝙蝠传奇》《桃花传奇》合刊，收入春秋出版社出版的《侠名留香》。全套二十七册，本部为第一至七册（一九六九年十月至一九七〇年六月）。一九六九年冬季改名《鬼恋侠情》，由武林出版社出版，一册。

26.《蝙蝠传奇》

《楚留香传奇故事》之五。一九六九年十一月四日至八日在新加坡《南洋商报》连载，名为《黄衣人与铁仙姑》，未完。一九七〇年十月二十一日至一九七一年二月二十四日在《武侠春秋》连载（二十九至四十七期）。后与《借尸还魂》《桃花传奇》合刊，收入春秋出版社出版的《侠名留香》。全套二十七册，本部为第七至二十二册（一九七〇年六月至一九七一年二月）。一九七〇年由武侠春秋出版社出版，两册。

27.《萧十一郎》

一九七〇年一月二十五日至十月十四日在《武侠春秋》连载（创刊号至二十八期）。一九七〇年七月至十二月由武侠春秋出版社出版，三册。一九七〇年七月至十一月由春秋出版社出版，十四册。

28.《欢乐英雄》

一九七一年二月十七日至一九七二年二月九日在《武侠春秋》连载（四十六至九十七期）。一九七一年八月至一九七二年四月由春秋出版社出版，二十六册。一九七二年三月由武侠春秋出版社出版，三册。

29.《流星·蝴蝶·剑》

一九七一年春至冬季在《武侠世界》连载（六〇一至六三八期）。夏至冬季由武林出版社出版，三册。一九七一年八月至一九七二年四月由春秋出版社出版，十九册。

30.《大人物》

一九七一年三月十七日至十月二十七日在《武侠春秋》连载（五十至八十二期）。九月至十二月由武侠春秋出版社出版，三册。一九七一年十月至一九七二年一月由春秋出版社出版，十四册。

31.《桃花传奇》

《楚留香传奇故事》之六。一九七一年五月十六日至一九七二年一月一日在《武艺》连载（创刊号至二十一期）。后与《借尸还魂》《蝙蝠传奇》合刊，收入春秋出版社出版的《侠名留香》。全套二十七册，本部是其中的第二十三至二十七册（一九七二年五月至八月）。

32.《边城浪子》

一九七二年二月十六日至十一月二十四日在《武侠春

秋》连载（九十八至一三八期），名为《风云第一刀》。同年由武侠春秋出版社出版，四册。一九七三年十月至一九七四年七月由南琪出版社出版，二十六册。

33.《长生剑》

《七种武器故事》之一。一九七二年六月至十月在《当代武坛》连载（一至六期）。后由武侠春秋出版社出版，一册。曾与《孔雀翎》《七杀手》《碧玉刀》合刊，收入南琪出版社出版的《武林七灵》。全套二十册，一九七四年二月至十月出版，本部是其中的第一至四册（一至十二章）。

34.《陆小凤》

“陆小凤传奇故事”之一。一九七二年九月二十四日至一九七三年二月在《明报》连载。后与《凤凰东南飞》《决战前后》《银钩赌坊》《幽灵山庄》合刊，收入南琪出版社出版的《大游侠》。全套三十九册，一九七三年五月至一九七五年六月出版，本部为第一至十二册（一至三十四章）。一九七三年六月由武侠春秋出版社出版，一册。

35.《孔雀翎》

“七种武器故事”之二。一九七二年十一月至一九七三年四月在《当代武坛》连载（七至十三期）。一九七三年四月由武侠春秋出版社出版，一册。曾与《长生剑》《七杀手》《碧玉刀》合刊，收入南琪出版社出版的《武林七灵》。全套二十册，一九七四年二月至十月出版，本部是其中的第四至九册（十二至二十五章）。

36.《绝不低头》

一九七二年十二月一日至一九七三年二月二十三日在《武侠春秋》连载（一三九至一五一期），题为时装斗智拳击长篇故事。一九七三年六月由武侠春秋出版社出版，一册。

37.《凤凰东南飞》

“陆小凤传奇故事”之二。一九七三年二月至六月在《明报》连载。一九七三年十月由武侠春秋出版社出版，一册。曾与《陆小凤》《决战前后》《银钩赌坊》《幽灵山庄》合刊，收入南琪出版社出版的《大游侠》。全套三十九册，一九七三年五月至一九七五年六月出版，本部为第十二至二十册（三十四至六十章）。

38.《火并萧十一郎》

一九七三年三月二日至十月二十四日在《武侠春秋》连载（一五二至一八六期）。十月改名《火并》，由南琪出版社出版，十八册。

39.《九月鹰飞》

一九七三年春至夏季在《武侠世界》连载（六九八至七三一期）。五月由南琪出版社出版，二十册。秋季由武林出版社出版，三册。

40.《碧玉刀》

“七种武器故事”之三。一九七三年四（或五）月至十一月在《当代武坛》连载（十四至二十四期）。八月由武侠春秋出版社出版，一册。曾与《长生剑》《七杀手》《孔雀翎》合刊，收入南琪出版社出版的《武林七灵》。全套二十册，一九七四年二月至十月出版，本部是其中的第十五至二十册（四十三至六十章）。

41.《剑·花·烟雨江南》

一九七三年六月由武侠春秋出版社出版，一册。一九七七年九月二十一日至十二月一日在《武侠春秋》连载（三二七至三三三期）。

42.《决战前后》

“陆小凤传奇故事”之三。一九七三年六月至十月在《明报》连载。一九七四年由武侠春秋出版社出版，一册。曾与《陆小凤》《凤凰东南飞》《银钩赌坊》《幽灵山庄》合刊，收入南琪出版社出版的《大游侠》。全套三十九册，一九七三年五月至一九七五年六月出版，本部为第二十至二十九册（六十至八十四章）。

43.《多情环》

“七种武器故事”之四。一九七三年八月由武侠春秋出版社出版，一册。一九七三年十一月至一九七四年六（或七）月在《当代武坛》连载（二十五至三十六期）。曾与《霸王枪》《血鹦鹉》《吸血蛾》合刊，收入南琪出版社出版的《多情环》（总书名）。全套四十八册，一九七四年十月开始出版，本部为第一至六册（一至十六章）。

44.《银钩赌坊》

“陆小凤传奇故事”之四。一九七三年十月至一九七四年三月在《明报》连载。曾与《陆小凤》《凤凰东南飞》《决战前后》《幽灵山庄》合刊，收入南琪出版社出版的《大游侠》。全套三十九册，一九七三年五月至一九七五年六月出版，本部为第三十至三十五册（八十五至一〇五章）。一九七四年由武侠春秋出版社出版，分为《银钩赌坊》和《冰国奇谭》两部，各一册。

45.《七杀手》

一九七三年在《武侠春秋》连载。首载期数不明，于一六九期结束。八月由武侠春秋出版社出版，一册。曾与《长生剑》《孔雀翎》《碧玉刀》合刊，收入南琪出版社出版的《武林七灵》。全套二十册，一九七四年二月至十月出版，本部是其中的第九至十五册（二十五至四十三章）。

46.《幽灵山庄》

“陆小凤传奇故事”之五。一九七四年三月至九月在《明报》连载。曾与《陆小凤》《凤凰东南飞》《决战前后》《银钩赌坊》合刊，收入南琪出版社出版的《大游侠》。全套三十九册，一九七三年五月至一九七五年六月出版，本部为第三十五至三十九册（一〇五至一一七章），未完。一九七五年由武侠春秋出版社出版，分为《幽灵山庄》（一月）和《武当之战》（二月）两部，各一册。

47.《天涯·明月·刀》

一九七四年四月二十五日至六月八日在《中国时报》连载，未完。一九七五年四月由武侠春秋出版社出版，两册。曾与《拳头》《三少爷的剑》合刊，收入南琪出版社出版的《天涯·明月·刀》（总书名）。全套三十五册，一九七五年三月开始出版，本部为第一至十三册（一至三十七章）。

48.《霸王枪》

“七种武器故事”之五。一九七四年七月至一九七五年十一月在《当代武坛》连载（三十七至五十七期）。一九七五年四月由武侠春秋出版社出版，一册。曾与《多情环》《血鹦鹉》《吸血蛾》合刊，收入南琪出版社出版的《多情环》（总书名）。全套四十八册，一九七四年十月开始出版，本部是其中的第六至十五册（十六至四十三章）。

49.《凤舞九天》

“陆小凤传奇故事”之六。一九七四年九月至一九七五年春季在《明报》连载，名为《隐形的人》，未完。一九七五年二月由武侠春秋出版社出版，分为《隐形的人》和《女王蜂》两部，各一册，未完。一九七八年九月十九日至一九七九年六月十八日在《民生报》连载，删除《女王蜂》后面一万三千字，另外接续五万字。一九七九年七月由春秋出版社出版，一册。

50.《血鹦鹉》

一九七四年冬季至一九七五年冬季在《武侠世界》连载（八〇七至八五三期），黄鹰续写完成。一九七五年秋季武林出版社出版，两册。曾与《多情环》《霸王枪》《吸血蛾》合刊，收入南琪出版社出版的《多情环》（总书名）。全套四十八册，一九七四年十月开始出版，本部为第十五至三十二册（四十三至九十五章）。

51.《拳头》

一九七五年一月一日至六月十一日在《武侠春秋》连载（二二九至二四五期）。一九七五年夏季改名《狼山》，由武林出版社出版，一册。曾与《天涯·明月·刀》《三少爷的剑》合刊，收入南琪出版社出版的《天涯·明月·刀》（总书名）。全套三十五册，一九七五年三月开始出版，本部是其中的第十三至二十册（三十七至五十八章）。一九七八年八月改名《愤怒的小马》，由南琪出版社出版，一册。

52.《三少爷的剑》

一九七五年六月二十一日至一九七六年三月二十一日在《武侠春秋》连载（二四六至二七三期）。一九七六年六月由武侠春秋出版社出版，两册。曾与《天涯·明月·刀》《拳头》合刊，收入南琪出版社出版的《天涯·明月·刀》（总书名）。全套三十五册，一九七五年三月开始出版，本部为第二十册至三十五册（五十九至一〇五章）。

53.《白玉老虎》

一九七六年春至秋季在《武侠世界》连载（八六三至八九四期）。一九七六年二月三日改名《满天苍雨》，至一九七七年七月二十二日在新加坡《南洋商报》连载。一九七六年冬季由武林出版社出版，三册。一九七七年由南琪出版社出版，二十五册。

54.《刀神》

一九七六年六月二十一日至一九七八年五月一日

在《武侠春秋》连载（二八二至三四八期）。一九七六年至一九七七年改名《圆月弯刀》，由南琪出版社出版，十七册。

55.《碧血洗银枪》

一九七六年九月二日至一九七七年二月十七日在《中国时报》连载。一九七七年夏季由武林出版社出版，一册。

56.《大地飞鹰》

一九七六年十月五日至一九七七年十一月十一日在《联合报》连载。一九七七年冬季由武林出版社出版，三册。

57.《七星龙王》

一九七八年三月在《武侠小说周刊》创刊号首载，至第二十四期结束。十一月由武侠图书杂志出版社出版，一册。

58.《离别钩》

“七种武器故事”之六。一九七八年六月十六日至九月三日在《联合报》连载。十月由春秋出版社出版，一册。

59.《英雄无泪》

一九七八年十月一日至一九七九年四月二十四日在《联合报》连载。一九七九年五月由汉麟出版社出版，一册。

60.《新月传奇》

“楚留香传奇故事”之七。于《时报周刊》第六十期（一九七九年四月二十二日至二十八日）至八十期（一九七九年九月九日至十五日）连载。夏季改名《玉剑传奇》，在《武侠世界》连载（一〇四〇至一〇六〇期）。冬季由武林出版社出版，一册。

61.《飞刀，又见飞刀》

一九八一年二月十四日至五月二十五日在《联合报》连载。七月由万盛出版社出版，一册。丁情称结尾由他人代笔。

62.《剑神一笑》

“陆小凤传奇故事”之七。一九八一年七月四日至八月七日在新加坡《南洋商报》连载。后改名《陆小凤与西门吹雪》，于《时报周刊》第一九七期（一九八一年十二月六日至十二日）至二二五期（一九八二年六月二十日至二十六日）连载。一九八二年七月由万盛出版社出版，一册。

63.《风铃中的刀声》

一九八一年十月二十二日至一九八二年五月二十一日在《联合报》连载，未完。一九八四年三月由万盛出版社出版，于志宏续写完成，两册。

64.《午夜兰花》

“楚留香传奇故事”之八。一九八二年九月十六日至一九八三年三月二十六日在《中国时报》连载。一九八三年四月由万盛出版社出版，一册。

65.《赌局》

“短刀集”之一。一九八五年三月一日至十六日在《联合报》连载。十月与《狼牙》《追杀》合刊，收入玉郎出版社出版的《赌局·狼牙·追杀》，一册。十一月与《狼牙》《追杀》《海神》合刊，收入万盛出版社出版的《赌局》，一册。

66.《狼牙》

“短刀集”之二。一九八五年四月七日至二十四日在《联合报》连载。十月与《赌局》《追杀》合刊，收入玉郎出版社出版的《赌局·狼牙·追杀》，一册。十一月与《赌局》《追杀》《海神》合刊，收入万盛出版社出版的《赌局》，一册。

67.《猎鹰》

“大武侠时代”系列之一。于《时报周刊》第三七四期（一九八五年四月二十八日至五月四日）至三七七期（一九八五年五月十九日至二十五日）连载。八月与《群狐》合刊，收入万盛出版社出版的《猎鹰》，一册。十二月改名《紫烟》，与《群狐》合刊，收入玉郎出版社出版的《紫烟·群狐》，一册。

68.《群狐》

“大武侠时代”系列之二。于《时报周刊》第三七八期（一九八五年五月二十六日至六月一日）至三八二期（一九八五年六月二十三日至二十九日）连载。八月与《猎鹰》合刊，收入万盛出版社出版的《猎鹰》，一册。十二月与《紫烟》合刊，收入玉郎出版社出版的《紫烟·群狐》，一册。

69.《追杀》

“短刀集”之三。一九八五年五月二十九日至六月十五日在《联合报》连载。十月与《赌局》《狼牙》合刊，收入玉郎出版社出版的《赌局·狼牙·追杀》，一册。十一月与《赌局》《狼牙》《海神》合刊，收入万盛出版社出版的《赌局》，一册。

70.《银雕》

“大武侠时代”系列之三。于《时报周刊》第三八三期（一九八五年六月三十日至七月六日）至三八八期（一九八五年八月四日至十日）连载。十二月与《海神》合刊，收入玉郎出版社出版的《银雕·海神》，一册。丁情称结尾由他人代笔。

71.《海神》

“短刀集”之四。一九八五年七月二十日至八月八日在《联合报》连载。十一月与《赌局》《狼牙》《追杀》合刊，收入万盛出版社出版的《赌局》，一册。十二月与《银雕》合刊，收入玉郎出版社出版的《银雕·海神》，一册。

72.《财神与短刀》

一九八五年七月二十六日至八月二十三日在《大追击》连载（六至八期），从第十期开始由风中白（萧瑟）接续，至第二十二期结束。丁情称古龙只写了开篇，六至八期余下部分均由其代笔。

后 记

本书初稿完成于二〇一〇年，陆续发表在网络论坛和本人博客上，之后数年间，又补入了一些文字，还曾经历过众筹印制。所参考的资料，既有叶洪生、林保淳、周清霖、陈晓林等前辈的相关著作，亦有覃贤茂、郭琏谦、翁文信等先进的研究成果。书影一项，除笔者自身收藏外，多来自天津明玉藏书室。明玉对于武侠小说的收藏，量如山积，质如玉华。笔者曾有一段时间居于其旁，渐渍磨砺，获益良多。

感谢古龙武侠网、我读古龙网、旧雨楼论坛，这三处网站英才济济，如九凤、珞笛、许德成、李海波、戏雪、于鹏、程维钧、陈舜仪、九鹇、罗军生、蓝桥、悠然、张九平、飞刀等人，皆为武侠小说研究者，在与这些人交流的过程中，屡得金石珠玉之言。

感谢北京出版集团的高立志主编，蒙其不弃，出版了本书。其格局之阔，诚非时下侪俗可比拟。还有向雳女士，作为本书的责任编辑，拿出了非常大的耐心，将复杂而耗时的工作完成的极为出色。

感谢丁情先生，在拨冗作序的同时，隔海给笔者寄来手稿，关爱后学之心昭昭，高彻雅达，其量自现。

古人言海内存知己，天涯若比邻，诚不欺我！

顾雪衣

二〇一八年十月